D1748172

reinhardt

DIE YAKINS

Georg Heitz
Michael Martin

FRIEDRICH REINHARDT VERLAG

Alle Rechte vorbehalten
© 2004 Friedrich Reinhardt Verlag, Basel
Lektorat: Monika Schib Stirnimann
Gestaltung: Enrico Luisoni, www.baseline.ch
Druck: Reinhardt Druck Basel
ISBN 3-7245-1326-7

Inhalt

Vorwort	7
Die Anfänge	11
Der erste Vertrag	41
Murat auf Wanderschaft	69
Ver-rückte Heimat	97
Der Schnupper-Profi – Wie Hakan durch die Schweiz tingelte	117
Die FCB-Zeit	133
Hakans Wirren	161
Schweizermacher und Schweizer Macher	183
Das System Yakin	211
Rückschläge	251
Das Yakin-Gen	257
Nachwort	267
Dank	275
Bildnachweis	276

Vorwort

Fussball fasziniert viele Menschen. Fussball ist eine globale Sportart und zugleich ein beträchtlicher Wirtschaftszweig. Fussball ist Business, verkörpert Athletik, Ruhm, Reichtum und Emotionen und steht im Zentrum vieler Bubenträume. Einer davon ist sicher, als Fussballspieler eines Vereins mit klangvollem Namen in einem grossen Stadion zu spielen, das entscheidende Tor zu schiessen und vielleicht Sieger in der Champions League, Europa- oder gar Weltmeister zu werden. Einen solchen Traum haben sich Murat und Hakan Yakin verwirklicht. Jeder auf seine Art. Hier Murat, der technisch unglaublich begabte Kraftfussballer, der dank seiner Spielübersicht und seiner Persönlichkeit schon in jungen Jahren

Faszination Fussball: Tausende bejubeln in der so genannten Muttenzerkurve im St. Jakob-Park die Spieler des FC Basel.

beim FC Concordia Basel und beim Grasshopper-Club Zürich zum Führungsspieler wurde. Da Hakan, der fussballerische Schöngeist, der als Instinktfussballer die Gegner verwirrt und die Fans der eigenen Mannschaft entzückt. Den beiden Brüdern dient das Fussballfeld als Arbeitsplatz und Theaterbühne zugleich. Eng verbunden mit den Namen Murat und Hakan Yakin ist auch der derzeitige Erfolg der Schweizer Fussballnationalmannschaft.

Die beiden Yakins haben jedoch weit über den Fussball hinaus eine Bedeutung für die Schweiz. Sie stehen beispielhaft für einen wichtigen Teil unseres Landes. Jeder dritte von uns ist Migrant oder Nachkomme von Migranten, das sind rund zwei Millionen Menschen in unserem Land. Menschen wie Murat und Hakan Yakin zeigen, wie die Schweiz von der Zuwanderung profitieren kann – und welche Chancen unser Land jenen bietet, die ihr Bestes geben. Es ist die Geschichte der zweiten Ausländergeneration, die sich in der Schweiz integriert und Erfolg hat. Die beiden Brüder haben sich emporgearbeitet, ohne ihre Herkunft zu verleugnen. Sie sind Schweizer geworden und wir sind stolz auf sie. Besonders dann, wenn sie im roten Leibchen mit dem weissen Kreuz für die Schweiz Flanken schlagen und Tore schiessen.

Die – wenn auch unterschiedliche – Art, wie die beiden Fussball spielen und in der Öffentlichkeit dargestellt werden, polarisiert: Sympathieträger der eigenen Fans und Reizfiguren in fremden Schweizer Fussballstadien. Murat Yakin, der Leader und Abwehrchef des FC Basel, und Hakan Yakin, der Ideengeber im Angriff, bis im Winter ebenfalls beim FC Basel und heute in der Bundesliga beim VfB Stuttgart, sind zweifellos Fussballstars in der Schweiz. Deshalb trifft man in jeder Juniorenmannschaft und auf jedem Pausenhof, ob in der Stadt oder auf dem Land, viele kleine rot-blaue Murats und Hakans.

Solche positiven und populären Beispiele braucht die Schweiz. Sie sind Vorbilder für die Jugend. Denn die Bilanz der Zuwanderung ist nicht ungetrübt. Umso nötiger sind Sympathieträger wie die beiden Yakins. Sie stehen stellvertretend für jene grosse Mehrheit der Menschen mit ausländischen Wurzeln, denen die Schweiz einen guten Teil ihres Wohlstandes verdankt.

Den Ball im Kopf, den Ball am Kopf: Hakan und Murat, werbewirksam posierend für ihren Lieblingssport.

Ihre Einbürgerung hat ihnen und uns viel gebracht. Leider bestehen heute aber immer noch unnötig viele Hindernisse für integrierte und hier aufgewachsene ausländische Jugendliche, die Schweizerin oder Schweizer werden wollen. In vielen Kantonen sind hohe Gebühren von mehreren tausend Franken für den Erwerb des Schweizer Passes erforderlich. Lange Fristen und komplizierte Verfahren schrecken ausgerechnet jene ab, die sich hier bestens integriert haben, die sich einzig durch den Pass von ihren gleichaltrigen Kolleginnen und Kollegen unterscheiden.

Wer in der Schweiz aufwächst und hier den grössten Teil seiner Schulzeit verbracht hat, soll zu uns gehören, mit allen Rechten und Pflichten. Genau dies will das neue Einbürgerungsrecht, das ich als Bundesrätin vorgeschlagen hatte und über das die Schweiz schon bald in einer Volksabstimmung entscheidet. Es sieht die erleichterte Einbürgerung von Jugendlichen der zweiten Generation vor und das Bürgerrecht bei Geburt für die dritte Generation.

Nutzen wir diese Vorlage und schiessen den Ball ins Tor. Flanke Murat – Tor Hakan, Hopp Schwiiz!

Ruth Metzler-Arnold   Appenzell, im April 2004

Hochzeitsfoto: Emine Yakin mit ihrem ersten Ehemann Hüseyin Hüsnu in den 50er-Jahren des vergangenen Jahrhunderts.

Die Anfänge

*Deine Brüder sollen zur Schule gehen –
und nicht auf den Fussballplatz.*
(Vater Mustafa Yakin zu Ertan Irizik)

Von oben sieht die Gegend aus, wie Agglomerationen nun mal aussehen – Einfamilienhäuser, soweit das Auge reicht, ein paar grössere Wohnblocks, viel Grün und deutlich erkennbar eine grosse Zufahrtsstrasse, welche die Nähe einer mittelgrossen Stadt vermuten lässt.

Münchenstein, vor den Toren Basels, das Neuewelt-Quartier, ein mehrstöckiges Gebäude aus rotem Backstein, eher schattig gelegen, vor allem die Wohnung im Parterre der Christoph Merian-Strasse Nummer 4. Drei Zimmer, eine Frau, dazu bis vor ein paar Jahren zwei Söhne unter einem Dach – drei Personen, die heute die berühmteste Schweizer Fussball-Familie darstellen: Emine Yakin, Murat Yakin, Hakan Yakin. Es ist die Saga einer Einwanderer-Familie des 20. Jahrhunderts, eine bewegte und bewegende Geschichte, die im Grunde genommen ein Märchen ist von zwei Buben, die es dank ihrer aussergewöhnlichen Begabung im Umgang mit dem Fussball zu Ruhm und Wohlstand brachten. Zwei junge Türken, die 1994 den Schweizer Pass erhielten und heute tragende Figuren der Nationalmannschaft ihrer Wahlheimat sind, einer Wahlheimat, die längst zu ihrer richtigen Heimat geworden ist.

Viel wird über die beiden Yakins geschrieben, immer wieder stehen sie im Zentrum des Interesses. Manches stimmt, vieles jedoch wird auch falsch gesehen. Das hat zum einen mit dem Verhalten der Brüder selbst zu tun, mit einem Habitus, der nicht immer leicht nachzuvollziehen ist. Dass ein Yakin kein Trainingsweltmeister ist, damit kokettieren Murat und Hakan in aller Öffentlichkeit. Ihre Provokation mit dem zur Schau gestellten Minimalismus hatte schon oft maximale Wirkung. Zudem versuchen sie gar nicht erst, ihre Abneigung gegen Autoritäten zu verbergen. Sie können sich – zumal wenn sie irgendwo unter nichtfussballerischen Druck geraten – unmöglich benehmen. Sie bringen es fertig, innert Minuten jemanden zur Weissglut zu bringen, wenn sie denn wollen. Und sie wissen dies auch.

Sie haben jedoch auch andere Seiten. Murat wie Hakan Yakin verfügen über einen feinen Humor und können in bemerkenswertem Mass auch über sich selbst lachen, Hakan vielleicht noch mehr als Murat. Auch das Wort Freundschaft hat für sie eine grosse Bedeutung; hat man einmal ihr Vertrauen, lassen sie tiefer in sich blicken. Viele Gefährten aus ihrer Jugend treffen sie heute noch regelmässig, und wenn sich Murat in seinen schlimmsten Tagen von Istanbul nach dem Feierabendbier mit den früheren Kollegen des FC Concordia sehnt, so ist das keine Phrasendrescherei, sondern eine zumindest für den Moment ernst gemeinte Variante, wie ein Leben ausserhalb jenes Berufs aussehen könnte, den er dank überragender Begabung nicht erlernen musste. Und wenn sich Hakan nach dem nächsten Transferproblem wie ein «Charlie

Mütterliche Überwachung: Emine Yakin lässt ihre beiden jüngsten Söhne Murat und Hakan nicht aus den Augen.

Kaum eingezogen, schon wieder ausgezogen: Hakan und Murat mussten in ihrer Kindheit oft die Wohnung wechseln.

Brown des Fussballs» fühlt, dann ist er mindestens eine Stunde zutiefst betrübt, ehe sich seine Stimmungslage wieder normalisiert. Schliesslich geht das Leben auch für einen Hakan Yakin wieder weiter. Soll die beiden einer verstehen ... Apropos verstehen – wer die Yakins wirklich begreifen will, der muss sich zuerst mit ihnen befassen, der muss die Hintergründe ihrer wahrlich speziellen Lebensgeschichte kennen. Und hier beginnt das Problem eines Teils der Medien und mit ihm auch eine gewisse Wahrnehmungsstörung in der breiten Öffentlichkeit.

Zu viele Leute urteilen über die Yakins, ohne je mit ihnen gesprochen zu haben. Aus Neid? Aus Bequemlichkeit? Wer weiss. Vielleicht aber auch nur, weil es so einfach ist, Murat und Hakan pauschal in die Ecke der talentierten Kicker und neureichen Schnösel zu stellen. Natürlich haben sie Marotten, bestimmt ist ihr ausgelebtes Selbstbewusstsein «unschweizerisch» und damit schlagzeilenträchtig für die «Schweizer Illustrierte» oder die «Schweizer Familie». Und ganz sicher ist Emine das dankbarste Sujet für all die Journalisten, die nach der «anderen» Geschichte im Fussball suchen – die Mama und ihre Muttersöhnchen. Wie schön.

Aber ist Emines System der umfassenden Beschattung wirklich das, was die erwachsen gewordenen Buben jeden Tag wollen? Nicht umsonst beklagt sich Emine, sie werde von ihren Kindern viel zu wenig besucht. Auch wenn diese sich nirgends auf der Welt lieber aufhalten als in Basel – in ihrer Heimatstadt, in ihrem sozialen Umfeld. Murat und Hakan Yakin haben einen Traum verwirklicht, den mancher Jugendliche träumt. Sie taten dies unter denkbar ungünstigen Voraussetzungen. Der Weg an die Spitze des Schweizer Fussballs war für beide, trotz aussergewöhnlicher Begabung, ein hartes Stück Arbeit. Wenig hätte ganz zu Beginn ihrer Liaison mit dem Ball gefehlt, und sie wären jener Sportart abhanden gekommen, in der sie heute für Furore sorgen. Denn nach dem ersten Training ihres Lebens bekamen Murat und Hakan die ganze Wut ihres Vaters Mustafa Yakin zu spüren, als sie zusammen mit ihrem Halbbruder Ertan Irizik im Restaurant der Sporthalle St. Jakob sassen.

Ferienzeit: Emine Yakin mit ihren Söhnen anfangs der 80er-Jahre auf einer der Reisen, die sie ihren Kindern trotz finanziellem Druck ermöglichte.

Auch ein angehender Fussballprofi braucht mal eine Pause: Die Yakins mit Ball – ein Sujet, das sich oft wiederholen wird.

Mustafa Yakins Ärger richtete sich gegen den ältesten der drei Sünder. «Deine Brüder sollen zur Schule gehen – und nicht auf den Fussballplatz», herrschte er Ertan, seinen Stiefsohn, an. Dieser antwortete nichts. «Ich durfte ja sowieso nichts sagen.»

Sein Vergehen hatte darin bestanden, dass er seine beiden Halbbrüder Murat und Hakan an einem Sommernachmittag im Jahre 1980 ins Training des FC Concordia mitgenommen hatte. Während Irizik, seit sechs Jahren im Verein, die Übungen unter der Anleitung von Trainer Werner Decker absolvierte, kickten die kleinen Yakins auf dem Feld nebenan. Doch Mustafa Yakin hatte keine Affinität zum Sport. Mit seinen Kindern hatte er anderes vor. Ertan Irizik wollte er verbieten, eine Lehre zu beginnen. Der junge Mann sollte vielmehr sofort nach der Schule zu arbeiten beginnen und Geld nach Hause bringen. Nach dem Vorfall in der Sporthalle St. Jakob kam es in Muttenz zu einem Disput zwischen dem Ehepaar Mustafa und Emine Yakin. Die Mutter stand auf der Seite ihres Sohnes, an dessen Verhalten sie nun wirklich nichts Verwerfliches erkennen konnte. Mustafa aber mochte dies nicht einsehen.

Es war, nach Jahren der Disharmonie, eine der letzten Auseinandersetzungen, ehe sich die Lebenswege der beiden endgültig trennten.

1970 war Emine mit ihrem ersten Mann, Hüseyin Hüsnü Irizik, aus Istanbul nach St. Gallen gekommen. Sie arbeitete in der Ostschweiz als Schneiderin. Drei Monate später starb ihre Mutter, und sie kehrte zusammen mit ihrem Gatten in die Türkei zurück. Auch die zweite Episode in der Schweiz endete mit einem Todesfall. 1972 lebten die Iriziks in Visp, Emine hatte eine Anstellung als Krankenpflegerin im Spital Sta Maria gefunden. Fünf Tage nach ihrem Stellenantritt verschwand Hüseyin. Dass ihr Mann im Genfersee ertrunken war, erfuhr Emine zehn Tage nach dem Unglück. Dessen Ursache: übermässiger Alkoholkonsum. Hüseyin Irizik, an den sich sein damals sechsjähriger Sohn Ertan nur mehr vage erinnern kann, wurde in Lausanne beigesetzt.

Um ihre sechs Kinder aus erster Ehe in die Schweiz holen zu können, musste Emine Irizik wegen der damals gültigen Einreisebestimmungen wieder heiraten. Über Freunde lernte sie den in Basel lebenden Schweisser Mustafa Yakin kennen, und einen Monat später vermählte sich das Paar im türkischen Konsulat. Anfang 1974 folgten drei Kinder der Mutter in die neue Heimat. Die Söhne Kahraman, Nuri und Irfan fanden Jobs als Gastarbeiter. Ertan und die um ein Jahr ältere Tochter Ilknur reisten im Juni ein. Als Letzter schliesslich kam Bülent ins basellandschaftliche Muttenz.

Die Kinder lernten schnell Deutsch, die Integration fiel ihnen deswegen leicht. Die Familie Yakin-Irizik wohnte in einer 150 Quadratmeter grossen 5-Zimmer-Wohnung am Unterwartweg in Muttenz. Dort tat auch Murat Yakin seine ersten wackligen Schritte. Der ältere der beiden Yakin-Brüder war am 15. September 1974 zur Welt gekommen. Knapp zweieinhalb Jahre später, am 22. Februar 1977 – die Yakins waren mittlerweile nach Basel umgezogen, in eine kleinere Wohnung an der Bergalingerstrasse in der Nähe des Rankhofs – wurde Hakan geboren. Die Stimmung zwischen Emine und Mustafa war zu jenem Zeitpunkt bereits nicht

Die Schule – nicht eben die Priorität im Leben der Yakins: Hakan (hinterste Reihe, Mitte) in der Primarschule.

mehr die beste. Dauernd wollte der Vater umziehen, mit dem Ziel, so sagt Emine rückblickend, «die Kinder zu vertreiben». Zudem kürzte Mustafa Yakin im Laufe der Zeit seiner Partnerin das Haushaltsgeld auf ein Minimum. Als die Auseinandersetzungen eskalierten, brachte die Polizei Emine und die Kinder ein erstes Mal ins Frauenhaus. Zweimal kehrte sie in der Folge noch zu ihrem Mann zurück – doch zweimal flüchtete sie wieder ins Frauenhaus.

Schliesslich liessen sich die beiden scheiden. Emine, des ständigen Wohnortwechsels überdrüssig, zog mit den Kindern 1982 an die Christoph Merian-Strasse nach Münchenstein, Mustafa fand im Wallis eine neue Stelle und verschwand aus dem engeren Blickfeld der Familie. In der Folge übernahm zunächst Ertan Irizik die Rolle des männlichen Familienoberhauptes. Der angehende Fussballprofi wirkte primär als Kommunikator zwischen Emine und dem Duo Murat/Hakan – denn die beiden Jüngsten verstanden zwar Türkisch, doch es fiel ihnen leichter, Deutsch zu reden.

«Ich war eine Art Bindeglied», erinnert sich Irizik. Er verteilte, auf Anweisung von Emine, Lob und Tadel. Von Letzterem bekam Hakan wesentlich mehr ab, weil er, so Irizik, «oft provozierte». Fussballerisch, das merkte Irizik schnell, waren seine Brüder ausgesprochen talentiert, «Hakan noch mehr als Murat». Erblich vorbelastet waren alle drei; zwei Brüder Emines hatten schon in der Türkei berufsmässig gekickt – Bruder Bülent gar beim grossen Fenerbahce Istanbul, einem Verein, der im Leben der Yakins noch mehrfach für Wirbel sorgen sollte. Der Fussball hatte Murat und Hakan auch nach Mustafas Schimpftirade nach dem ersten Training fest im Griff.

Grundsätzlich mag das Wort des Vaters in der türkischen Gesellschaft Gewicht haben. In der Familie Yakin jedoch gehörte – erst recht nach der Trennung von ihrem Mann – das Kommando der Offizierstochter Emine. Und die erkannte im Unterschied zu ihrem Gatten Mustafa, welche Chance der Fussball ihren Kindern bot. Die Söhne Bülent und Ertan verdienten schon Geld und Anerkennung mit ihrem Sport, und als dann auch Murat und Hakan jede freie Minute mit dem Ball zu verbringen begannen,

Sein Berufsziel hielt Murat früh schriftlich fest: «Fusbalschpiler» schrieb er im Alter von acht Jahren.

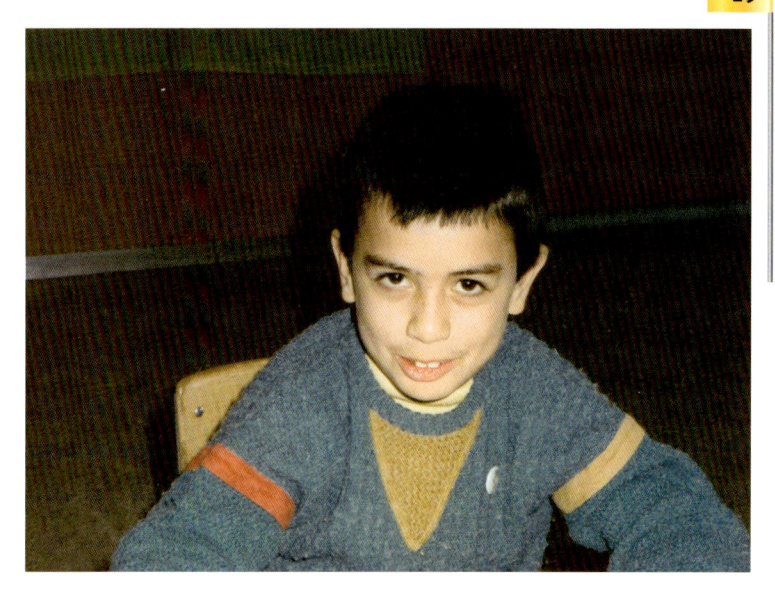

Stets mit dem Schalk in den Augen: Schon in seiner Kindheit leistete sich Hakan Yakin den einen oder anderen Scherz.

förderte sie dieses Hobby in einem Masse, das Lehrer Bernhard Guntern später resigniert feststellen liess: «Die Schule war ein notwendiges Übel. Das Leben von Murat und Hakan fing erst an, wenn sie das Schulzimmer verliessen.»

Eine Überraschung konnte diese Erkenntnis für keinen Lehrer mehr sein, nachdem Primarschüler Murat schon mit acht Jahren seinen Berufswunsch schriftlich und endgültig deponiert hatte: «Fusbalschpiler.» So blieb der Gang ins Klassenzimmer eine Art Nebenbeschäftigung der Yakins auf dem Weg zur Erfüllung fussballerischer Träume, eine staatlich verordnete Pflichtübung für Jugendliche, die auch von Mutter Emine eher geduldet als wirklich geschätzt wurde. Zu sehr witterte sie mit ihrem ausgeprägten Beschützerinstinkt auch mögliche Gefahren im Zusammenleben ihrer Söhne mit fremden Kindern.

«Meine Mutter hielt mich und Hakan extrem fest», bekannte Murat als 18-Jähriger in einem Interview mit dem «Tages-Anzeiger», «sie wollte uns im Fussball so weit wie möglich bringen. Deshalb war sie strenger mit uns als andere Eltern mit ihren Kindern. Sie behielt uns mehr in der Wohnung. Wir waren zurückgezogener und verschlossener als andere Kinder.»

Das heisst nicht, dass Murat und Hakan in der Schule teilnahmslos die Wände angestarrt hätten. Murat brachte, obschon sein Deutsch bei der Einschulung ziemlich schlecht war, gute Noten nach Hause. Auch Hakan war aktiv: Bereits an seinem ersten Schultag klingelte bei der Mutter zu Hause das Telefon, weil der kleine Knirps absichtlich Wasser verschüttet und den Lehrer verärgert hatte. Es heisst, Hakan habe sich aus dem Staub gemacht, als er das Donnergrollen des Pädagogen nahen hörte.

Rückblickend hält Hakan Yakin fest: «Die Schule war eher weniger wichtig.» Interessanter wurde der Tag, wenn die Glocke gebimmelt und die beiden in die geliebte Freizeit entlassen hatte. Der Heimweg war ein kurzer Spaziergang durch das Münchensteiner Neuewelt-Quartier. Für ein paar lärmige Minuten mit den Mitschülern reichte die Zeit nicht, denn zu Hause hatte Emine längst aufgetischt – wobei sich ihre Darstellung des Speiseplans

Polysportive Familie: Im Wallis fuhren die Yakins (links Murat, rechts Hakan) im Winter jeweils Ski.

Mutterstolz: Emine Yakin war stets dabei, wenn ihre Buben Sport trieben. An die Ernährung allerdings haben die Söhne andere Erinnerungen als Emine.

(«nur Frisches») und die Erinnerungen der Kinder an ihre regelmässig servierten Lieblingsmahlzeiten («Nutella- und Mayonnaisebrötchen») doch recht deutlich widersprechen. Unbestritten bleibt aber, dass Emine Yakin der Familientisch ausgesprochen wichtig ist. So sehr sie sich vom gesellschaftlichen Geschehen in ihrer neuen und doch unbekannten schweizerischen Heimat auch 30 Jahre nach der Ankunft noch ausgrenzt, so wenig schätzt sie es im heiligen Reich der eigenen vier Wände, wenn ihre sieben Söhne oder ihre Tochter gegen die eiserne Regel der Pünktlichkeit verstossen und auch nur eine Minute zu spät am hübsch gedeckten und stets üppig beladenen Tisch erscheinen.

Dass gross geschriebene Disziplin im innerfamiliären Bereich auch Reibungsflächen bietet, versteht sich von selbst. Doch Widerspruch bei Emine (zu Deutsch: «die, die nicht zweifelt») ist zwecklos. Denn noch kein Irizik und auch kein Yakin hat jemals ein schlagendes Argument gegen ihre grosse rhetorische Frage gefunden: «Was ist stärker als die Liebe einer Mutter?» Emine putzt, Emine kocht, Emine wäscht, Emine beobachtet. Emine hier, Emine dort, Emine allüberall, und stets mit der ihr eigenen Mischung aus Fürsorge und Kontrolle. Die Tage der jungen Yakins erhielten angesichts der fordernden Förderin früh einen festen Ablauf: Schule, Essen, Fussball, Essen, Schlafen, und dies nicht selten mit dem Ball im Bett. «So verliebt waren wir in ihn», sagt Murat.

Vor der Zeit beim FC Concordia kannten die beiden noch keine organisierten Trainings. Da standen Murat und Hakan auf dem kleinen Bolzplatz mit den Dreimeter-Toren hinter dem Haus an der Christoph Merian-Strasse, im Schatten des Dinosauriers, der einst das Wahrzeichen der Gartenausstellung «Grün 80» in der Brüglinger Ebene gewesen war. Oder sie verkauften Programmhefte an den Spielen des FC Concordia, wo Ertan Irizik ein fester Wert in der 1. Mannschaft war. Das hatte den Vorteil, dass sie den Fussball der Erwachsenen anschauen durften. «Wir haben jede freie Minute mit dem Ball verbracht», erzählt Murat, «wir haben jongliert, mit dem Fuss und mit dem Kopf. Wir haben Schuss-

Im Schatten des Dinosauriers: Murat und das Wahrzeichen der Grün 80, ein paar Schritte von der Wohnung der Mutter entfernt.

Ballspiele in der Grün 80: Eine schönere Freizeitbeschäftigung als Fussballspielen gab es für die beiden Yakins nicht.

trainings durchgeführt, wir haben Flanken geübt, und jeder stand ab und zu auch ins Tor.» Widerspruch von Hakan: «Ach was, du warst doch nie im Tor. Du hattest immer Angst vor meinem harten Schuss!»

Später trat Dirk Hirni ins Leben der beiden Buben. Von ihm, der bis heute ein Freund geblieben ist, kam der zweite Anstoss in Richtung geregelten Trainingsbetrieb. Und diesmal war kein Vater mehr in der Nähe, der sich quer stellte, wenn er vor seinem geistigen Auge die Söhne in kurzen Hosen auf dem Fussballplatz herumrennen sah. Es war im August 1982 an einem Mittwochnachmittag: Murat und Hakan Yakin erschienen ohne Sportsachen auf den Sportanlagen St. Jakob. Werner Decker, Trainerlegende des FC Concordia, begrüsste die beiden Neuankömmlinge hintereinander mit jener schlichten wie alles umfassenden Frage, die so etwas wie sein Markenzeichen geworden war: «Kannst du Fussball spielen?» Die Antworten im Fall der beiden kleinen Yakins musste der Talentförderer zumindest erahnt haben, nachdem er bei den

Früh ein auffälliger Spieler: Hakan bei einem seiner ersten Einsätze für den FC Concordia.

«Congeli» schon Ertan Irizik betreut und zu einem robusten Verteidiger von Nationalliga-Format geschult hatte. Bei Hakan und Murat erkannte Decker aber kein defensiv ausgerichtetes Zerstörungspotenzial wie bei Ertan, sondern früh ausgeprägte, aussergewöhnlich kreative Fähigkeiten, die deutlich aus jenem Ameisenhaufen herausragten, den die auf dem Platz anwesenden 90 E- und D-Junioren darstellten.

Wie immer an einem Mittwochnachmittag hatte Decker zusammen mit ein paar A-Junioren für die Jüngsten im Club einen Postenlauf organisiert, an dessen Stationen spezielle Übungen zu absolvieren waren. Murat und Hakan, sieben und fünf Jahre alt, waren nicht nur technisch reifer als ihre Mitspieler, sie waren den gleichaltrigen Kollegen auch körperlich überlegen. Bis heute hat Decker keine besseren Fussballer trainiert als Hakan und Murat Yakin. Der Trainer selbst hatte es in seiner Zeit als Aktiver immerhin auf vier Jahre in der ersten Mannschaft des FC Basel gebracht: drei unter Georges Sobotka, eines unter Helmut Benthaus, der nach seiner Ankunft als Spielertrainer ausgerechnet jene Position

Kaum vom Ball zu trennen: Hakan behauptet sein Lieblingsspielzeug gegen einen wesentlich grösseren Gegenspieler.

im Mittelfeld für sich beanspruchte, die Decker zuvor eingenommen hatte. Decker, der in der Saison 1963/64 beim FC Zürich mit Seppe Hügi in der gleichen Mannschaft gespielt hatte, blieb nur noch die Rolle als Ersatzspieler. «Ich war die Nummer 16 oder 17», erinnert er sich, «und als ich Captain der Reserven wurde, da wusste ich, dass ich mir einen neuen Club suchen musste.»

Beruflich brachte es Decker als Gründer und Inhaber einer Metallbau-Firma zu einigem Wohlstand. Und weil in den 80er- und 90er-Jahren die Branche boomte, sagte er, der per Selbstdefinition «positiv Fussball-Verrückte», auch nie nein, wenn er einem jungen Spieler mit seinem Unternehmen helfen konnte.

So entstand der enge Kontakt zur Familie Irizik/Yakin. Ertan absolvierte von 1979 bis 1983 bei Decker erfolgreich eine Lehre als Metallbauschlosser. Die übrigen Irizik-Brüder haben ebenfalls für gewisse Zeit als Hilfsschlosser bei Decker gearbeitet, der auch privat eine grosse Stütze für die Familie war, eine erste Vaterfigur, bevor Ertan und später Murat in diese Rolle hineinwuchsen.

Decker half im komplizierten Umgang mit den Behörden, er legte überall gute Worte ein und besorgte Kleidung, wenn der Winter kalt und die Familienkasse mal wieder leer war.

Es war nicht so, dass die Yakins hungern mussten, man half sich gegenseitig aus mit Nahrungsmitteln. Wer etwas im Überfluss hatte, der teilte sogleich mit den übrigen Familienmitgliedern; so entstand früh ein fein geknüpftes soziales Netz, in dem keiner durch die Maschen fiel. Ab und zu merkten Murat und Hakan dennoch, dass sie weniger hatten als die anderen. «Zum Beispiel beim Znünigeld in der Schule», wie sich der ältere Yakin-Sohn erinnert, «da hatten wir unsere mitgebrachten Brote, wenn die anderen Schüler in die Bäckerei gingen.»

1986 wechselte Ertan Irizik vom FC Basel zum FC St. Gallen, der damals von Uwe Klimaschewski trainiert wurde. Irizik konnte einigermassen beruhigt in die Ostschweiz ziehen, zumal sich die Verwandtschaft in der Nähe von Mutter Emine niedergelassen hatte. Auch fussballerisch sah er sich nicht mehr gross zum

Die Kameradschaft war für die Yakins einer der Faktoren, den sie am Mannschaftssport Fussball schätzten.

Gestrenger Lehrmeister: Werner «Pips» Decker (in der Mitte ganz rechts) instruierte die Yakins bei ihren ersten Gehversuchen als Fussballer.

Eingreifen gezwungen: «Hakan konnte ja schon mit neun Jahren besser dribbeln als ich.»

Die Arbeit auf dem Fussballplatz setzte Decker fort, und der sah seine «Yakin-Sprösslinge» in einer Geschwindigkeit gedeihen, die ihn heute noch staunen lässt. Frühzeitig hatte er auch die unterschiedlichen Veranlagungen ausgemacht. «Beide waren grosse Schlaumeier. Aber Hakan war der Pfiffigere, er konnte den Ball abdecken wie kein Zweiter, und er war der einzige Junge, der es jemals schaffte, mir als Trainer den Ball von hinten zwischen den Beinen hindurch wegzuschnappen. Das hat sich sonst nie einer getraut.» Der kleine Knirps war sechs Jahre alt, als ihm dieses dreiste Kunststück glückte. «Zudem», so Decker, «war Hakan nie eigensinnig, stets suchte er den Pass, was in jenem Alter selten war. Und ich muss lange überlegen, bis mir ein Spieler in den Sinn kommt, der so gute Pässe schlagen kann wie Hakan.» Das Problem des jungen Talentes war nur seine ausgeprägte Faulheit. «Ich habe mindestens 20 Mal pro Match ‹Haaaakiiii› gebrüllt. Dann ist er jeweils wieder ein paar Minuten gelaufen.» Decker spürt heute

Stolzer Besitzer eines Balls: Hakan Yakin vor der Wohnung in Münchenstein, das Spielgerät stets unter Kontrolle.

noch die Heiserkeit in seiner Stimme, die ihm Hakans physische Aussetzer verursacht hatten.

Murats Stärken lagen schon früh im strategischen Bereich. Wo er auch stand auf dem Feld, er war der Mittelpunkt. «Er hatte mit jungen Jahren schon einen fantastischen langen Pass», erzählt Decker, der bei Murat nicht von Fehlern spricht, die er als Trainer zu beheben hatte, sondern von «gewissen Korrekturen», die er vornahm. Die brauchte es in der Regel ein einziges Mal, dann hatte der beflissene Fussball-Schüler begriffen. «Es war unglaublich, wie schnell Murat, aber auch Hakan lernte, um was es geht im Fussball», sagt Decker.

Ein paar Tage nach dem ersten Training, noch im August 1982, absolvierten Murat und Hakan ihr erstes Spiel gegen den FC Nordstern. Concordia gewann 12:1, sechs Tore erzielte der fünfjährige Hakan, der als linker Flügel wirbelte, fünf gingen auf das Konto von Mittelfeldspieler Murat. Das letzte erzielte Dirk Hirni, quasi als Souvenir aus einer der raren Partien, welche die Yakins

Erste Erfolge: Hakan (hintere Reihe, zweiter von links) war im Juniorenteam von Trainer Marco Balmelli der beste Torschütze.

und ihr Freund als Junioren zusammen bestreiten durften. Denn schon bald wurden Murat und Hakan in unterschiedliche Alterskategorien eingeteilt. Gemeinsam blieb den Brüdern der Trainingsweg von der Wohnung auf die Sportplätze, den beide in der Regel schon Stunden vor Beginn der Übungseinheiten unter die Füsse nahmen. Auf eine Fahrt mit dem Fahrrad verzichteten sie, weil sie sich sonst den Ball nicht hätten zuspielen können.

Als Junioren haben Hakan und Murat Yakin kein Training ausgelassen. Sie waren die Ersten, die kamen, und die Letzten, die gingen. Gleiches galt in seinen Jugendjahren auch für Ertan Irizik, der nur einmal fehlte, «weil die Turnhose gerade in der Wäsche war», wie sich Hakan Yakin erinnert – eine seltene logistische Panne in Emines Reich. Murat und Hakan Yakin erlebten, allen Sorgen der Einwanderer-Familie zum Trotz, eine «wunderschöne Fussball-Jugend», wie es Werner Decker formuliert. Zu Hause hielt die Mutter den Kindern den Rücken frei und schottete sie gegen existierende oder drohende Probleme ab. Und am

Der Stolz, für den renommierten Ausbildungsverein FC Concordia spielen zu dürfen: Gruppenbild mit Talenten.

Bei jedem Spiel, in jedem Training als Beobachterin dabei: Emine Yakin verfolgte den Werdegang ihrer Söhne peinlich genau.

Spielfeldrand schaute sie mit scharfem Blick bei jedem Wetter dazu, dass kein Trainer ihre Buben schlecht behandelte – so wie zum Beispiel jener Junioren-Verantwortliche des FC Concordia, der es wagte, Hakan in zwei aufeinander folgenden Spielen nicht einzusetzen.

Sogleich schickte Emine den vermeintlich links liegen gelassenen Sohn (gegen dessen Willen) zum FC Basel. In der Tat hat der junge Hakan Yakin ein Junioren-Training beim FCB bestritten, doch dann bekam Concordia Wind von der Sache und holte den verunsicherten kleinen Stürmer zurück. Diese Aktion war Emine Wertschätzung genug. Sie lenkte ein, und Hakan durfte weiter für die «Congeli» spielen. Damit war der Friede wiederhergestellt, und fortan verlief die Geschichte erneut so, wie sie auch später beim FC Basel täglich zu erleben war – Hakan und Murat trainierten, Emine stand an der Seitenlinie, strickte oder kauderwelschte mit den übrigen Zaungästen. Als wäre sie selbst ein Fussball-Profi geworden, hat sich die Mutter im Verlauf der Jahre ihr eigenes Tagesprogramm zusammengestellt: Um 8 Uhr 20 Aufstehen, 10 Uhr

Training, 12 Uhr Mittagessen mit Siesta, 16 Uhr Training, dann Abendessen, Fernsehen und Schlafen.

Die Kinder profitierten stark vom privaten Coaching. Sie mussten selbst in den wettkampffreien Wochen nicht auf ihren Lieblingssport verzichten, und auch die regelmässigen Sommerferien beim Vater, der in Visp bei der Balduin Weisser AG eine neue Arbeitsstelle gefunden hatte, waren eine glückliche Zeit. Die räumliche Trennung der Eltern hatte zu einer Entspannung der familiären Situation geführt, die Beziehung zwischen dem Vater und den Kindern hatte sich verbessert, und wenn Mustafa jeweils mit dem Velo zur Arbeit geradelt war, packten Hakan und Murat den Ball und gingen auf den Rasen hinter der Visper Litterna-Halle, um mit gleichaltrigen Buben Fussball zu spielen.

Geblieben ist aus jener Epoche eine überaus grosse Popularität der Yakins im Wallis. Als Murat im Jahr 2003 auf Einladung des EHC Basel nach einem Spiel gegen Visp den jeweils besten Spieler der beiden Teams auszeichnen durfte, kurvte der von den Journalisten ausgewählte Walliser Torhüter Rainer Karlen

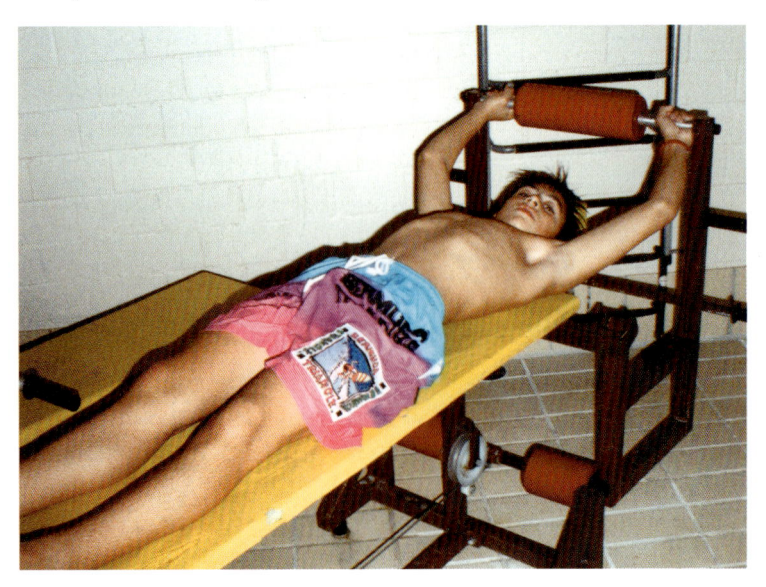

Der Kraftmeier: Hakan bei einer Beschäftigung, der er im späteren Verlauf seiner Karriere nicht mehr so gerne nachging.

Alles im Griff: Emine packte im Sommer jeweils den Haushalt ein und fuhr mit Murat und Hakan per Zug in die Türkei.

übers Eis und begrüsste den verdutzten Fussballer: «Hallo Muri, kennst du mich nicht mehr?» Karlen war jeweils mit von der Partie gewesen, wenn im Sommer hinter der Litterna-Halle der Ball der Yakins rollte. Einmal hatten die Buben eine Stoppuhr mitgenommen, um zu messen, wie lange Murat mit dem Ball jonglieren könne, ohne dass der auf den Boden falle – nach einer Viertelstunde und der «schätzungsweise 1500. Berührung» (Hakan) brachen sie die Übung gelangweilt ab. Murat hätte noch Stunden weiter jonglieren können.

Der einzige Gräuel für die beiden Buben war jeweils, wenn sie mit Emine in die Türkei reisen mussten – 24 Stunden im Zug durch den gesamten Balkan, durch Griechenland in die Heimat der Mutter, eine endlos scheinende Fahrt in der stickigen Luft überfüllter Wagons «mit all den vielen Leuten und ihren tausend Paketen und Migros- oder Aldi-Taschen» (Murat).

Am liebsten war den beiden die Meisterschaftszeit. Der Stimmungsgrad unter der Woche erhöhte sich dann jeweils wie eine linear ansteigende Fieberkurve: Montag, Mittwoch und Freitag war Training, am Samstag als Höhepunkt das Spiel. Auch am Sonntag hielt Murat und Hakan nichts davon ab, mit dem Ball auf die Sportanlagen St. Jakob zu gehen. Ausserdem gab es dort die Möglichkeit, leere Flaschen einzusammeln und beim Kiosk die Pfandgebühr zu kassieren, 30 Rappen für eine kleine, 50 Rappen für eine grosse Flasche. «An guten Tagen», so Murat, «kamen bis zu zehn Franken zusammen.» Das verdiente Geld wurde zweckgebunden angelegt – in selbstklebende Fussballer-Bildchen. Und je weniger die Angestellten hinter der Ladentheke ihre Verkaufsfläche bewachten, desto länger reichten die paar Franken Flaschengeld.

Einsatz und Talent zeitigten Wirkung. Murat wurde von Jahr zu Jahr ein besserer Mittelfeldspieler, und Hakan besiegte mit seinen Toren – in seiner Zeit als D-Junior waren es durchschnittlich acht pro Match – die Gegner im Alleingang. Sein Kopfballspiel war schon früh verblüffend gut, auch wenn er seinen Gegenspielern manchmal nur bis zum Bauchnabel reichte. Seine Dribblings waren

Acht Tore pro Match als D-Junior: Bei Hakans Trefferquote musste ja die eine oder andere Medaille herausschauen.

Nutella-Schnitten, Joghurt, aber auch aufwändigere Speisen: Wenn Emine zum Essen lädt, dann muss keiner darben.

unwiderstehlich, und er beherrschte den Fallrückzieher, als sei diese luftige Akrobatiknummer ein angeborener Reflex.

Das beachtliche Problem war nur, dass eine Mannschaft mit Hakan Yakin in ihren Reihen nach zwei Dritteln einer Partie so deutlich führen musste, dass sie den Ausfall ihres besten Spielers verkraften konnte. Nicht selten jedenfalls ging Hakan, dem Pummelchen mit dem Bürstenschnitt, früh die Luft aus. Ebenso oft, erzählt Marco Balmelli, sein früherer Trainer und heutiger Berater, musste der Mannschaftsbus auf den Reisen zu Auswärtsspielen einen ungeplanten Zwischenhalt einlegen. Der Hauptgrund: Hakans Magen, vollgestopft mit Mutters «kurabiye» (türkische Süssigkeiten), versagte seinen Dienst und leerte sich unter Krämpfen. So reichte es am Ende nie ganz an die Spitze. Namentlich die Zürcher Young Fellows mit Daniel Tarone, der es später beim FC Zürich und beim FC Aarau zu mittlerer Berühmtheit schaffte, standen Hakans Concordia-Teams vor der Nase.

Auch Murat verlor die eine oder andere grosse Partie auf Junioren-Ebene. So etwa am 10. Mai 1989, als das «Inter C» des

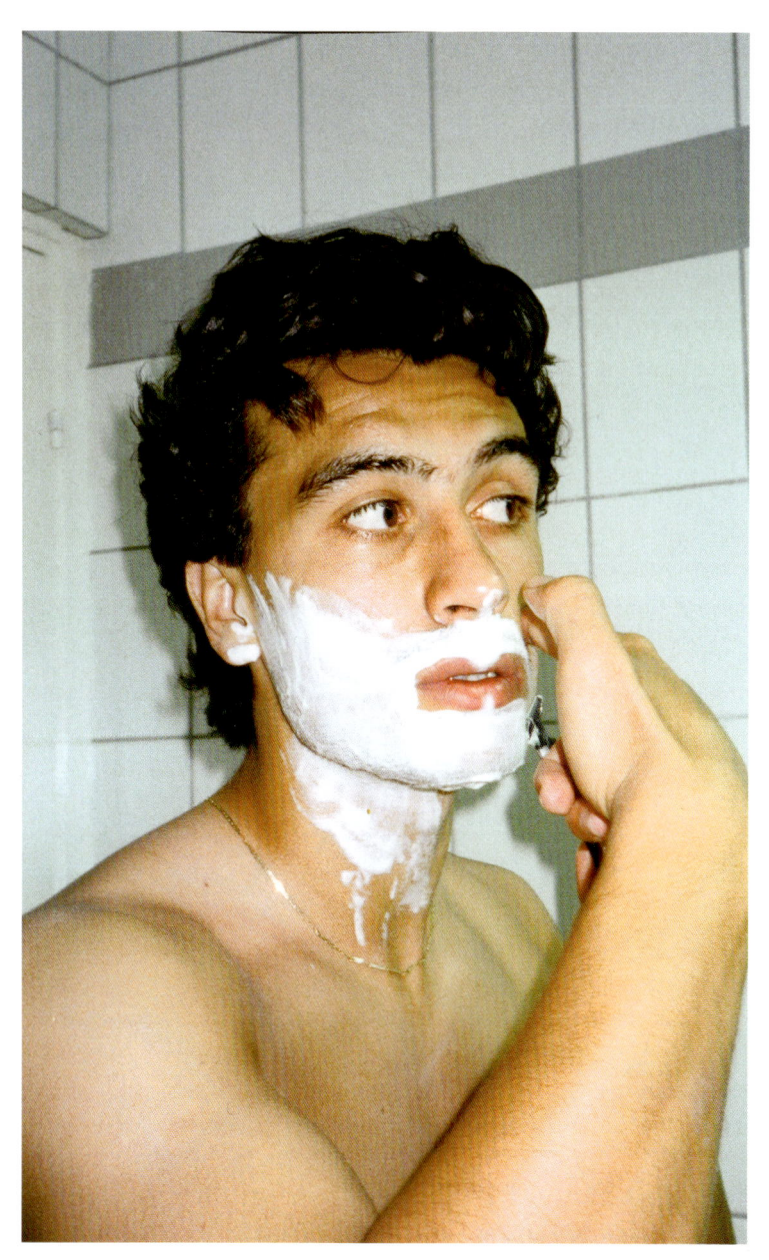

Die erste Rasur und Dauerwellenlook: Hakan, kurz bevor er den Sprung zum Berufsfussballer schaffte.

Stolz auf die Familie, stolz auf das Erreichte: Hakan, Ertan und Murat mit ihrer Trophäensammlung.

FC Concordia im Berner Wankdorf das Vorspiel zum Europacup-Final der Meister zwischen dem FC Barcelona und Sampdoria Genua (2:0) bestreiten durfte. Die Basler verloren diesen «Schweizer Cupfinal der C-Junioren» gegen den FC Zürich mit 0:1, obschon Murat Yakin einen überragenden Match bot, wie sich Teamkollegen noch 15 Jahre später erinnerten. Die Medaillen für die Jungen überreichte damals der grosse Johan Cruyff.

Als Erfolgserlebnis notierte sich Werner Decker am 25. September 1991 ein 3:0 der Nordwestschweizer Auswahl gegen die Alterskollegen aus Süddeutschland in seine Trainer-Chronik. Es war der erste Sieg einer Schweizer Equipe in einer dieser traditionellen Begegnungen überhaupt. Sämtliche drei Tore (zwei davon auf Penalty) erzielte Murat Yakin. Er war der Patron des Teams, leicht zu finden, weil er immer dort war, wo sich Entscheidendes ereignete. Längst hatte er Deckers Grundsatz, «dass ein guter Mittelfeldspieler nicht auf dem Boden sitzt», verinnerlicht, und stets sah er schon im Voraus, wie sich eine Spielsituation entwickeln

Die gemeinsamen Auftritte der Brüder im Juniorenalter waren selten, aber erfolgreich: Hier nach dem Gewinn eines Hallenturniers.

Zurück am Ort seiner familiären Wurzeln: Hakan Yakin während eines Türkei-Aufenthaltes mit dem FC Concordia.

Klare Vorstellungen, wie die Zukunft der Söhne aussehen sollte: Emine Yakin als Gast in einem Training des FC Basel anfangs 2000.

würde. Murat Yakin schätzte diese Partien mit der Nordwestschweizer Auswahl und die «lustigen Methoden» von Trainer Decker. «Einmal brachte er jedem Spieler ein Stück Holz mit. Wir mussten in die Hände spucken und dann aufs Holz klopfen.»

Yakins Leistungen und die ersten Zeitungsartikel über das heranreifende grosse Talent riefen in Auxerre den legendären Trainer Guy Roux auf den Plan. Er schaute sich den gelobten Münchensteiner in einem Spiel gegen eine Elsässer Jugendauswahl genauer an und offerierte ihm rasch entschlossen einen Platz im bekannten Burgunder Fussball-Internat. Doch Murat lehnte dankend ab. Seine Zukunft als Profi hatte bereits konkrete Formen angenommen.

Besitzergreifend: Hakan wird den Ball, den er in den Händen hält, wahrscheinlich so schnell nicht mehr hergeben.

Der erste Vertrag

... dass ich wenigstens das Handgeld sehen will,
wenn mein Sohn schon Basel verlassen muss.
(Emine Yakin)

«Was soll nur aus dir werden?» Als sich die Schulzeit nach neun Jahren dem Ende zuneigte und Murat Yakin noch immer keine Lehrstelle gefunden hatte, liess Lehrer Beda Gadola den aufgekommenen Befürchtungen freien Lauf. Er schnappte sich das Sorgenkind und mahnte eindringlich: «Mit dem Fussball kannst du doch nicht dein Leben bestreiten.» Manchmal täuschen sich sogar Lehrer.

Doch Murat, knapp 16-jährig, tat, wie ihm empfohlen worden war. Er suchte sich eine Lehrstelle und fand sie auch bei der Firma Bötzberger, wo er sich fast zwei Jahre lang – zwischen 1990 und 1992 – auf einen bürgerlichen Beruf vorzubereiten versuchte. Er hatte sich für den Job des Metallbauzeichners entschieden, weil ihm die Arbeit als Schlosser im blauen Gewand nicht zusagte, wie er in einer vorgängigen Schnupperlehre in Werner Deckers Betrieb ziemlich rasch erkannt hatte. Vielleicht lassen sich eines Tages ein paar Versuchsskizzen des Metallbauzeichnerlehrlings Murat Yakin («ich sass im Büro und malte vor mich hin») an einer Wohltätigkeitsveranstaltung versteigern, doch hohe Wellen warf der Münchensteiner in dieser Berufssparte nicht.

Das musste er auch nicht, denn gut zwei Jahre nach Beginn der Lehre erfüllte sich sein grosser Wunsch, als Profi auf dem Rasen Fuss zu fassen. Aufmerksam auf den überragenden Junior wurde zunächst nicht der FC Basel, der auf der anderen Seite der 14er-Tramgeleise offenbar zu sehr mit den Sorgen seines frustrierenden Nationalliga-B-Daseins beschäftigt war, sondern der Grasshopper-Club in der Person seines Sportdirektors Erich Vogel. Dieser hatte über den Spielervermittler Angelo Semeraro, der Anfang der 90er-Jahre im Nachwuchsbereich des FC Aarau tätig war, den Hinweis erhalten, er, Vogel, solle sich doch einmal diesen jungen Alleskönner des FC Concordia anschauen, der, stets in einer höheren Alterskategorie spielend, Mal für Mal der auffälligste Akteur auf dem Rasen sei. Vogel nutzte die Gelegenheit beim nächsten Heimspiel im Leichtathletik-Stadion St. Jakob, um sich den 16-jährigen Yakin anzuschauen, der sich unter René Rietmann im 2.-Liga-Team des Vereins schnell und locker einen Stammplatz erspielt hatte.

Rietmann hatte den jungen Murat als Abwehrchef in einem Spiel der Junioren «Inter A» beobachtet – und sich dabei mächtig enerviert, «weil es doch nicht sein kann, dass ein dermassen begnadeter Fussballer auf einer halben Arschbacke den Libero gibt». Also hatte der ehemalige Nationalliga-A-Spieler im Sommer 1991 Yakin sogleich in sein Kader aufgenommen, «und weil Murat so gut war, hat er sofort gespielt.» Der Amateur-Trainer war bald auch der Meinung, der Ausnahme-Fussballer Murat Yakin müsse schnellstmöglich in der höchsten Schweizer Spielklasse und nicht beim FC Basel untergebracht werden. Wobei natürlich auch eine

Klein, aber bereits ein gefürchteter Torschütze: Hakans Talent war schon bei seinen ersten Einsätzen zu sehen. «Hakan gegen zwei», titelte er über diesem Bild.

Der Verein als Heimat: Im Kreise seiner Fussballkollegen fühlte sich Hakan von Beginn weg wohl.

Rolle spielte, dass der FCB (der gerne nahm und ungern gab) in jenen Jahren bei den Clubs der unteren Ligen in der Region ziemlich unbeliebt war.

«Drei oder vier Mal bin ich persönlich mit Murat zu den Grasshoppers gefahren, um ihn vorzustellen», erzählt Rietmann, «und Erich Vogel habe ich gesagt, dass er diesen jungen Spieler blind verpflichten könne.» Rietmann sah sich weniger in der Rolle von Murat Yakins Trainer und schon gar nicht von dessen zu feierndem Entdecker («beibringen musste ich ihm ausser ein bisschen Laufbereitschaft gar nichts mehr»). Wichtiger erschien ihm, Yakin unverzüglich an die richtige Stelle zu vermitteln. Doch als Vogel den gelobten Probanden in Basel persönlich unter die Lupe nehmen wollte, hatte er Pech. Yakin stand nicht auf dem Feld. «Um nicht aufzufallen, habe ich mich bei ein paar Concordia-Junioren im Stadion, unter ihnen Hakan Yakin, informiert, wieso Murat nicht spielen würde», erinnert sich Vogel. «Man sagte mir dann, er sei verletzt. Doch nach 55 Minuten kam er trotzdem aufs Feld. Und zehn weitere Minuten später wusste ich – der ist es!» Ein

JUNIORENTURNIER FC LANGENTHAL

DIPLOM

Wir gratulieren dem

FC Concordia

zum __1__ Rang HAKAN YAKIN

am Junioren-E-Turnier, um den 10. Karl-Käser-Pokal, vom 5. Juni 1988

JUNIORENABTEILUNG DES FC LANGENTHAL

Der Präsident:

Der Juniorenobmann:

Bald ans Siegen gewöhnt: Hakan brachte vom E-Junioren-Turnier des FC Langenthal ein Diplom mit. Sein Team gewann den Pokal.

Entdeckte auf der Suche nach Verstärkungen für die Grasshoppers den jungen Murat Yakin: Erich Vogel, passionierter Sportdirektor.

langes Zuspiel aus dem Stand auf den Flügel, eine zweite gute Aktion, und dem routinierten GC-Funktionär war klar, welch aussergewöhnlicher Junge ihm da im Schatten des St. Jakobstadions unter die stets zugekniffenen Augen gekommen war.

Vogel nahm unverzüglich Kontakt auf, zunächst mit Ertan Irizik, «doch diese Gespräche verliefen sehr harzig». Der nächste Ansprechpartner war Werner Decker, den Vogel bei einem Referat kennen gelernt hatte, das er einst auf Einladung des FC Concordia gehalten hatte. Begeistert war Decker nicht von der Idee, dass Murat seine eben erst begonnene Lehre schmeissen würde. Da konnte Vogel noch so sehr argumentieren, sein Auserwählter werde «keine Sekunde» in seinem Beruf arbeiten.

Noch weniger glücklich über die Aussicht, Murat ins ferne unbekannte Zürich zu verlieren, war Mutter Emine, deren familiäres Betreuungsprogramm noch immer umfassend war – inklusive Zapfenstreich um Mitternacht für ausgehfreudig gewordene Söhne. Ausserdem war der von GC umworbene Murat innerhalb der Familie der Chef geworden und zu jener Zeit auch bei der

Fussball-Fragebogen

Name, Vorname	Yakin Hakan
PLZ, Ort, Strasse	Chr. Merianstr. 4 4142 M'stein
Tel. P/G	411'28'65 / 411'35'00
Beruf, Arbeitszeit	Metallbauschlosser 7:00 – 15:30 Uhr
Arbeitgeber	Werner Decker
PLZ, Ort, Strasse	Pumpwerkstr. 26 4142 M'stein
Ziel als Fussballer	Nati A
Spielposition	allg. Stürmer
Lieblingsposition	Mittelstürmer
Stärken	Kopfball, Technik
Schwächen	Kondition

Was glaubst Du, musst Du bringen, um den Aufstieg zu realisieren?
Konzentriert in die Spiele gehen. Disziplin

Was würde für Dich ein eventueller Aufstieg bedeuten?
Ich würde mich sehr freuen. Inter A ist ein anderes Niveau.

Was glaubst Du, konntest Du bis anhin vom Trainer am meisten lernen?
Vom Trainer sollte man lernen, was da ein Fussballer lernen muss.

Nenne mir eine Spielposition, auf der Du nach Deiner Ansicht der Mannschaft am meisten nützen kannst?
Stürmer

Was sind Deine Erwartungen von diesem Trainingslager?
Kammeradschaft, Disziplin, Freiheit.

Wo glaubst Du, hast Du Dich in dieser Vorrunde fussballerisch am meisten verbessert?
Ich laufe mehr als die letzte Saison.

Wie beurteilst Du die Kameradschaft in Deinem Team?
Sehr gut

Wie wichtig findest Du die Kameradschaft in einem Team?
In einer Mannschaft ist das wichtigste die Kameradschaft.

Was glaubst Du bezweckt solch ein Trainingslager wie hier in Torremolinos?
Man kann alles üben, was wir in der Schweiz keine Zeit haben.

Was hälst Du von Ordnung und Disziplin?
Ich halte viel von Ordnung und Disziplin.

Pflichtbewusster Jungfussballer: Der Fragebogen, den Hakan auf Geheiss seines Trainers Gerry Portmann ausfüllte.

Fürsorge der erste Ansprechpartner für Fragen rund um das Dossier Yakin.

Die innere Zerrissenheit des Spielers, der die Herausforderung GC ebenso sah wie den Wunsch seiner Mutter und die Pflichten in den eigenen vier Wänden, spiegelte sich auch in den komplizierten Momenten, die den erfolgreichen 1.-Liga-Aufstiegsspielen des FC Concordia gegen den FC Ibach folgten. Das Hinspiel hatten die Basler 1:0 gewonnen – dank einem fulminanten, aber nicht unhaltbaren Weitschuss von Murat Yakin, der wegen chronischer Muskelbeschwerden im Oberschenkel erst im Verlauf der zweiten Halbzeit eingewechselt worden war, dann aber die Begegnung auf seine Weise entschied.

«Ich habe Murat während der Partie gefragt, ob er spielen könne», erinnert sich Trainer Rietmann, der sich angesichts des torlosen Spielstandes zu erhöhtem Risiko gezwungen sah. «Er sagte ja, und ich erklärte ihm, es reiche ja schon, wenn er einmal aufs Tor schiessen würde. Am Schluss brauchte er jedoch zwei

Erste Starallüren? Hakan, umschwärmt von zwei Mädchen. Zu dieser Zeit weilte Murat bereits in Zürich, um für GC zu spielen.

Versuche, bis der Ball im Netz war. Aber er hatte seinen Job getan.» Die Stadion-Uhr zeigte die 87. Minute, als Murat Yakins Weitschuss mitten im Tor einschlug.

Mehr war nicht zu sehen vom grossen Talent an jenem Tag. In 20 Minuten lief er keinen Kilometer, er schleppte sich übers Grün – aber wieder hatte er im Mittelpunkt des Geschehens gestanden. Im Rückspiel am 7. Juni 1992 spielte Yakin wegen seiner hartnäckigen Blessur wiederum nur 20 Minuten, doch die «Congeli» schafften dank zwei Treffern von Endre Richter zum 2:2 die Promotion auch so. Unmittelbar nach jener Partie setzte Murat Yakin seine Unterschrift unter ein Dokument, das ihm auch vertraglich den Weg ebnete zum erträumten Leben als Profi-Fussballer.

Weil der FC Basel in der Zwischenzeit mitbekommen hatte, dass die Grasshoppers drauf und dran waren, das Talent mit den grössten sportlichen Perspektiven aus der Nordwestschweiz zu entführen, entschied sich Vogel, keine Sekunde mehr zu vergeuden.

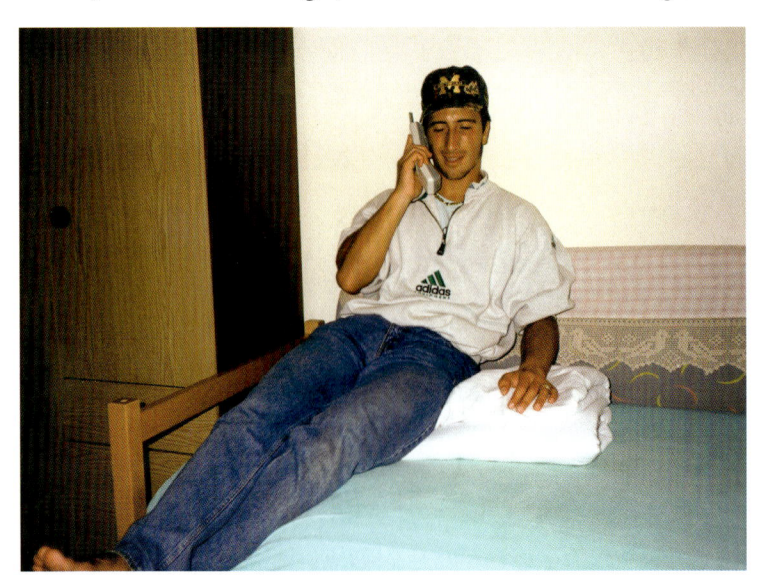

Früher Weggang aus dem heimischen Münchenstein: Trotz Mutter Emines Widerstand wechselte Murat nach Zürich.

Erster Transferstreit: Hatte Peter Epting, der damalige Präsident des FC Basel, einen gültigen Vertrag mit Murat Yakin abgeschlossen?

Er reiste nach Ibach, versteckte sich in der Menge, verschaffte sich dann Zutritt in den Garderobentrakt des Clubhauses und schnappte sich Murat Yakin, der gerade mit seinen Kollegen den Aufstieg feierte. Zusammen mit Mutter Emine und Ertan Irizik gingen sie in die Schiedsrichterkabine, wo Yakin mit 16 Jahren seinen ersten Vertrag mit dem Grasshopper-Club Zürich unterzeichnete – eine Viertelstunde nach dem Schlusspfiff seiner letzten Amateurpartie hatte er sich seinen Berufswunsch aus Primarschulzeiten («Fusbalschpiler») erfüllt.

Doch die Überraschung war gross, als Murat Yakin am 23. Juni 1992 nicht bei Oldrich Svab im Hardturm auftauchte, sondern im ersten Training des FC Basel mit Friedel Rausch. Die «Basler Zeitung» berichtete, wie sich FCB-Präsident Peter Epting und Transferchef Gustav Nussbaumer «genüsslich die Hände rieben», nachdem sie wieder einmal Prügel bezogen hatten, weil ihnen ein Talent ausgespannt worden war. Zu Beginn der 90er-Jahre war dies keine Seltenheit, die Fälle Micha Rahmen (GC) und

Matthias Bärlocher (FCZ) wurden den Basler Verantwortlichen von den Kritikern immer wieder unter die Nase gerieben. «Wir sind gespannt, was die Zeitungen jetzt schreiben werden», frohlockte Epting an diesem Montagmorgen.

Den Haken, dass Murat bei GC bereits einen Vertrag unterzeichnet hatte, bezeichneten die Basler flugs als «Häkchen». Plötzlich war die Rede von einem Vorvertrag, den Yakin früher schon in Basel abgeschlossen habe. Was folgte, war eine dritte Unterschrift des Unmündigen – diejenige unter einen Kontrakt mit dem FC Basel. «Epting und Nussbaumer sagten mir, es sei kein Problem, den Vertrag mit GC rückgängig zu machen, wenn ich zum FCB kommen wolle. Also unterschrieb ich.» So die Erinnerung Yakins. Den Reportern diktierte der Hin- und Hergerissene in die Blöcke, er wolle «in der kommenden Saison in Basel spielen» und sich «einen Platz in der ersten Mannschaft erkämpfen». Mutter Emine stand daneben – zufrieden, ihren Sohn auch weiterhin in ihrer Nähe wissen zu dürfen. Dachte sie jedenfalls in diesem Moment. So ganz wohl war den FCB-Funktionären

Tauziehen um den älteren der Yakins verloren: Gustav Nussbaumer, anfangs der 90er-Jahre Transferchef beim FC Basel.

Talent nicht erkannt: Friedel Rausch, Trainer des FCB, verzichtete darauf, Murat für seine Mannschaft zu verpflichten.

aber offensichtlich nicht bei ihrem Handstreich. «Die Situation ist verworren. Wir müssen uns nun sofort mit den Grasshoppers an einen Tisch setzen und die Sache diskutieren», sagte Nussbaumer. Ein erster Versuch scheiterte, Vogel war – vor dem Zeitalter mobiler Telekommunikation – nicht zu erreichen.

Tage später fuhr der FC Basel ins Trainingslager. Nicht in die weite Ferne, weil das Geld fehlte, sondern auf die «Saigerhöh» in den Schwarzwald. Murat Yakin war mit von der rot-blauen Partie – mit der Zustimmung Erich Vogels, der in ständigem Kontakt zu seinem Wunschspieler stand. «Ich wollte Murat die Entscheidung überlassen, wo er in Zukunft zu spielen gedenke», schildert Vogel seine Beweggründe, nicht auf den in Ibach geschlossenen Vertrag zu pochen. Er hatte schnell begriffen, dass er den Menschen Murat Yakin nicht unter Druck setzen durfte, wenn er dessen Vertrauen gewinnen wollte.

Die Freude über den Coup war für den FCB denn auch von kurzer Dauer. Yakin, noch immer handicapiert durch seine

Oberschenkelprobleme, hatte bei Friedel Rausch keine Chance. «Er kam als hoch gelobtes Talent», sagte der Deutsche 13 Jahre später, «und Nicht-Fachleute erklärten, er könne sofort in der ersten Mannschaft spielen. Doch Murat hatte noch so viel Jugendspeck auf den Rippen, dass er läuferisch nicht mithalten konnte. So wie Karl-Heinz Rummenigge früher, den haben ja zu Beginn auch alle ausgelacht wegen seiner Rotbäckchen.» Das zentrale Problem für Rausch war, dass er kurzfristigen Erfolg brauchte. «Und der war meiner Meinung nach mit Murat Yakin zu jener Zeit nicht zu haben. Dann hat ihn GC geholt.» Was sich, wie anzufügen wäre, eher kurz- als mittelfristig auszahlte.

Rausch und Yakin haben sich später ein paar Mal getroffen. «Wir haben auch darüber geredet, dass die Zeitungen noch heute schreiben, ich hätte gesagt: ‹Was will ich mit diesem fetten Türken?›, und wir haben jeweils herzhaft gelacht über solche Schlagzeilen», berichtet Rausch, der Zeugen zufolge geäussert haben soll, Yakin solle «zuerst fünf Kilo abnehmen und dann

Das überlieferte Zitat stimmt nicht: Friedel Rausch wollte Murat Yakin nicht in seinem Team, doch seine Wortwahl sei anders gewesen als kolportiert, sagt der Coach.

Er gewann das Tauziehen um Murat Yakin, weil dem Spieler die respektvolle Art gefiel, wie er behandelt wurde: Erich Vogel.

wiederkommen». Doch er habe das grosse Können Murats sofort erkannt, und dieser habe daraus «so viel gemacht, dass er einer der wertvollsten Schweizer Fussballer geworden ist». Für Yakin selbst war es nie ein Problem gewesen, dass Rausch auf Erfahrung setzte und nicht auf Junge. «Ich habe das von Anfang an gespürt, aber es gibt im Fussball Situationen, in denen Trainer so handeln müssen», sagt er heute.

Als der FCB seine Zelte im Schwarzwald abgebrochen hatte, setzte Yakin seine Reise fort. Er nahm eine Einladung Erich Vogels an und absolvierte ein zweites Trainingslager im Sommer 1992. Mit den Grasshoppers fuhr er für zehn Tage nach Schweden. Und dort fiel die Entscheidung des Spielers, der sich dem Wunsch der Mutter widersetzte und GC seine Zusage gab. Nicht nur das hohe spielerische Niveau hatte Yakin damals beeindruckt, sondern auch die Physiotherapeuten: «Sie schafften es in einer Woche, dass ich schmerzfrei trainieren konnte.» GC war damals in der medizinischen Betreuung der Spieler den anderen Vereinen in der Schweiz meilenweit voraus.

Nicht dass aus dem Talent mit dem Jugendspeck plötzlich ein Konditionswunder geworden wäre, aber die beschwerdefreie Zeit in Schweden nutzte Yakin, um für seine Verhältnisse eine – wie er sagt – «sehr gute Vorbereitung» zu haben. Als er endlich einmal ohne Zerren und Stechen mit seinen prominenten Teamkollegen Heinz Hermann, Ciriaco Sforza, Marcel Koller oder Alain Sutter trainieren konnte, da war für den aufstrebenden Neuling rasch einmal klar geworden, dass seine Zukunft nur bei GC liegen konnte.

«Sportlich hatte ich zu jener Zeit nur eine Perspektive», blickt Yakin zurück, «und ich denke, das haben auch die Verantwortlichen des FC Basel begriffen. Sie konnten es einem 16-Jährigen nicht übel nehmen, wenn er seine Chance beim damals besten Club des Landes packen wollte.» In der Tat erledigte sich die grundsätzlich unangenehme Geschichte mit den zwei gültigen Arbeitsverträgen in Basel und Zürich folgenlos. Das war nicht ganz selbstverständlich, denn es hatte schon Fussballer gegeben, die für «doppelte» Unterschriften von ihren Verbänden mit mehrmonatigen Sperren bestraft wurden, weil die Vereine nicht gewillt waren,

Ohne den Schutz des grossen Bruders: Hakan verfolgte den Aufstieg Murats zunächst nur aus der Ferne.

Bald nach Murat der umworbenste Junior des Landes: Hakan Yakin hatte die Qual der Wahl, wo er seine Profilaufbahn starten wollte.

von ihren Positionen abzuweichen. Am Tag nach der Rückkehr aus dem Trainingslager in Schweden, am 8. Juli 1992, durfte sich der Finanzchef der Grasshoppers über einen seltenen Zustupf freuen. Der Hardturm war bei einem Testspiel für Zürcher Verhältnisse mit fast 6000 Zuschauern hervorragend besetzt: GC empfing die prominente deutsche Mannschaft von Borussia Dortmund. Es war ein Wiedersehen mit dem früheren GC-Trainer Ottmar Hitzfeld, der mitsamt seinen Stars von Stéphane Chapuisat bis Michael Rummenigge erschienen war.

Was die Zürcher Fans dabei zu sehen bekamen, überzeugte sie vom bevorstehenden Durchmarsch ihrer Lieblinge in der Nationalliga A. Die Grasshoppers besiegten den späteren Champions-League-Sieger aus Dortmund gleich mit 4:1. Giovane Elber sowie Joël Magnin, ein Testspieler aus Moutier, erzielten je zwei Tore (für Dortmund traf Michael Zorc) – und Murat Yakin durfte ein paar Minuten lang Luft im Spitzenfussball schnuppern.

Dieses Spiel bestärkte ihn zusätzlich in der Überzeugung, dass sein Entscheid richtig gewesen war. Doch da war noch Mutter

Derweil Murat den Transfer zu GC perfekt machte, reiste Hakan, der «behütete Junge» (Gerry Portmann), ein weiteres Mal in die Türkei.

Emine, die sich mit dem Transfer ihres Sohnes weiterhin nicht anfreunden konnte. Zusammen gingen die beiden nach dem 4:1 gegen den Bundesligisten hoch in die Präsidentenloge des Hardturm-Stadions und sprachen auf der Chefetage der Grasshoppers vor. Emine Yakin liess ausrichten, dass es ihr lieber wäre, wenn Murat beim FC Basel spielen würde. «Ich hatte ihr zwar hundert Mal gesagt, ich wolle wechseln», schildert Murat Yakin jene skurrile Szene aus der Distanz von über elf Jahren, «aber Mutter wollte, dass ich bei ihr bleibe.»

Die emotionale Seite war aber nur der eine Teil des Besuchs – der andere war eher materieller Art. So folgte Emine Yakins Plädoyer für einen Nicht-Transfer der Zusatz: «... dass ich wenigstens das Handgeld sehen will, wenn mein Sohn schon Basel verlassen muss.» Ausgemacht waren für den Fall eines Übertritts 10 000 Schweizer Franken, für Murat damals «eine Riesensumme». Die Führungsriege der Grasshoppers reagierte entschlossen. Präsident Benno Bernardi, Coach Fritz Jucker, Vorstandsmitglied Heinz Spross, ein Neffe des Mäzens Werner H. Spross, und alle, die sonst zugegen waren, zückten ihre Brieftaschen und legten sämtliches Bargeld zusammen, das sie auftreiben konnten.

Aus der spontanen Sammelaktion resultierten über 5000 Franken, die umgehend Emine Yakin übergeben wurden, mit dem Versprechen, der Rest werde bald folgen. Die mütterliche Renitenz war damit gebrochen. Die Taschen vollgestopft mit Banknoten, willigte sie ein, als Zeichnungsberechtigte (Murat war noch nicht volljährig) das Übertrittsformular zu unterschreiben. Damit stand dem Wechsel Murat Yakins zu den Grasshoppers nichts mehr im Wege, und so erlangte jener erste Profivertrag Gültigkeit, der fünf Wochen zuvor in der Schiedsrichterkabine auf dem Sportplatz Gerbihof von Ibach abgeschlossen worden war. Emine Yakin wusste erstmals frühzeitig, wie sie die nächsten Ferien in der Türkei finanzieren konnte.

Während sich Murats Zukunft mit der Übergabe des zugesicherten Handgelds bei GC klärte, schoss Hakan mit der ihm eigenen Unbeschwertheit seine Tore für die Juniorenteams des FC Concordia. Murat sagt von seinem Bruder «Hatsch», wie er ihn nennt: «Er hatte es viel leichter als ich. Er durfte Fehler machen, er konnte sich amüsieren, während ich stets die Verantwortung trug.» So, wie es bis heute auf dem Feld geblieben ist, wo Murat Yakin der Organisator ist, derweil sich der Kleine vorne im Angriff verlustiert. Auch zu Hause bekam Hakan wenig mit von den existenziellen Sorgen. «Er durfte am Computer spielen», berichtet Murat. «Hakan durfte das klassische Kind sein», urteilt Mutter Emine, und sie charakterisiert ihn als «stets impulsiv und schlitzohrig».

«Haki war ein sehr behüteter Junge», sagt auch Gerry Portmann, sein Trainer im «Inter A». Zu Hause schaute die Familie zum Nesthäkchen, auf dem Platz waren es die Kollegen. «Er stand vorne im Angriff und erzielte die Tore, hinter ihm sicherten die andern ab. Und wehe, einer der Gegenspieler wagte es, sich an Haki zu vergehen.» Der kleine Angreifer war der Liebling der Mannschaft, auch weil er jeden Mitspieler stets als Freund betrachtete. Ein nicht alltäglicher Zug eines Fussballers, der schon Hakans früherem Trainer Marco Balmelli (1985 bis 1987) aufgefallen war.

Gemäss Murat das noch grössere Talent als er selbst: Hakan hatte das Ziel, es seinem Bruder gleichzutun und sein Geld mit Fussball zu verdienen.

Mit den Jahren und Murats Erfolgen in Zürich wuchs selbstverständlich auch der Wunsch des jüngeren Bruders, eine erfolgreiche Karriere als Fussballer zu starten. «Wenn ich jeweils als Junior des FC Concordia an unseren Verpflegungsständen im St. Jakobsstadion Würste verkauft habe, dann habe ich immer gespürt, dass ich eines Tages auch einmal da unten auf dem Rasen stehen wollte.» Und kaum einer zweifelte daran, dass es Hakan schaffen würde. Die Lobeshymnen über Yakin den Jüngeren hatten schon früh epische Züge angenommen, auch familienintern.

Den Journalisten in Zürich diktierte Murat in die Notiz-blöcke, dass in seiner Familie das noch grössere Talent heranwachse, und bei jeder Partie und nach jedem Tor des kleinen Hakan nickten die Experten am Spielfeldrand anerkennend: «Jawohl, hier kommt der nächste Star.» Keine einfache Situation für einen jungen Fussballer, der bislang ziemlich wenig vom Ernst des Lebens und nur indirekt etwas von der Härte des Profi-Geschäfts mitbekommen hatte. «Ich wollte mich nicht unter Druck setzen lassen», blickt Hakan Yakin zurück, «auch nicht, als Muri seinen Vertrag bei GC unterschrieben hatte.» Als wollte er bewusst «normal» bleiben, begann der gefeierte Nachwuchsstürmer neben dem geliebten Fussball einem geordneten Berufsleben nachzugehen. Die Familie suchte für Hakan eine Lehrstelle, und als Ertan Irizik bei seinem alten Lehrmeister Werner Decker anfragte, zögerte dessen damalige Frau keine Sekunde und offerierte Hakan eine vierjährige Ausbildung zum Metallbauschlosser. Am nächsten Tag reiste Hakan mit Mutter Emine für fünf Wochen in die Türkei in die Sommerferien. Das war 1993.

«Er hatte Talent als Schlosser», urteilt Decker im Nachhinein, «aber er hatte den Fussball im Kopf.» Sogar vom blauen Überkleid trug er den Kragen hoch wie Eric Cantona, der Franzose, der damals für Manchester United spielte. «Ich habe ihn dann jeweils gefragt, obs bei ihm da oben winde», erzählt Decker, der ansonsten für jeden Fussball-Spleen und Fussball-Termin seines Schülers Verständnis hatte. Kein Training hat Hakan Yakin wegen seiner Lehre auslassen müssen, im Betrieb wurde über Mittag durchgearbeitet und um halb vier Uhr war Feierabend.

Spieler des FC Concordia wurden regelmässig in die Junioren-Nationalmannschaften berufen. Allen voran Hakan Yakin.

Jubel im Trikot der Schweiz: Hakan folgte den Aufgeboten für die diversen Nachwuchsteams jeweils gerne.

Zwei Jahre lang habe Hakan Yakin eine «gute Lehre gemacht», erklärt Decker. «Er war stets freundlich, nie ein Rabauke, zeigte stets Respekt, und er ruft mich auch weiterhin jedes Jahr am 16. Juni an und gratuliert mir zum Geburtstag.» Die Probleme mit der Ausbildung begannen erst, als sich die Grossclubs um den Angreifer zu bemühen begannen. Es war eine Zeit voller Wirren,

Wohin sollte sein Weg führen? Hakan Yakin hatte als Concordia-Junior zahlreiche Angebote von Proficlubs. Der FC Bayern München war aber nicht unter den Interessenten.

voller Spekulationen und bewusst gestreuter Unwahrheiten, wobei der Name Yakin nach Murats durchschlagendem Erfolg bei GC wie ein Katalysator wirkte. Hakan absolvierte von der Sommerpause 1995 an Doppeleinsätze im «Inter A» und in der ersten Mannschaft, die in der Zwischenzeit wieder in die 2. Liga abgestiegen war. René Rietmann war noch immer ihr Trainer, und er setzte auf den 17-Jährigen, der, wie er sagt, «sehr faul war, aber mit einem Bierdeckel-Radius als Neuling unter gestandenen Aktiven in einer Halbsaison 13 Tore schoss». Das sorgte für Schlagzeilen, und mit jeder positiven Erwähnung wuchs der Druck namentlich auf den FC Basel, nach Murat den «zweiten» Yakin nicht auch noch verpassen zu dürfen. Dieser Druck wurde nicht geringer, als schon bald eine Zeitung vermeldete, der VfB Stuttgart interessiere sich für den torgefährlichen Nachwuchsangreifer. «Dabei hatte mir der VfB-Manager Dieter Hoeness nur ein Buch geschenkt, als ich mit der U18 an einem Hallenturnier in der Nähe von Stuttgart gespielt habe», lautet Hakins Erklärung.

Falsch war auch die Meldung, Yakin der Jüngere habe ein Angebot des FC Bayern München über 300 000 Mark jährlich ausgeschlagen, weil er nur in der Bundesliga spielen wolle, nicht aber – wie angeblich vorgesehen – in der Reserve-Mannschaft in der Bayernliga.

Bekannt waren Interessensbekundungen von Servette, des FC St. Gallen und allen voran der Grasshoppers. Wiederum war es Erich Vogel, der einen Vertragsabschluss mit einem Yakin forcieren wollte. «Die ganze Zeit über hatte ich Vogel am Telefon», erinnert sich Werner Decker. Er kann sich noch gut an das Spiel des FC Münchenstein anlässlich seines 75-Jahr-Jubiläums erinnern, als der damalige GC-Trainer Christian Gross mit Hakan-Gedanken im Hinterkopf an ihn herangetreten war. Decker jedoch machte keinen Hehl daraus, dass er sich zusammen mit Emine Yakin für einen Verbleib des Umworbenen in Basel einsetzen wolle. «Aus Verbundenheit mit dem FCB», wie Decker gesteht, «aber auch, damit er seine Lehre beenden konnte».

Andere Interessen verfolgte Hakans Club, der FC Concordia,

der vom FC Basel kontaktiert worden war. Gerry Portmann etwa, dem aufgefallen war, dass «Hakan von der Persönlichkeit her mit 17 Jahren noch lange nicht so reif war wie Murat», sprach sich für einen Verbleib des jungen Angreifers bei den «Congeli» aus. «Ich war immer der Überzeugung, dass aus Hakan mal ein richtig Grosser werden würde. Er war ja auch genial. Aber es wäre gescheiter gewesen, wenn er sich noch ein Jahr bei uns weiterentwickelt hätte, weil er wirklich keine Ahnung von dem hatte, was im Profi-Fussball Alltag ist.»

Noch deutlicher wurde Rietmann, der den FCB-Verantwortlichen, dem Präsidenten Peter Epting und Sportchef Oldrich Svab, ins Gesicht gesagt haben will: «Ihr werdet den Hakan nicht rausbringen, aber ihr steht in der Verantwortung, dass er ein Guter wird.» Der Spieler selbst hatte in der Winterpause 1995/96 die Überzeugung gewonnen, er müsse einen Wechsel in die Nationalliga A vornehmen. «Ich wollte am neuen Ort ein halbes Jahr Zeit haben, mich zu akklimatisieren, physisch vorwärtszukommen und mich mit Teileinsätzen an den Profi-Fussball zu gewöhnen.»

Zu früh Profi geworden? Nach Ansicht seiner Trainer beim FC Concordia (hinten Gerry Portmann) hätte Hakan weiter beim Amateurclub reifen sollen.

5000 Franken im Monat beim FC Basel: Die für ihn ungeheure Summe machte für Hakan den ersten Aufenthalt beim FCB unwesentlich angenehmer.

Hakans Fernziel: ein Stammplatz im Herbst 1996. Am Ende blieben auf der Liste der Interessenten zwei Club-Namen stehen – FC Basel und GC. Beide boten ihm Schnuppertrainings im Profi-Betrieb an, der FCB im Rahmen eines Vorbereitungscamps in Valencia im Januar 1995, das Hakan Yakin auch mitmachte, die Zürcher in Form einer Einladung zu einer Fussball-Reise nach Brasilien. Beide Vereine hatten auch familieninterne Mentoren.

Derweil sich Emine Yakin für den FCB aussprach, tendierte Ertan Irizik klar zu GC. Auch hörte Hakan von seinem Bruder «nur Gutes vom Hardturm». Hoffnung machten sich beide Vereine bis zum Schluss. Erich Vogel und der neue Präsident der Grasshoppers, Romano Spadaro, warteten am 28. Januar 1995 zur vereinbarten Zeit (13 Uhr) in der Nähe des Hardturm-Stadions, um Yakin den unterschriftsbereiten Vertrag vorzulegen. Sie warteten und warteten, und um 14 Uhr 30 meldete Ertan Irizik den beiden ungeduldig gewordenen GC-Verantwortlichen, sie sollten sich noch etwas gedulden, die Yakins seien unterwegs und in einer halben Stunde am ausgemachten Ort. «Das war eine ziemlich faule

Ausrede», stellte Vogel später fest. Denn die Yakins trafen sich mit Irizik und der Führungsriege des FCB um Peter Epting in der Autobahnraststätte Kemptthal, auf der Strecke Basel–St. Gallen (wo Irizik spielte). Und vor der Geräuschkulisse der A1 unterzeichnete Hakan Yakin letztlich einen Vertrag über zweieinhalb Jahre mit dem FC Basel, womit der FCB in Sachen Yakin gegen GC

Vorreiter und Vorbild für die Yakins: Ertan Irizik im Dress des FC St. Gallen. Später wurde Irizik der Berater seiner Brüder.

zum 1:1 ausgeglichen und ein bizarres Rennen um einen Nachwuchsfussballer beendet hatte.

Das schriftlich zugesicherte Salär des 17-Jährigen spiegelte den Druck, der bei diesem Prestige-Transfer auf dem FC Basel gelastet hatte. Stolze 5000 Franken brutto betrug der erste Grundlohn Hakan Yakins. «Das war für mich damals eine Riesensumme», gesteht dieser.

Mit der Freudenbotschaft sowie Blumen und Konfekt im Gepäck tauchten Decker und Epting später in der Wohnung der Yakins in Münchenstein auf, wo die Mutter ihre Glücksgefühle über den Verbleib des jüngsten Sohnes in ihrer Obhut nicht verbergen wollte. «Es gab jede Menge türkischer Spezialitäten, und es wurde ein richtig netter Abend», erinnert sich Decker, der erleichtert war, dass sein Zögling die Lehre fortsetzen konnte.

Es war einer der letzten frohen Momente für Hakan Yakin, denn vorübergehend verliess ihn das Fussball-Glück. «Die Zeit beim FC Basel war eine vergeudete – so, als hätte man ein Talent in den Dschungel geworfen», formuliert es Gerry Portmann rückblickend. Auch beruflich hatte Yakin Pech. Als er 1997 seine Lehre als Metallbauschlosser beenden wollte, liessen ihn die Experten um einen lausigen Zehntelpunkt durch die Abschlussprüfung fliegen, «nachdem der Berufsverband zuvor keine Gelegenheit ausgelassen hatte, um mit einem FCB-Spieler Werbung für die Branche zu betreiben», wie sich Decker noch heute mächtig aufregt.

Hakan Yakin, tief getroffen, meldete sich Tage später bei seinem Lehrmeister. «Ist nun alles fertig?» – «Ja», antwortete Decker, «aber du bekommst noch einen letzten Lohn, 1300 Franken.» – «Den schenke ich euch, teilt ihn auf und macht euch ein schönes ‹Znüni›.» Hakan Yakin konnte bald wieder lachen, auch weil die unangenehme, lehrreiche erste Zeit beim FCB in jenem Moment Vergangenheit war.

Kam mit Murat Yakin nicht zurecht und umgekehrt: Die Beziehung zwischen Winfried Schäfer und seinem Defensivspieler war, gelinde gesagt, unterkühlt.

MURAT AUF WANDERSCHAFT

Der Trainer kennt mich nicht, weil er mir nicht zuhört und weil ich nicht bereit bin, mich ihm zu öffnen.
(Murat Yakin über Christian Gross)

Aller Anfang ist schwer – auch für Sportreporter. Wie heisst er nun, dieser junge Mann, der sich da seit Sommer 1992 bei den Grasshoppers als Fussball-Profi versucht? Murat? Ja. Und wie weiter? Jakin?

So oder ähnlich erging es manchen Berichterstattern, als sie zum ersten Mal den Familiennamen des in Münchenstein aufgewachsenen Türken schreiben mussten. Nicht selten schaffte der falsch geschriebene Name auch den Gang durch die Zeitungskorrektorate.

Sechs Partien lang musste der Neuling zuschauen, was vor allem deshalb sinnvoll war, weil er konditionell keine Chance hatte, auf höherem Niveau mitzuhalten. Auf der Ersatzbank erlebte Murat zu Beginn der Saison 1992/93, wie sich die Grasshoppers einen Fehlstart leisteten, der ihnen nicht einmal die grössten Pessimisten oder die heissblütigsten FCZ-Fans zu prophezeien gewagt hätten. Nach sechs Runden war GC unter dem Strich klassiert und Oldrich Svab als Trainer schon ziemlich unter Druck geraten, als in der siebten Runde, am 18. August 1992, der FC Sion im Hardturm gastierte. Das Spiel fand an einem Dienstag statt – drei Tage nach dem 6:0 der Schweizer Nationalmannschaft gegen Estland, dem Auftakt zur erfolgreichen Qualifikation für die WM 1994 in den USA.

In jener Partie gegen die Walliser kam Murat Yakin zu seinem Debüt in der höchsten Schweizer Spielklasse – und dies gleich in der Startformation. Die Grasshoppers begannen druckvoll. Noch keine Minute war gespielt, als die Zürcher einen Freistoss treten durften, und da schnappte sich nicht der Teamhierarchie entsprechend einer der Grossen wie Heinz Hermann, Ciriaco Sforza oder

Alain Sutter den Ball, sondern «der debütierende Jungfuchs Murat Yakin», wie sich der Journalist Hansjörg Schifferli noch gut erinnern kann.

Yakin setzte mit einem Versuch aus über 30 Metern mit seiner Schusskraft eine erste Duftmarke, und auf den Rängen war ein Raunen zu vernehmen, auch wenn der Ball das Tor verfehlte. Da war er also, dieser Murat Yakin. Mit der ganzen Klasse und Masse, die in seinem Körper steckte, setzte er sich bald in der ersten Mannschaft fest, und als sich Schifferli mit dem Neuling verabredet hatte, um eine Geschichte über ihn zu schreiben, da überraschte dieser den erfahrenen Fussball-Berichterstatter neuerlich: «Wir sassen im Café Orion, er schilderte die Dinge mit einem unglaublichen Urvertrauen in seine Person und sagte dann: ‹Wir haben einen noch talentierteren Spieler in unserer Familie. Er heisst Hakan.›»

Bald schon, nach erbärmlichen fünf Punkten aus acht Spielen, erhielten die Grasshoppers einen neuen Trainer, den holländischen Starcoach Leo Beenhakker, der in seiner Karriere auch schon Real Madrid trainiert hatte. Unter ihm erzielte Yakin sein erstes Tor in der Nationalliga A. Das war am 17. Oktober 1992, beim 2:2 der Grasshoppers gegen den FC Lugano. Für Murat Yakin war Beenhakker ein Glücksfall, er bezeichnet ihn noch heute als «Supertrainer, vor allem für die jungen Spieler».

Das waren bei GC neben Yakin Joël Magnin, Johan Vogel und Massimo Lombardo. «Ich hatte jeden Tag unglaublich viel Freude, ins Training zu kommen», schildert Murat Yakin die Zeit mit dem Holländer, und an keinem Arbeitstag war er sich zu schade, dem Trainer den gewünschten Kaffee in die Kabine zu bringen. «Dort erzählte Beenhakker alte Geschichten aus seiner Karriere. Etwa, wie er seinen zugelaufenen Boxer nach dem Materialwart von Real Madrid benannt hatte, weil er diesem so ähnlich sah.» Glänzende Augen der hoffnungsvollen Jungprofis waren Beenhakker in solchen Momenten sicher.

Die Trainings des Holländers begannen in der Regel um halb elf Uhr, wenn sie auf zehn angesetzt waren. «Und meistens hat er

Einer seiner Lieblingstrainer: Murat hatte oft Probleme mit seinen Vorgesetzten, doch mit dem Holländer Leo Beenhakker konnte er gut.

nur gesagt: Wir machen jetzt ein paar Minuten Rondo (‹5 gegen 2›), dann Einlaufen, dann ein Trainingsspiel.» Doch die Lockerheit allein reichte nicht, um den schwachen Saisonstart zu korrigieren. GC rutschte, was eine Sensation war, in die Abstiegsrunde, schaffte aber den Klassenerhalt souverän – unter anderem auf Kosten des FC Basel, der in der Auf-/Abstiegsrunde unter Friedel Rausch an den Grasshoppers sowie am FC Luzern scheiterte und seine Aufstiegsträume um ein Jahr verschieben musste.

Trotz der GC-Krise war das erste Jahr als Profi für Murat Yakin sportlich ein durchschlagender Erfolg, finanziell hingegen ging die Rechnung lange nicht auf. Er hatte – wie dies unter dem Sportdirektor Erich Vogel so üblich war – einen extrem leistungsbezogenen Kontrakt unterschrieben, der besagte, dass er nach 30 Einsätzen einen Fixlohn von 3000 Franken erhalten sollte. Nach 60 GC-Spielen hätte dieser sich auf 5000 Franken erhöht. Den Rest seines Einkommens hätte Yakin, wie seine Mitspieler auch, als Prämien beziehen sollen. Prämien allerdings gab es bei den erfolgsverwöhnten Grasshoppers nur, wenn die Mannschaft auf den Rängen 1 bis 4 klassiert war, was in jener Saison 1992/93 nie der Fall war. Für Yakin bedeutete dies, dass er als Neo-Profi 30 Spiele lang auf den ersten Zahltag hätte warten müssen.

Unglücklich mit der getroffenen Regelung, erschien Murat mit seinem Bruder und Berater Ertan Irizik bald zu ersten Nachverhandlungen im Büro von Erich Vogel. Dieser erinnert sich noch heute bestens an die Vertragsgespräche mit seinem Lieblingsfussballer. «Sein Vertrag wurde in den ersten zwei Jahren bei GC schätzungsweise fünf Mal zu seinen Gunsten abgeändert. Murat forderte mir in diesen Gesprächen etwa so viel Zeit und Zusätze ab wie alle anderen jungen Spieler im Team zusammen.» Kein Wunder, war Yakins GC-Dossier am Ende seiner Zeit im Hardturm 1997 wesentlich dicker als diejenigen seiner Mitspieler. Es würde ein überaus tragfähiges Regal brauchen, wollte man eines Tages sämtliche Akten mit dem Vermerk Murat Yakin präsentieren, die seine Clubs im Verlaufe der Jahre erstellt haben.

Vogel war als Sportdirektor der Grasshoppers wie auch später

Erste Reisen als Profifussballer: Murat bei einem Europacup-Trip mit den Grasshoppers – und Emine war natürlich dabei.

Spendabler Sohn: Murat lud seine Mutter Emine schon als Jungprofi ein, die Reisen in ferne Länder mitzutun.

in gleicher Funktion beim FC Basel fast immer gewillt, auf die Wünsche Murat Yakins einzugehen. Allein schon weil er wusste, wie viel ein zufriedener Yakin auf dem Rasen wert sein kann – und wie wenig ein übel gelaunter. In der ersten Nachbesserungsrunde kam Vogel dem noch nicht 18-Jährigen dahingehend entgegen, dass er zwar nicht die Lohn-Fixa veränderte, sehr wohl aber die Anzahl der geforderten Einsätze bis zum ersten Zahltag. So schaffte es Murat Yakin im Dezember 1992 nach 15 Spielen mit GC zum ersten Salär von 3000 Franken. Gegen Saisonende hatte er auch die 30er-Marke geknackt und erhielt fortan 5000 Franken pro Monat.

Das erste Geld von den Grasshoppers bekam er jedoch schon früher, ziemlich genau zwei Wochen nach seinem 18. Geburtstag (15. September 1992). GC hatte in der 1. Runde des UEFA-Cups, am 16. September 1992, das Hinspiel gegen das favorisierte Sporting Lissabon mit seinen Stars Juskoviak, Figo und Balakov im Hardturm mit 1:2 verloren, doch dann überraschten die Zürcher die Portugiesen im Rückspiel 14 Tage später mit einem 3:1-Auswärtssieg. Murat Yakin war im Hinspiel eingewechselt worden, in

Lissabon spielte er durch – was ihm eine Erfolgsprämie in der Höhe von 7000 Franken bescherte. «Das war für mich Geburtstag und Weihnachten zugleich», sagt Yakin, der es im späteren Verlauf seiner Karriere im In- und Ausland mit Löhnen, Handgeldern und Prämien zum mehrfachen Millionär gebracht hat.

Die ersten Lohnzahlungen jedoch durfte der Jung-Profi nicht für sich behalten. Im Frühjahr 1993 meldete – schweizerischer Gesetzgebung folgend – die Fürsorge seines früheren Wohnortes Münchenstein Anspruch auf Yakins Salär bei den Grasshoppers an. So wie schon Ertan Irizik von 1986 an einen Teil seines kargen St.-Galler Lohnes an die Behörde hatte überweisen müssen, hatte auch Murat Yakin mit seinen ersten Einkünften der Gemeinde das Geld zurückzuerstatten, das die Familie zuvor als Sozialhilfe beansprucht hatte. Er zahlte ohne Murren – erst als er unterstützungspflichtig wurde für seinen Vater, der vor Jahren die Familie im Stich gelassen hatte, regte sich innerer Widerstand. Zahlen musste Murat dennoch. Sowenig jeweils die Stürmer am noch jungen

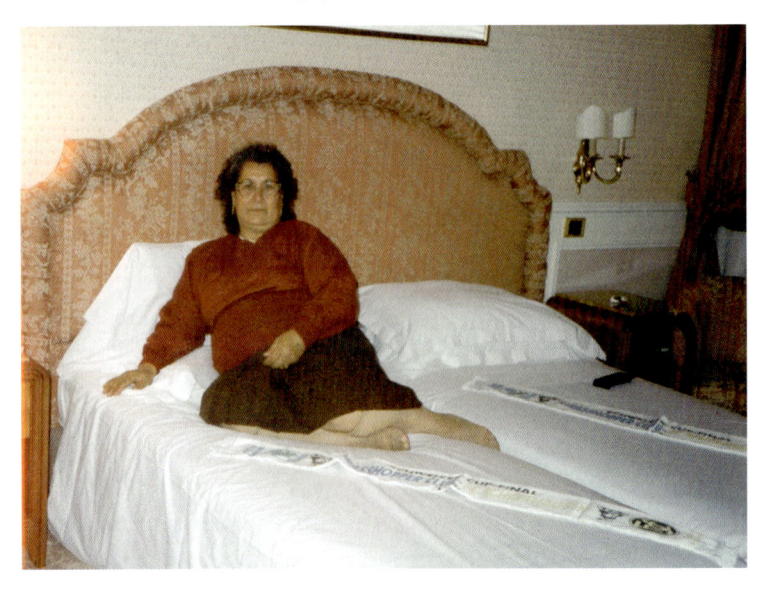

Leben wie ein Profi im Hotel: Emine Yakin erhielt von ihrem zweitjüngsten Sohn einiges zurück von dem, was sie für ihn aufgewendet hatte.

Spieler vorbeikamen, sowenig vermochte dieser mit seinem Gerechtigkeitsempfinden gegen das Gesetz etwas auszurichten.

Bald hatte der aufstrebende Fussballer andere Sorgen. Aus ihm unverständlichen Gründen musste Beenhakker nach ein paar Monaten die Grasshoppers wieder verlassen. Für ihn kam Christian Gross, den Yakin zuvor einmal getroffen hatte. «Das war bei einem Spiel in St. Gallen, als ich Ertan besuchte. Gross war damals Trainer in Wil, er kam auf mich zu und gratulierte herzlich zum Erfolg gegen Sporting Lissabon.» Da dachte Yakin: «Das ist doch eigentlich ein ganz gemütlicher Typ – aber dann kam Gross auf den Hardturm und wollte gleich mal zeigen, wer er ist.»

Es konnte nicht gut gehen zwischen dem auf Disziplin und Autorität bedachten neuen Chef und dem eher «lateinisch» geprägten Murat Yakin, der ohnehin nicht einsah, wieso man nach Beenhakkers Abgang alles ändern musste. Gross baute eine neue Mannschaft in einem neuen System auf – was er freilich auch musste, nachdem Alain Sutter nach Nürnberg, Peter Közle zu Duisburg und Giovane Elber zur AC Milan abgewandert waren. Yakin störte in diesen ersten Monaten der Zusammenarbeit vermutlich auch eher das Vorgehen eines Trainers, dem er sich mit seinem Selbstbewusstsein fussballerisch überlegen fühlte.

Wie dem auch gewesen sein mag: Murat Yakin ging mit 18 Jahren zu Gross in die Kabine und machte seinem Unmut Luft, als er nach einer überstandenen Verletzung nicht gleich wieder auf seiner Lieblingsposition spielen durfte. «Gross hatte keine Freude», schildert Yakin das Rencontre, «er sagte mir, ich solle zuerst über 100 000 Franken verdienen und ein paar Länderspiele ausweisen, bevor ich zu ihm ins Büro käme. Erst dann würde er mich ernst nehmen.»

Gross kann sich an jene Szene gut erinnern. «Ich hatte damals das Gefühl, es täte Murat gut, auch auf anderen Positionen zu spielen.» Und einen Zusatz kann sich der Trainer heute nicht verkneifen: «Bisweilen hat dieser Murat Yakin schon ein eigenartiges Verständnis von Mannschaftsdisziplin.» Diese unterschiedliche Sicht der Dinge unterstreicht die latenten Differenzen zwischen

Erste Modelversuche: Die Fotografen merkten sehr schnell, wie geeignet Murat Yakin für Modebilder ist.

dem schon früh mit aufgesetzter Lässigkeit provozierenden Talent und dem zunächst unerbittlich gegen Laschheiten vorgehenden Fussball-Lehrer. Yakin, mit dem ihm eigenen Selbstbewusstsein, trieb das Spielchen zwischen den beiden auch in der Öffentlichkeit sehr weit, nachdem er sich durch Gross in seinem Stolz verletzt sah.

In einem Interview mit dem «Tages-Anzeiger» vom 3. September 1995 erklärte er: «Der Trainer ist einer der Menschen, die mich überhaupt nicht kennen. Er weiss von mir, was ich auf dem Fussballplatz kann. Mein Inneres kennt er nicht. Sonst würde er nicht denken, ich würde nicht den letzten Einsatz bringen ... Der Trainer kennt mich nicht, weil er mir nicht zuhört und weil ich nicht bereit bin, mich ihm zu öffnen ... Ich bin mit dem Trainer ziemlich oft nicht einverstanden. Mehrmals hatten wir Streit wegen der Position, die ich spielen sollte. Ich gehöre nicht auf die Seite. Ich denke, ein Spieler soll da eingesetzt werden, wo er am besten ist. Ich gehöre ins Zentrum ... Für mich ist es schwierig, mit dem wichtigsten Vorgesetzten in einem Spannungsverhältnis zu arbeiten ... Ich bin mir bewusst, dass ich meinem Trainer gegenüber kritisch bin. Aber wenn er mich kritisiert, kann ich auch ihn kritisieren. Ich bin schon ein paar Mal von ihm enttäuscht worden, weil er das, was ich ihm gesagt hatte, nicht für sich behalten konnte und vor der Mannschaft wiederholte. Das ist für mich nicht das Vertrauensverhältnis, das ich mir wünsche.» Als Murat Yakin dieses Interview gab, war er 20 Jahre alt, und es braucht wenig Fantasie, um sich Christian Gross bei der Lektüre dieser Zeilen vorzustellen. Wäre der Trainer nur einmal von seiner obersten Devise, dem Erfolg alles unterzuordnen, abgewichen – das Tuch zwischen ihm und Yakin wäre nicht zerschnitten, sondern zerfetzt gewesen.

Rückendeckung erhält der Spieler neun Jahre später vom damaligen GC-Sportdirektor Erich Vogel. «Gross hat anfangs nicht erkannt, dass Muri schon in seinen jungen Jahren ein absoluter Führungsspieler war. Er ist der spielintelligenteste Fussballer, den ich je hatte neben Ciriaco Sforza, doch im Unterschied zu Sforza sah er die Situation nie schief, wenn es um seine Person ging. Murat Yakin hat den Panoramablick über 360 Grad.»

Sorgen bereitete dem Mittelfeldstrategen neben dem Trainer weiterhin auch sein Körper. Immer wieder war er verletzt, zwickt ihn bald der Muskel hier, bald die Sehne dort. Stets dauerte es eine geraume Zeit, bis eine Blessur ausgeheilt war. Als 22-Jähriger blickte Murat Yakin bereits auf eine Chronik von Verletzungen zurück, die andere Spieler in ihrer gesamten Karriere nicht schreiben.

Beide gelten als schwierige Spieler, beide hatten Spannungen mit ihren Trainern: Murat Yakin und Kubilay Türkyilmaz.

Hatte das Heu mit seinem Jungstar nicht immer auf derselben Bühne: Christian Gross in seiner Zeit als Trainer bei den Grasshoppers.

Eine Auswahl: Frühling 1992 – Muskelbündelriss Oberschenkel hinten rechts. Dezember 1994 – Innenbandanriss Knie links. April 1995 – Achillessehnenanriss links. Herbst 1995 – Muskelbündelriss Wadenbein links. Januar 1996 – Bruch der Kniescheibe rechts. Dazu gesellten sich später eine Wadenprellung mit Nervenquetschung rechts (Oktober 1998), Muskelriss Oberschenkel rechts (Sommer 2000 und Frühling 2004), zwei Nasenoperationen (Polypen, letztmals im Sommer 2001), eine Knieoperation rechts (Sommer 2001) sowie wiederholt schwere Bronchitis-Erkrankungen mit über 40 Grad Fieber (letztmals im Sommer 2001). Diese Liste erhebt keinen Anspruch auf Vollständigkeit.

Seine Verletzungsanfälligkeit begründet Murat Yakin mit seiner Konstitution: «Ich bin 85 Kilo schwer, ich habe extreme Muskelpakete. Bei mir ziehen die Muskeln sehr stark an den Bändern und Sehnen.»

Verglichen mit seiner Zeit bei Concordia hatte er fünf Kilogramm abgespeckt (und wäre damit wieder ein Thema für Friedel Rausch geworden), doch immer wieder musste er in entscheidenden Momenten passen, weil sein Körper nicht mitspielte. In fünf Jahren bei den Grasshoppers absolvierte Murat Yakin letztlich 141 Partien, was grundsätzlich eine gute Quote ist für einen 22-Jährigen, aber angesichts des schnellen Durchbruchs im Jahr 1992 auch statistisch von den vielen unfreiwilligen Auszeiten zeugt.

Aus dem Gastspiel bei den Grasshoppers stammt das Vertrauensverhältnis zu seinem Arzt Heinz Bühlmann, der im Zweifelsfall den Dauerpatienten stets eine Woche länger pausieren liess, um die Genesung nicht zu gefährden. Auch heute noch verteidigt Yakin den Medicus gegen jede Form aufkommender Kritik, so sehr Bühlmanns Berufskollegen auch über den Vertrauten Murats und Hakans lästern mögen, weil sich der (fast wie ein Yakin) selten zu schade ist, sein Wirken öffentlichkeitswirksam zu präsentieren.

Der kleine Lohn zu Beginn, die Probleme mit Gross, dazu die Verletzungen – der Eindruck könnte entstehen, die Zeit, die Murat Yakin bei den Grasshoppers verbrachte, hätte aus einer Aneinanderreihung von Schwierigkeiten bestanden. Doch dies war nicht der Fall. Yakin absolvierte bei GC eine Art Lehre in einem Job, den er schon früh meisterlich beherrschte, und er fügte seinem Talent das Wissen hinzu, wie er sich als Profi durchzusetzen hatte – auch dies ein Unterschied zu seinem Bruder Hakan, der aufgrund seiner Entwicklung und seines Charakters nicht annähernd die gleiche Leichtigkeit in den Bewegungen auf diesem rutschigen Parkett erreichte, auf dem sich Fussballer bewegen.

Yakin lernte bei Gross auch den Erfolg kennen, verbunden mit all dem, was auf hohem Niveau dafür nötig ist. Wenn sich die beiden starken Charaktere Christian Gross und Murat Yakin in einem Punkt gleich sind, dann im ausgeprägten Hass auf Niederlagen. Verlieren konnte Murat schon als Kind zu Hause nie, zum Beispiel im Computerspiel gegen den pfiffigen Bruder. «Wenn Muri verlor, wurde er böse», erinnert sich Hakan. «Und dann», so Murat, «rannte Hakan zur Mutter, beklagte sich, und ich bekam den Rüffel.»

Eine nicht immer einfache, aber stets erfolgreiche Beziehung: Murat Yakin und Christian Gross diskutierten, stritten und siegten zusammen.

Dass Gross mit seiner Methodik und einem sorgsam aufgebauten Team zum Schweizer Seriensieger wurde, überzeugte letztlich auch Murat Yakin, was nicht heisst, dass die beiden enge Freunde geworden wären. Man kann es vielleicht so sehen, dass sie eine Art Komplementarität in ihrer Zusammenarbeit erkannten. Murat begann die professionelle Arbeit des Trainers und die exakte Vorbereitung auf ein Spiel zu schätzen, während Gross den Verantwortungsbereich für den Zentrumsspieler Yakin im Mittelfeld ausbaute, weil er seinerseits schätzen lernte, dass ihm dieser die Freiheiten mit Leistung dankte.

Das Resultat konnte sich sehen lassen. Gemeinsam feierten sie die erste Highlight-Phase ihrer Karrieren. 1995 wurde GC Schweizer Meister, und in der Qualifikation gegen Maccabi Tel Aviv sicherte sich die Mannschaft (was eine Schweizer Premiere war) die Teilnahme an der Champions League, die zu jenem Zeitpunkt aus 16 Mannschaften und nur aus Landesmeistern bestand. Alexandre Comisetti erzielte den entscheidenden Auswärtstreffer in Israel, und Yakin hat diesen «ganz speziellen

Moment» bis heute nicht vergessen. Die sechs Gruppenspiele verliefen weniger erfolgreich, es resultierte ein einziger Punkt aus einem 3:3 bei Ferencvaros Budapest, die restlichen Partien gingen allesamt verloren. Doch die Grasshoppers waren in jener Zeit so gut, dass sie den Rückschlag wegsteckten und in der nächsten Saison, im Herbst 1996, mit einer europäischen Top-Equipe einen nächsten Anlauf auf höchster europäischer Club-Ebene nahmen. Vorne war das Sturmduo Moldovan/Türkyilmaz eine stete Gefahr für jeden Gegner, und im Mittelfeld war Murat Yakin der Chef.

Der Höhepunkt dieser zweiten Champions-League-Teilnahme war der 1:0-Auswärtssieg bei Ajax Amsterdam am 25. September 1996. Der Torschütze: Murat Yakin nach einer Stunde Spielzeit mit einem Freistoss aus über 30 Metern, mit einem krachenden Schuss, der an jenen Treffer gegen den FC Ibach vier Jahre zuvor erinnerte. Nur zitterte das Netz nicht mehr im Leichtathletik-Stadion St. Jakob hinter dem Parkhaus, sondern in der spektakulären «Amsterdam ArenA» – und hiessen die Gegner diesmal Frank de Boer, der sich zu schade war, bei der Schussabgabe in Richtung Ball zu grätschen, oder Edwin van der Sar, der im Tor nur zuschauen wollte, wie das Unheil seinen Lauf nahm. Rechts vorbei an Viorel Moldovan und Winston Bogarde flog der Ball in Richtung Tor. «Er war nicht abgefälscht», erklärt Murat Yakin mit der Bestimmtheit von «mindestens 1000 Video-Analysen». Doch letztlich war der Sieg, der auch auf eine gewisse Überheblichkeit von Ajax zurückzuführen war, nichts mehr als ein Prestige-Erfolg. Die Grasshoppers holten aus sechs Gruppenspielen neun Punkte (einen mehr als der FC Basel 2002 beim Vorstoss in die Zwischenrunde) – aber es reichte nicht zum Weiterkommen. Ajax und Auxerre hiessen die Glücklichen, GC und die Glasgow Rangers flogen aus dem Wettbewerb.

Dennoch gehörte Murat Yakin zu den Siegern dieser Champions League. Top-Clubs aus ganz Europa interessierten sich für den jungen Mann mit der grossen Präsenz auf dem Rasen. Bereits im Frühling 1996 hatte der VfB Stuttgart durch den damaligen Trainer Rolf Fringer sein Interesse angemeldet, doch dann brach in einem Testspiel just gegen die Schwaben, in einem Zweikampf gegen Fredi Bobic, Yakins rechte Kniescheibe, und sämtliche Transferbemühungen mussten verschoben werden.

Ein Jahr später liess sich das Verpasste nachholen. Es hiess zu jener Zeit sogar, Real Madrid habe sich an Yakins Fersen geheftet, doch über den Status eines Gerüchts kam diese Meldung nicht hinaus. Konkreter war das Interesse von Arsenal London, das Yakin sieben Mal beobachtete. Beim achten Mal kam Arsène Wenger, der Cheftrainer, persönlich, und er befand, dass Yakin keine Ergänzung zum Franzosen Patrick Viera sei, sondern ein Konkurrent. Also sah er von einer Verpflichtung des Schweizers ab. «Er übersah dabei», sagt Erich Vogel heute, «dass Yakin auch als Innenverteidiger eingesetzt werden konnte. Und dabei hatte Wenger in der Abwehr die grössten Probleme.» Captain Tony Adams etwa kämpfte 1997 zum wiederholten Mal gegen seine Alkoholsucht an.

Was blieb, war erneut der VfB Stuttgart, der zwar einen neuen Trainer hatte (Joachim Löw hatte Fringer ersetzt), aber noch immer hoffte, in der Person Yakins einen Akteur zu verpflichten, der die Mannschaft um Krassimir Balakov spielerisch entscheidend weiterbringen könnte. Murat Yakin sollte Balakovs Adjutant werden, was gewissermassen zum Grundlagenirrtum dieses Wechsels werden sollte – denn Yakin ist seinen Ansprüchen und Qualitäten entsprechend ein Chef und kein Handlanger.

So gesehen ist es auch verständlich, dass nicht alle Beteiligten einen Wechsel nach Stuttgart für eine gute Idee hielten. Erich Vogel etwa hatte Yakin abgeraten, zum VfB zu wechseln, «vor allem, weil Balakov ein extremer Egoist ist auf dem Platz. Das konnte mit einem Teamplayer wie Murat Yakin nicht gut gehen.» Vogels Überzeugung: «Wäre Murat noch ein Jahr länger bei GC geblieben, wir hätten einen viel grösseren Transfer gemacht.»

Allerdings stand der Sportdirektor vom Hardturm mit seinen mahnenden Worten auf verlorenem Posten. «Es war halt auch ein Entscheid des Geldes», so Vogel, der seinem Spieler die Ausland-Karriere nicht verbauen wollte. «Murat war vielen Einflüssen ausgesetzt, und letztlich verdienten viele einen Haufen Geld bei diesem Wechsel.» Es war dies nach den Wirren um die ersten Verträge der

Talente Murat und Hakan bereits der dritte der mittlerweile legendären chaotischen Yakin-Transfers gewesen. Bestimmt aber hätte GC Murat Yakin im Sommer 1997 auch lieber nach Spanien oder England verkauft, weil von dort die höheren Transfer-Einnahmen zu erwarten gewesen wären. Doch auch so kam eine Summe zustande, welche die Grasshoppers nach ihren Aufwendungen rund um die Champions League gebrauchen konnten. Der VfB zahlte sechs Millionen Franken nach Zürich, noch nie hatte der Bundesligist zuvor für einen Spieler mehr Geld ausgegeben, und auch für GC war es damals eine Rekordeinnahme. Was Vogel jedoch nicht erreichte, war die angestrebte Beteiligung der Grasshoppers im Falle eines Weiterverkaufs. Ein ärgerlicher Misserfolg, wie sich ein Jahr später zeigen sollte.

In welchem Ausmass sich die Dinge für Murat Yakin in Stuttgart innert zwölf Monaten negativ entwickeln würden, hatte sich nach den überstandenen Anpassungsproblemen nicht erahnen lassen. Zunächst hatten die Schwaben gestaunt, als der «Schweizer mit bestem spielerischen Leumund», wie ihn VfB-Präsident Gerhard Mayer-Vorfelder euphorisch angekündigt hatte, bei der ersten Präsentation einen ziemlich zwiespältigen Eindruck hinterliess. Natürlich hatte er in einem Interview mit der «Stuttgarter Zeitung» die erste Frage – die nach dem schwäbischen Nationalgericht – richtig mit «Spätzle» beantwortet. Doch als es um Fussball ging, schnitt Yakin, der Hoffnungsträger, beim Ausdauertest vor der Saison von allen Kaderspielern mit Abstand am schlechtesten ab.

Murat, alles andere als ein Schnellstarter, führte seine konditionellen Defizite im Vergleich zu den bekanntermassen athletischen Bundesliga-Profis auf seine Verletzungen zurück. Auch in Stuttgart verpasste er prompt wieder einen Teil der Vorbereitung – in einem der ersten Trainingseinheiten hatte ihn Zvonimir Soldo dermassen abgegrätscht, dass sich Yakin einen Kapselriss im Fuss zuzog. So blieb das «Riesentalent, das mit gewaltigen Vorschusslorbeeren gekommen war», wie sich der Stuttgarter Journalist Holger Gayer erinnert, zunächst so ziemlich alles schuldig. Statt,

Gegenüber seiner Zeit beim VfB Stuttgart war Murats Abstecher zu GC geradezu eine ruhige Phase: Gruppenbild der besten Schweizer Clubmannschaft der 90er-Jahre.

wie erhofft, die Mannschaft von Joachim Löw spielerisch weiterzubringen, sass der Rekord-Transfer zunächst nur auf der Ersatzbank.

Die Folge: Yakin verkrampfte sich, und das wirkte sich bei ihm, dem lockeren Typ, kontraproduktiv aus auf die Leistungen. Er bekannte gegenüber der Zeitschrift «Sport», dass er «zu Beginn im VfB-Dress nervöser als mit GC in der Champions League» gewesen sei. Doch Startschwierigkeiten sind in der Bundesliga nicht erlaubt, schon gar nicht bei einem Spieler, der so viel Geld gekostet hat wie Yakin und erst noch weisse Schuhe trägt.

Trainer Löw handelte in dieser Situation und beauftragte den Spezialtrainer Armin Walz mit der Ausarbeitung eines individuellen Aufbauprogramms. Das Ziel war, den auf Grund gelaufenen Yakin bis nach der Winterpause wieder flott zu bekommen. Dann aber überraschte der Neuzugang seine Kritiker. Scheinbar über Nacht hatte er seine Form gefunden, und wie so oft in seiner Karriere war es letztlich weder ein Trainingslager noch ein spezielles Konditionsprogramm, sondern die Match-Praxis, die Yakin den nötigen Rhythmus verschaffte. In der 9. Runde gegen den HSV erzielte er seinen ersten Treffer. Fortan änderte sich der Tonfall gegenüber dem besser und besser spielenden Schweizer, und Löw sagte: «Er ist innert kürzester Zeit zu einem Leistungsträger geworden, der unser Niveau zu heben vermag.»

Fussballerischer Höhepunkt dieser Entwicklung (und letztlich

Die erste eigene Autogrammkarte: Murat etablierte sich schnell bei GC und wurde ein begehrtes Objekt ausländischer Vereine.

Murats gesamter Zeit in Stuttgart) war das Spiel beim FC Bayern München am 17. Oktober 1997. Murat Yakin war exzellent beim 3:3 der Schwaben im Olympiastadion. «Es war ein sensationelles Spiel», weiss Journalist Gayer noch heute, ohne sein Archiv befragen zu müssen, «und weil Yakin so gut mit Soldo, Verlaat und sogar Balakov harmonierte, dachten alle: Jetzt läufts.» Der Schweizer erzielte in jener Partie nach doppeltem Doppelpass mit Balakov einen Kopfballtreffer, und hätte Oliver Kahn einen 30-Meter-Schuss des «überragenden Spielers» (Löw über Yakin) nicht aus dem Torwinkel gefaustet, die Schwaben hätten in München sogar gewonnen.

Der Weg nach oben schien für Yakin nach diesem Spiel geebnet. Doch schon Stunden später bahnte sich im «Intrigenstadel VfB» das nächste Unheil an. Balakov (ein Spieler!) versuchte, zusammen mit seinem Berater Dusan Bukovac sowie mit Jürgen Schwab, dem Agenten Fredi Bobics, die Macht im Verein zu übernehmen, was die Mannschaft in drei Teile spaltete: in eine Balakov-Fraktion, eine der Gleichgültigen und eine der erklärten Balakov-Gegner. Zu Letzterer, die vom Nationalspieler Thomas Berthold angeführt wurde, zählte auch Yakin. Dessen Probleme mit dem Bulgaren waren nach dem Top-Spiel in München nicht mehr zu kaschieren.

Viele Akteure – zum Beispiel der Holländer Frank Verlaat, aber auch Gerhard Poschner – hätten es vorgezogen, in einem 4-4-2 zu spielen statt in einem System, das einzig und allein auf Balakov ausgerichtet war. «Auf einen Spieler», wie Yakin anfügt, «der viel zu viel alleine machte, überall den Ball forderte, auch wenn er in Bedrängnis war, der aber nie nachsetzte, wenn er ihn verlor.» Die Konsequenz war, dass Yakin, auf sich allein gestellt, im defensiven Mittelfeld jeweils ziemlich alt aussah, wenn Balakov seine Dribblings wieder einmal übertrieben hatte. «Immer wollte er der Held sein und den Match alleine entscheiden.»

Nun wurde die Befürchtung Erich Vogels, er werde sich mit dem Egoisten Balakov nicht vertragen, für Murat Yakin zur bitteren Gewissheit. Auch Gayer sieht den Schweizer letztlich «als

Ein Star beim VfB Stuttgart – aber nicht der einzige: Mit Spielmacher Krassimir Balakov pflegte Murat Yakin einen Dauerkonflikt.

Opfer der Machtansprüche des Krassimir Balakov». Der bulgarische Spielmacher hinter den Spitzen war zum Feindbild seines Zentrumpartners vor der Abwehr geworden, und als der verletzte Balakov im Frühjahr 1998 in Hamburg nicht mitspielen konnte und der VfB trotzdem einen guten Eindruck hinterliess, da platzte es aus Yakin heraus: «Seht ihr, wir können auch ohne Balakov gut Fussball spielen.»

«Was folgte, war eine Hetzkampagne der ‹Bild›-Zeitung gegen meine Person», erzählt Yakin, eine Serie negativer Artikel, hinter welcher der Angegriffene den eigenen Mitspieler Balakov vermutete, der mit präsidialem Schutz seine Macht im Team voll auslebte. «Zum Ärger der Mitspieler», so Yakin, «aber ich war halt derjenige, der den Mund aufriss.»

Löw forderte in der Folge Yakin auf, das Gespräch mit Balakov zu suchen, der sich beim Trainer darüber beklagt hatte, der Schweizer würde ihn «schneiden» und den Ball zu sehr auf sich ziehen. Das Gespräch fand auch tatsächlich statt, doch es brachte nichts ein. «Yakin zog sich zurück – auf und neben dem Feld», erzählt Gayer, der überdies mehrfach Hinweise auf Disco-Besuche des Münchensteiners in seiner Heimat erhielt. Es folgten auch tadelnde Worte des Trainers in der Öffentlichkeit: «Murat Yakin neigt dazu, nicht mehr zu machen, als von ihm verlangt wird. Er muss professioneller werden, sich im Training selber mehr fordern.» Löw war nicht der Erste, der solche Sätze formulierte. Und er war auch nicht der letzte Trainer, der Yakin nur bedingt erreichte – vor allem nicht, weil sich der in dieser zerrissenen VfB-Mannschaft nicht mehr wohl fühlte.

Selbst bei aussergewöhnlichen Ereignissen zeigten sich Symptome des gestörten Betriebsklimas – zum Beispiel vor dem Final im europäischen «Cup der Cupsieger», den die Schwaben in jener Saison erstmals in ihrer Geschichte erreicht hatten. Die Partie fand am 13. Mai 1998 in Göteborg statt, doch schon der Hinflug verlief ausgesprochen turbulent. Balakov griff den Journalisten Gayer, der in einem Saisonrückblick die Machenschaften des Bulgaren zur Sprache gebracht hatte, mit Ohrfeigen und einem

Kopfstoss an, Tätlichkeiten, für die er und auch der VfB sich erst viel später unter dem Druck staatsanwaltschaftlicher Ermittlungen entschuldigten. Es war kein guter Auftakt für die Göteborger Final-Tage – und Stuttgart, mit Murat Yakin, verlor denn auch gegen Chelsea mit 0:1.

Für Löw war das Kapitel VfB Stuttgart damit beendet. Ersetzt wurde er durch Winfried Schäfer, von dem sich der Präsident erhoffte, er sei nach 14 Jahren Karlsruher SC der geeignete Trainer, um die Mannschaft weiter zu bringen als auf den 4. Bundesliga-Schlussrang. Ein grosser Irrtum, wie sich später herausstellen sollte, zumal auch die schwäbischen Fans keine Freude daran hatten, einen Trainer aus dem Badischen vorgesetzt zu bekommen.

Neue Saison, neues Glück – dachte sich jedoch Murat Yakin und war schon zwei Wochen vor dem Trainingsbeginn an seinem Arbeitsort, um sich «optimal vorzubereiten». Auch hatte Yakin gehört, dass Schäfer den Zwist zwischen ihm und Balakov schlichten wolle. Am Tag vor dem ersten Training klingelte bei Murat Yakin das Telefon, am anderen Ende der Leitung war Schäfer: «Ah, jetzt erwische ich Sie. Ich habe zwei Wochen versucht, Sie anzurufen.» Yakin: «Trainer, ich war doch die ganze Zeit da.» Schäfer: «Ah, dann hatte ich vielleicht die falsche Nummer.» Ein symptomatischer Dialog für die Beziehung Schäfer–Yakin, die von Anfang an nicht funktionierte, die so etwas war wie ein einziges grosses Missverständnis. «Mit ihm ging gar nichts», bilanziert Yakin trocken.

Im Training gab der Münchensteiner jedoch Gas. «Einige der Mitspieler sind auf mich zugekommen und haben gefragt: Was ist denn mit dir los? So kennen wir dich gar nicht.» Doch dann entnahm Yakin der Presse, dass Schäfer neue Spieler suchte, kostspielige, was bedeutete, dass sich der mit Finanzproblemen kämpfende Club von anderen teuren Spielern trennen musste. Zu denen wiederum gehörte Yakin. Dessen ungeachtet hatte Präsident Mayer-Vorfelder den Vertrag mit Balakov für fünf Millionen Franken pro Jahr bis 2003 verlängert, «was ziemlich alle im Team sauer

Nach nur einer Saison war die Bundesliga wieder Vergangenheit: Murat Yakin im Duell mit Mehmet Scholl vom FC Bayern München.

machte» (Yakin). Doch mittlerweile haben sich die einstigen Rivalen Yakin und Balakov längst ausgesprochen. «Hängen geblieben ist da gar nichts», sagt Murat heute.

Drei Wochen nach Trainingsauftakt fuhr der VfB zur Vorbereitung der Saison 1998/99 nach Bregenz. Schäfer hatte sich entschieden, für 2,5 Millionen Mark einen bosnischen Mittelfeldspieler zu holen. Yakins Erkenntnis: «Wie er mich bald täglich fragte, ob ich nun bleiben oder den Verein wechseln wolle, da begriff ich, dass ich in Stuttgart keine Zukunft hatte.» Als der VfB auf dem Weg zu einem Testspiel in Bregenz war, gesellte sich Schäfer im Bus erneut zu Yakin und fragte: «Wie siehts aus? Gehst du?» Yakin erwiderte: «Eventuell.» – «Gut», antwortete Schäfer, «dann spielst du heute nicht.» Als dann die Stuttgarter in jenem belanglosen Testmatch gegen Rapid Wien mit 0:2 im Rückstand lagen, holte Schäfer Yakin zu sich, legte ihm den Arm um die Schultern und sagte: «Murat, jetzt zeig, was du kannst! Das ist ein Fernsehspiel.»

Begehrter Interview-Partner: Murat Yakin im GC-Dress, kurz vor seinem Transfer in die Bundesliga zum VfB Stuttgart.

Erste Spiele in der Bundesliga: Murat brauchte eine gewisse Anlaufzeit, um sich bei VfB einen Namen zu machen.

Der erste Mercedes: Murat schloss beim VfB Stuttgart den ersten wirklich hoch dotierten Vertrag seiner Laufbahn ab.

Besuch in Stuttgart: Emine Yakin überwachte genau, was ihr Sohn in der Schwabenmetropole so trieb. Immer wieder fuhr sie nach Deutschland.

«In diesem Moment habe ich mich gefragt: Lebt denn der voll hinter dem Mond?», blickt Yakin – spätestens seit der Champions League mit GC durchaus TV-erfahren – zurück. «Ich bin dann breit grinsend weggelaufen und habe dabei mitten in die ‹DSF›-Kamera geschaut. Aber das war mir ziemlich egal.» Er wusste: «Mit diesem Trainer geht es definitiv nicht.»

Ein grosser Schritt, der aber auch Schwierigkeiten mit sich brachte: Murat wurde beim VfB Stuttgart nicht glücklich.

Turbulente Monate in der Türkei: Murat erlebte bei Fenerbahce Istanbul die schwierigste Phase seiner Karriere.

Ver-rückte Heimat

*Wenn ich das Flugzeug besteige und
Istanbul hinter mir lasse, hüpft mein Herz.*
(Murat Yakin)

Das Wissen, dass es an einem bestimmten Ort nicht «geht», ist für einen Fussballer mit gültigem Arbeitsvertrag das eine – die Frage, wie und wo es wieder «gehen» soll, etwas anderes. Ein Lösungsvorschlag kam überraschend. Nach den Problemen mit Winnie Schäfer erhielt Murat Yakin im Juli 1998 eine Einladung von Christian Gross nach London. Sein früherer Trainer bei den Grasshoppers war im September 1997 «Manager» von Tottenham Hotspur geworden. Er kämpfte mit seinem Team gegen den Abstieg aus der Premier League und mit der Dicke seiner Haut gegen die giftige britische «yellow press», die für den «swiss army officer» nur Spott und Häme übrig hatte.

Zwei Tage lang weilte Yakin zusammen mit seiner 2002 verstorbenen Freundin Diana in der britischen Kapitale, und Gross offerierte seinem früheren Mittelfeldspieler einen Wechsel in die attraktive englische Spitzenklasse. «Ich war erstaunt, dass ihn Gross wollte nach all den Streitigkeiten, die sie in Zürich miteinander hatten», wunderte sich Erich Vogel. Aber damals wusste er noch nicht, zu welchen Konzessionen Gross bereit ist, um zu gewinnen. Im Februar 2000 erlebte Vogel am eigenen Leib, wie weit die Grenzen des erfolgreichsten Schweizer Trainers um die Jahrtausendwende gesteckt waren, wenn es um den Erfolg ging. Vom Dezember 1999 an machte sich Gross für eine Verpflichtung Vogels als Sportdirektor beim FC Basel stark, obschon er keineswegs vergessen hatte, dass der gleiche Vogel in derselben Funktion bei GC 1997 den Vertrag mit ihm nicht mehr hatte verlängern wollen.

1997 klappte die Wiedervereinigung Gross–Yakin noch nicht. Der Spieler hörte sich in London die Wünsche seines früheren Trainers an, und er sprach auch mit Vogel, der ihm zu einem

Wechsel zu Tottenham Hotspur riet – doch Yakin entschied sich für einen Transfer zu Fenerbahce Istanbul. «Schon wieder ein Fehler», urteilt Vogel im Nachhinein, «es ging wieder nur ums Geld. Ich bin überzeugt, dass Yakin in der Premier League erfolgreich gewesen wäre und dass mit ihm auch Gross bei Tottenham überlebt hätte.» So aber wurde der Zürcher an der White Hart Lane im Herbst 1998 entlassen.

Yakin hatte frühzeitig um das Interesse aus der Türkei gewusst, wo sich sein vormaliger Stuttgarter Trainer Joachim Löw seiner erinnert hatte. Allerdings fehlte den Türken zunächst das Geld für die neun Millionen Franken Ablöse, die der VfB für den einstigen Rekord-Mann verlangte. Dann aber verkaufte Fenerbahce den Nigerianer Okocha für 25 Millionen Dollar an Paris St-Germain – und am 7. August 1998 war für Murat Yakin der Weg in das Land, wo sich seine Wurzeln befinden, endgültig frei.

Dass es keine Heimkehr würde, hatte er gewusst. Obschon er sich bisweilen heimatlos fühlte mit seinem türkischen Blut in gut eidgenössischer Umgebung, ahnte er doch, dass die Ausbildung seines Charakters wesentlich mehr von Schweizer Eigenschaften (von phlegmatisch wirkender Coolness bis hin zur teilweisen Verschlossenheit) beeinflusst worden war als von der weit offeneren türkischen Mentalität mit ihren teils überbordenden Gefühlsmomenten. «Ich wollte meine Wurzeln kennen lernen, auch wenn ich als Ausländer in die Heimat meiner Vorfahren kam.» So formulierte Yakin den anderen, nicht finanziellen Grund seines Wechsels zum populärsten Verein der Türkei. «Doch dann kam ich in Istanbul richtiggehend auf die Welt. Meine Vorstellungen wurden um ein Vielfaches übertroffen.» Das begann schon bei der Ankunft, als Murat (in der Türkei werden die Spieler beim Vornamen genannt) in einen Saal geschleppt wurde. «Darin warteten 30 Journalisten, 30 Fotografen und mindestens 15 Kameras. Alles in allem waren da mindestens 150 Leute, und es herrschte ein Riesenchaos. Ein Ordner brüllte ‹Ruhe›, einer vom Club befahl mir dann: ‹Murat, sag etwas.› Und ich kam mir vor wie der Retter vom Bosporus.»

Grund zur Fröhlichkeit gab es nur am Anfang: Murat konnte sich nicht an das Leben in Istanbul gewöhnen.

Was folgte, waren ein paar warme Worte: «Guten Tag, ich freue mich, dass ich hier bin, und ich hoffe, dass wir eine gute Zeit haben werden.» Ein ziemlich frommer Wunsch für einen, der schon bei der Ankunft merkte, dass er nicht sein grosses Los gezogen hatte. Das betraf weniger die türkischen Journalisten, die bekannt sind für ihre blumigen, aber wenig wahrheitsgetreuen Geschichten. «Gegenüber dem, was die schreiben, sind die Märchen aus Tausendundeiner Nacht eine empirische Untersuchung», hatte es Christoph Daum, der deutsche Trainer mit Erfahrungen bei Besiktas und Fenerbahce Istanbul, einst treffend auf den Punkt gebracht. Auch Joachim Löw sah sich immer wieder mit «seinen» spektakulären Plänen konfrontiert. Einmal hiess es, er plane den grossen Coup und hole die Bundesliga-Profis Andreas Möller, Thomas Helmer und Alexander Zickler zu Fenerbahce, was natürlich frei erfunden war.

Murat hatte zunächst ein «gutes Verhältnis» zur Presse. «Aber dann legten die Journalisten los. Zum Beispiel nach einem

0:2 gegen Besiktas. Da druckte die grösste Sportzeitung des Landes ein riesiges Foto von mir mit einer Flasche Corona in der Hand.» So, als hätte Yakin die Nacht vor der Niederlage saufend in einem Istanbuler Lokal verbracht.

Richtig an der Meldung war, dass Yakin in jenem Restaurant eine Flasche mexikanisches Bier (oder vielleicht auch zwei) getrunken hatte. Falsch war hingegen der Zeitpunkt – das Foto war drei Wochen vor besagter Partie entstanden. Nur musste das den Leser nicht interessieren. «Auch der Text dazu war frei erfunden», wunderte sich Yakin, der bis zum nächsten Sieg Fenerbahces warten musste, bis wenigstens das Thema «Corona» für die Medien erledigt war. Später verfolgten die nimmermüden Journalisten den Schweizer nach einem Discobesuch durch halb Istanbul, und als sich Yakin einmal mit einem Reporter aus der Schweizer Heimat in der Geschäftsstelle des Vereins treffen wollte, sprangen gleich sieben Fotografen aus herumstehenden Autos, schossen ein Bild nach dem anderen, auch wenn sich weiter nichts Spektakuläres aus der Szene ergab.

Grosse Lust, sich weiter mit der türkischen Presse zu beschäftigen, hatte der Geleimte und Verfolgte nach den negativen Erfahrungen nicht mehr. Yakin erklärte den Journalisten, er werde nicht mehr mit ihnen reden (was fast alle Spieler in der Türkei tun), sie könnten in Zukunft schreiben, was sie wollten. Danach erhielt er in den Zeitungen jeden Tag die schlechtesten Noten – für die Arbeit in den Trainingseinheiten. Vor ihm befanden sich in dieser doch speziellen Rangliste in scheinbar vorgängig fixierter Reihenfolge die Ausländer, dann die in Deutschland aufgewachsenen Türken und an der Spitze die Spieler aus Istanbul selbst.

Auch als Murat Yakin fünf Jahre später, im September 2003, mit dem FC Basel ein UEFA-Cup-Spiel in Malatya, im Osten der Türkei, absolvierte und sich die örtlichen Journalisten auf das bekannte Gesicht fixierten, hatte er die alten Geschichten noch nicht vergessen. Ein paar mürrische Worte in die Mikrofone, kein Lächeln für die Kameras und nichts wie weg in den bereitstehenden Mannschaftsbus.

Mehr schweizerische als türkische Züge: Murat verdiente in Istanbul viel Geld, litt aber an Heimweh nach der Schweiz.

Gewohnt hat Murat Yakin während seiner Zeit in Istanbul in einer hermetisch abgeriegelten Siedlung im asiatischen Teil der Stadt, hoch oben im 23. Stock mit fantastischem Blick übers Meer. Es war ein Leben in einem goldenen Käfig, ein luxuriöses Appartement, das alle Wünsche erfüllte – ausser dem nach Lebensqualität, wie sie Murat Yakin für sich definiert. Oft sehnte er sich nach den alten Tagen mit den Kollegen vom FC Concordia zurück, nach einem gemeinsamen Bierchen nach dem Training. Bei Fenerbahce waren seine ersten Ansprechpartner neben dem Türken Tayfun, der sein Freund wurde, in erster Linie die ausländischen Profis, der Däne Högh, der Nigerianer Uce oder der Rumäne Moldovan, den Murat aus GC-Zeiten kannte. In ihrer Umgebung entzog sich Yakin dem Land, aus dem seine Eltern in die Schweiz gereist waren.

Mit Istanbul konnte Murat wenig anfangen (er kann es auch heute noch nicht). Die Hektik der Stadt nervte ihn. Die unermüdliche Betriebsamkeit der Türken war ihm fremd, phasenweise sogar unangenehm, so höflich ihm die Menschen auf den Strassen auch begegneten – wenn Fenerbahce, der Verein der Arbeiterklasse aus dem gleichnamigen Quartier im Osten der Stadt, gewonnen hatte. Nach Niederlagen hingegen gabs Pöbeleien, zeigten die stets zwischen Euphorie und Depression schwankenden Fans wild gestikulierend auf ihre Schlagadern und erklärten pathetisch: «Unser Blut ist gelb wie die Farben unseres Vereins. Aber ihr kämpft nicht für uns.»

So blieb Yakin nach Niederlagen zu Hause in seinem bewachten Turm, wo ihn die soziale Verarmung schwermütig machte und kein finanzieller Reichtum mehr glücklich. Nicht einmal die sportlichen Erfolge und die regelmässig guten Leistungen – Murat wurde in der ersten Saison mit Tugay und Okan zu den drei besten Spielern gewählt – vermochten jene Alltagsdefizite zu kompensieren, die ihm das Privatleben in Istanbul unerträglich machten. Auch die zwischenzeitliche Anwesenheit der Mutter, der Murat im europäischen Teil der Stadt ein Haus gebaut hatte (das sie heute noch besitzt), änderte nichts an seiner Situation, die sich mit jedem Negativ-Erlebnis zuspitzte.

Zu nennen wäre zum Beispiel die Brutalität, die vor wenigen Jahren noch üblich war auf türkischen Fussballplätzen ausserhalb Istanbuls. In den ersten acht Monaten bei Fenerbahce hat Yakin zwei Beinbrüche, einen offenen Schienbeinbruch und drei Nasenbeinbrüche miterlebt.

Ende April 1999 gastierte «Fener» in Gaziantep, einer Stadt nahe der syrischen Grenze, als während des Spiels Murats Teamkollege Erol nach einem Foul röchelnd zusammenbrach. Yakin war als Erster bei ihm, er sah nur noch das Weisse in seinen Augen, «und aus den Mundwinkeln lief ihm der Schaum». Als Erol wieder auf die Beine gestellt worden war, schoss ihm das Blut aus dem Kopf, und Yakin glaubte: «Jetzt ist es fertig.» In jenem Moment dachte er, der nur im Notfall grätscht, daran, mit dem Fussball aufzuhören. Am nächsten Tag surrten die Kameras auf der Intensivstation des Spitals, in das Erol mit drei Rissen in der Schädeldecke eingeliefert worden war. Er überlebte die Attacke von Gaziantep und konnte seine Karriere fortsetzen.

Immerhin war die Zeit als Profi in der Türkei eine lukrative.

Zunehmend stritt Murat in Istanbul mit den Medien und dem Verein. Das Ende des Lebens im goldenen Käfig zeichnete sich schnell ab.

Wie viel Yakin am Bosporus verdiente, darüber schweigt er sich aus. Öffentlich spekuliert wurde mit 1,8 Millionen Mark pro Jahr – netto. Dazu Prämien und womöglich noch Provisionen beim Neun-Millionen-Franken-Transfer. Geld war zu jener Zeit kein Problem, wobei jeder Machtwechsel im Präsidium neue Millionen in die Clubkassen spülte. Auf den begüterten Kaufmann Ali Sen folgte Aziz Yildirim, ein Architekt, der für die Nato Militärgebäude baut, was in der Türkei so etwas wie ein Lotto-Siebner ist. Dieser schwerreiche Yildirim stellte sich mit seinen Nato-Millionen ein Team nach eigenen Vorstellungen zusammen, so, wie es bereits seine Vorgänger nach ihrem Amtsantritt getan hatten. Murat Yakin gehörte zur Mitgift des Architekten.

Diese Planung nach präsidialen Ären ist ausgesprochen kostspielig, weil in diesem System die Fluktuation der Spieler noch höher ist als etwa in der Bundesliga, wo «nur» Fans und Trainer stets neue Forderungen erheben. Die Folge des chronischen Personalbedarfs in der Türkei liegt auf der Hand: Die Löhne der zu engagierenden Spieler steigen ins Unermessliche. Wen kümmerts?

Der Präsident befiehlt nicht nur, er zahlt auch, so unüblich die Bezahlung der Spieler auch über die Bühne geht. Oder besser gesagt: über den Tisch. Denn ihr Geld erhielten Murat Yakin und seine Kollegen nicht via Bankgutschrift oder per Check, wie dies in anderen europäischen Ligen üblich ist, sondern in bar. Alle drei Monate wurden die Profis vom Finanzchef, der ein Handlanger des Präsidenten war, in einem speziellen Raum empfangen, und auf dem Tisch lagen Markscheine in Schwindel erregender Höhe. Ein Spieler nach dem anderen durfte dann jeweils das Zimmer betreten, holte sich seinen Anteil, quittierte den erhaltenen Betrag und ging mit voll gestopften Taschen wieder raus. «Das Geld habe ich entweder überweisen lassen oder gleich selbst in die Schweiz geschafft», erzählt Murat Yakin, und er hatte stets ein mulmiges Gefühl im Bauch, wenn er wieder mit Hunderttausenden von Franken durch Istanbul kurven musste. Doch kein Dieb ist derart vom Wahnsinn befallen, dass er einen Spieler von Fenerbahce ausrauben würde – die Rache der Fans wäre gnadenlos.

Auch ohne die dicken Geldbündel in der Tasche ist Murat Yakin von Mal zu Mal lieber in die Schweiz gereist. Das Heimweh wurde stärker und stärker, und der Zeitschrift «Sport» erklärte er: «Wenn ich das Flugzeug besteige und Istanbul hinter mir lasse, hüpft mein Herz.» Wenn er während trainingsfreier Tage für ein paar Stunden wieder in die Heimat flog, schmiedete Yakin Pläne für die Zukunft: ein Zwischenjahr bei GC oder (noch besser) eine gemeinsame Zeit beim FC Basel mit Bruder Hakan. Das waren Träume – damals. Oft war Murat bei seinem Präsidenten Yildirim, und stets hat er ihm erzählt, dass mit Fenerbahce zwar alles in Ordnung sei, er aber mit dem Leben in der Türkei nicht klar komme. Sein Wunsch an den Vorgesetzten: Er solle ihm doch bitte die Freigabe gewähren. Yakin hatte in seinem Vertrag eine Ausstiegsklausel, doch die besagte, dass 16 Millionen Mark zu bezahlen habe, wer den Münchensteiner aus Istanbul loseisen wolle – ein stolzer Betrag, selbst wenn im Frühjahr 1999 die Rekorde in Sachen Transfersummen zu purzeln begannen. Aber wer sollte 16 Millionen Mark für einen Schweizer bezahlen?

Rückkehr an den Ort der Pein: Murat im Herbst 2003 zusammen mit Bruder Hakan auf dem Weg ins türkische Malatya, wo ein Uefa-Cup-Spiel mit dem FC Basel anstand.

Die Hoffnung hiess John Toshack. Der Waliser wechselte im Sommer 1999 als Trainer von Besiktas Istanbul zu Real Madrid, und er suchte noch drei Spieler, einen davon fürs defensive Mittelfeld. Eines Tages kam Yildirim zu Yakin und erzählte ihm, Spione von Real seien im Stadion und würden Spieler von Fenerbahce beobachten. «Wir waren damals in sehr guter Form, gewannen Spiel für Spiel, und ich war unbestrittener Stammspieler im defensiven Mittelfeld – ich war derjenige, den Toshack suchte.» Murat Yakin ist bis heute der Meinung, er habe kurz vor einem Wechsel zu Real Madrid gestanden. «Der Deal scheiterte nur, weil Yildirim mehr Geld wollte, als ich vertragsgemäss gekostet hätte.» Sprich: Yildirim habe 20 Millionen Dollar für Yakin verlangt statt 16 Millionen Mark.

Den Grund für den präsidialen Aufschlag kennt Yakin auch: «Er wollte so viel, weil er zuvor von Real schon 20 Millionen Dollar für Elvir Baljic erhalten hatte.» Wenn Yakin denn Recht hat mit seiner Vermutung, so waren den Spaniern 30 Millionen Franken für den Münchensteiner doch zu viel. Wie dem auch sei –

Real verpflichtete für fünf Millionen Dollar den Kameruner Sorete Ndjitap Geremi von Gençlerbirligi.

Murat Yakin blieb in Istanbul, und es wuchs der Unmut über seine Lage. Was sich senkte, war nur das spielerische Niveau des Teams. Joachim Löw hatte den Club verlassen müssen, weil er die ganz grossen Ziele (Meistertitel, Champions League) verpasst hatte. Als neuer Chef kam der langjährige Fenerbahce-Spieler Ridvan. Ein Idol für die Fans, eine Art «Karl Odermatt von Fenerbahce». «Ridvan war ein herzensguter Mensch», erinnert sich Murat Yakin, «und er durfte drei neue Spieler verpflichten. Aber irgendwie passte alles nicht mehr zusammen.» Ridvan war eher der legere Typ, der die Zügel auch dann noch locker liess, als sich das Unheil bereits über dem Verein zusammengebraut hatte. So gross die Erwartungen vor der Saison gewesen waren, so tief und schmerzhaft war die Enttäuschung, als der Club plötzlich in die Niederungen der Tabelle rutschte.

Der Schock der Fans über die schlechten Resultate schlug nach dem Ausscheiden in der 1. Runde des UEFA-Cups gegen MTK Budapest um in Aggression. Ridvan wurde unmittelbar nach der Heimniederlage gegen die Ungarn gefeuert, und die Spieler mussten zunächst in der Garderobe warten, ehe sie das Stadion verlassen durften. Den Fenerbahce-Profis wurde von Seiten der Club-Verantwortlichen erklärt: «Da draussen ist es nicht mehr sicher. Die wollen euch an den Kragen.» Es dauerte zwei Stunden, bis sich die aufgebrachten Fans vor dem «Sükrü Saracoglu» einigermassen beruhigt hatten. Keine Ruhe mehr fand jedoch Murat Yakin. Die Vorfälle rund um das Spiel gegen MTK Budapest waren für ihn ein weiteres Mosaiksteinchen in seinem immer düsterer werdenden Bild vom Leben in Istanbul.

Zur Entspannung der Lage durften sich die Spieler vier Tage lang vom Trainingsgelände fernhalten. «Ich wollte die Zeit nutzen, um in die Schweiz zu fliegen. Ich ging nach Hause, packte ein paar Sachen und fuhr wie immer zum Coach, um meinen Pass zu holen.» Das Reisedokument war, wie in der Türkei üblich, beim

Ab nach Hause – trotz des Verbots des Präsidenten: Murat nützte jede Gelegenheit, um Istanbul kurzfristig den Rücken zu kehren.

Verein deponiert. Doch als Yakin in der Geschäftsstelle auftauchte, weigerte sich der Team-Verantwortliche, dem Spieler den Pass zu geben – mit der Begründung: «Du bist sowieso schon viel zu viel in der Schweiz gewesen.» Daraufhin rief Yakin seinen Präsidenten an, aber dieser lehnte eine Auslandreise seines Spielers ebenfalls ab. «Ich erklärte ihm dann, was ich von diesem Vorgehen halte. Und mir war klar, dass ich fortan meine Spielchen spielen würde, wenn die nur an ihre Spielchen denken.» Am nächsten Tag bestieg Murat Yakin um sieben Uhr morgens den ersten Flieger, der ihn von Istanbul nach Zürich brachte. «Die Einreise in Kloten war kein Problem, ich hatte ja noch meine Identitätskarte.»

Pünktlich zur Wiederaufnahme des Trainingsbetriebs war Yakin zurück bei Fenerbahce, und der Coach fragte ihn, wo er denn gewesen sei. «In der Schweiz», antwortete Murat. Als ihn der Verdutzte mit grossen Augen anschaute, klärte ihn der Schweizer über die Vorteile des zweiten eidgenössischen Reisedokumentes auf.

Im September 1999, in der Zeit, die Yakin nach der UEFA-Cup-Schmach gegen Budapest in der Schweiz verbrachte, ereignete sich in der Türkei ein folgenschweres Erdbeben. Istanbul selbst lag nicht im Epizentrum der Erdstösse, aber die Schäden in der Stadt waren nicht zu übersehen. Auch Yakins Wohnung im 23. Stock war betroffen. «Die Wände hatten riesige Risse, das Geschirr lag zerschlagen auf dem Boden, es sah aus, als hätte eine Bombe eingeschlagen.»

Der befreundete Mitspieler Tayfun, der im 7. Stock desselben Gebäudes wohnte, schilderte Yakin in ausschweifenden Worten, was in jener Nacht geschehen sei: «Es hörte sich so an, als hätte unser Hochhaus zehn Meter nach links und zehn Meter nach rechts geschwankt.» Nur eingestürzt ist es nicht. Murat Yakin hatte ein mulmiges Gefühl im Magen. Kaum zurück in Istanbul, packte er schon wieder das Notwendigste zusammen und übernachtete drei Tage lang im Auto. Aus seinem Wagen sah er, wie viele Menschen aus Angst vor Nachbeben die Nächte im Freien verbrachten. Yakin beschloss nach drei Tagen in seinem «Wohnmobil», ins Trainingszentrum von Fenerbahce umzuziehen. In seine Wohnung wollte er nicht mehr zurück. Er verbrachte den nächsten Monat in der feudalen Anlage seines Vereins am Meer.

In diesen Tagen rund um seinen 25. Geburtstag (15. September 1999), den er fern der eigenen vier Wände feierte, erreichte Murat Yakin seinen persönlichen Nullpunkt. Nichts mehr ging, nichts schien sich mehr zu bewegen – die Lebensumstände in der Stadt, in der er seine eigenen Wurzeln nicht fand, die Geschichte mit dem Pass, das unheimliche Grollen der Erde, das Leben im Auto, der Ärger, weil die Club-Führung plötzlich einen Keil zwischen ihn und seinen Freund Tayfun treiben wollte, der von Yildirims Vorgänger Sen geholt worden war – für Yakin wurde alles zu viel.

«In der Summe war zu jenem Zeitpunkt mein Leben in Istanbul nicht mehr zu ertragen. Es war so ungemütlich geworden, dass die Zufriedenheit, die ich im sportlichen Bereich empfand, nicht mehr ausreichte, um mich in der Türkei zu halten. Ich hörte davon, dass mich Roy Hodgson zu GC zurückholen wollte, und irgendwann war der Moment da, wo mir auch ein Vertragsbruch nichts mehr ausmachte.»

Am 7. Oktober 1999 nahm Murat Yakin in Istanbul den ersten Flug, den er buchen konnte, und floh in die Schweiz – in seine Heimat.

24 Stunden später stand er bei Erich Vogel in der Wohnung. Der in der Zwischenzeit bei den Grasshoppers ausgebootete Sportdirektor, der so etwas wie ein väterlicher Freund für beide Yakins geworden war, hatte Murat vergebens vor einer Flucht aus Istanbul gewarnt. Auch in Zürich versuchte er, den Abtrünnigen umzustimmen. «Ich sagte Muri: ‹Gehen Sie zurück, Sie müssen es tun, sonst gefährden Sie Ihre Karriere.›» Doch der Angesprochene wich nicht von seinem Ansinnen ab, «unter keinen Umständen» mehr nach Istanbul zurückzukehren. Yakin hatte auf stur gestellt, und Vogel kannte seinen Pappenheimer gut genug, um zu wissen, dass bei Murat nichts mehr zu machen ist, wenn die Schaltkreise einmal blockiert sind.

Vogel reagierte und übernahm das Diktat. «Wenn Sie hier bleiben wollen, dann machen Sie jetzt, was ich sage», habe er damals seinem Gast erklärt. Konkret: «Ich suchte einen kleinen Vermittler, um ihn vorzuschieben, und begann, im Hintergrund die Sache zu steuern.» Den gesuchten Agenten fand er in der Person von Giacomo Petralito, der Kontakte zu möglichen Abnehmerclubs herstellte. Vogel selbst versuchte, über die FIFA grösseres Unheil abzuwenden. Der Weltfussballverband war von den verärgerten Türken eingeschaltet worden, die ihren finanziellen Schaden wieder gutgemacht haben wollten.

Die Aufregung um Murat Yakin zu jener Zeit war riesig. Nur der Spieler selbst hatte seine Ruhe wieder gefunden. Einmal noch war er in Istanbul, um seine Wohnung aufzulösen. Er verkaufte, was er verkaufen konnte, schenkte der Mutter den Kühlschrank und verliess die Stadt am Bosporus wieder auf schnellstmöglichem Weg. Als er 2003 mit dem FC Basel in Malatya weilte, holte ihn die Vergangenheit für kurze Zeit nochmals ein. Es tauchten Vertreter der Immobilienfirma auf, deren Appartement er in Istanbul bewohnt hatte. Es seien noch nicht alle Rechnungen beglichen, teilten sie Yakin mit. «Aber das war alles Sache des Vereins. Mich geht das alles gar nichts mehr an.» Fenerbahce war nicht nur aus den Augen, sondern auch aus dem Sinn.

Von Murat Yakins Zeit bei «Fener» zeugt nur noch ein lebensgrosses Mosaikporträt an einer Hauswand im Istanbuler Stadtteil Eyüp. In der Nacht ist das von Künstlerhand geschaffene Werk hell erleuchtet, und von fern schon sieht man den stattlichen Fussballer stolz in seinem Trikot posieren. Es ist das Haus von Mutter Emine, die das Porträt in Auftrag gegeben hatte. Der einzige Schönheitsfehler: Murats Schuhe stammen nicht vom Privatsponsor Adidas, sondern von einem Konkurrenten.

Ende Oktober 1999 war Yakin definitiv zurück in der Schweiz, und er gönnte sich erst einmal eine schöpferische Pause. Sieben Jahre lang war er Profi gewesen, «nun war die Zeit reif, um einmal abzuschalten». Er hielt sich beim FC Aarau fit, wobei sich der Aufwand in Grenzen hielt. Zweimal pro Woche tauchte er in den Übungseinheiten von Jochen Dries auf, mittags ging er mit Beat Studer, Daniel Tarone und den anderen Kumpels vom FCA gemütlich zum Italiener. «Und in der Nacht habe ich in Zürich drei Monate lang die Bars zugemacht.» Will heissen – der Tag ging, Murat Yakin kam. Oft hat er im Zürcher In-Lokal «Kaufleuten» bis in die frühen Morgenstunden gefeiert, das Leben genossen und dabei «eine Superzeit gehabt, die unglaublich gut getan hat».

Derweil sich Yakin im Zürcher Nachtleben verlustierte, waren Juristen und die FIFA damit beschäftigt, die Zukunft des vertragsbrüchigen Fussballers zu klären. Viel war von einer Sperre die Rede gewesen, und vermutlich hätte die FIFA als Präventivmassnahme wider die Anarchie im Vertragswesen den Münchensteiner am liebsten auch für eine gewisse Zeit aus dem Verkehr gezogen. Doch allein die Androhung, vor einem Arbeitsgericht gegen ein auferlegtes Berufsverbot (was eine Sperre nun mal ist) zu klagen, reichte für die Ausstellung einer provisorischen Spiellizenz.

Die FIFA-Spielerstatut-Kommission reagierte auf Murat Yakins Flucht denn auch nicht mit einer Sperre, sondern mit einer spektakulären Busse. Rund ein halbes Jahr nach seiner Flucht erhielt Yakin einen Verweis und eine Geldstrafe in der Höhe von

450 000 Mark, was rund drei Monatslöhnen des Münchensteiners bei Fenerbahce entsprach. Yakins Argumente vom unsicheren Leben in Zeiten voller Erdbeben überzeugten die sechsköpfige Kommission unter dem Vorsitz des Tunesiers Slim Aloulou nicht, und sie wollte den Fall des Schweizers offensichtlich zu einem Präventivschlag gegen die Verrohung der Sitten im Berufsfussball nutzen.

450 000 Mark sind eine horrende Summe. Nur hat Yakin bis heute nicht einen Cent bezahlt und auch nie eine Mahnung erhalten, er solle doch – bitte schön – den Betrag in den kommenden 30 Tagen überweisen. «Auf welcher Rechtsgrundlage will mich die FIFA einklagen?», fragt Yakin gelassen. Das Thema ist für ihn längst abgehakt.

Zudem steht in den FIFA-Statuten explizit, dass eine einseitige Option zugunsten des Vereins, wie sie im Vertrag Yakins mit Fenerbahce vorgesehen war (über zwei weitere Jahre), nichtig sei. Dies schwächte die Position der Türken bei der angestrebten Rückzahlung eines Teils der Transfersumme. Unbestritten war nur, dass der nächste Club, der Yakin fest übernehmen würde, einen noch zu bestimmenden Betrag an Fenerbahce zu überweisen habe.

Lange Zeit machte es den Anschein, als könnte der Münchensteiner im Winter 2000 zum 1. FC Kaiserslautern wechseln. Petralito hatte die Pfälzer über die Möglichkeit informiert, Yakin zu verpflichten. In den letzten Tagen des Jahres 1999 trafen sich Murat Yakin und Otto Rehhagel, damals Trainer in Kaiserslautern, in St. Moritz, um sich näher kennen zu lernen. Es war Sympathie auf den ersten Blick. Murat, «der liebe Otto» (Zitat Yakin) sowie dessen stets gestreng blickende Gemahlin Beate verbrachten einen schönen Abend im Engadin, und schon am 2. Januar 2000 wurden sich die beiden Parteien einig. Das Problem war nur, dass die superprovisorische Spielbewilligung erst am 16. Januar eintraf, in Deutschland aber bereits am Vortag das Transferfenster in der Winterpause geschlossen hatte. Das bedeutete, dass Yakin erst im Sommer 2000 nach Kaiserslautern wechseln konnte.

Die Zeit überbrückte er dort, wo Fussballspieler noch qualifiziert werden konnten – in der Schweiz. Der FC St. Gallen, mit Marcel Koller auf dem Weg zum Titelgewinn, war an ihm interessiert, so sehr, dass er 70 000 Franken mehr Lohn bot als der FC Basel. GC wollte ihn verpflichten, doch da legte sich Vogel quer, weil er nicht seinen Ex-Verein mit einem seiner beiden Lieblingsspieler beglücken wollte. Den Zuschlag erhielt der FC Basel, dessen Trainer Christian Gross im Winter bei einem von ihm angestrebten Essen in Zürich einen weiteren Anlauf unternommen hatte, Murat Yakin im Hinblick auf die Finalrunde 2000 zu einer zweiten Zusammenarbeit zu bewegen. Und mit einem stark aufspielenden Murat Yakin qualifizierte sich der FCB erstmals nach 20 Jahren wieder für den UEFA-Cup. Der Münchensteiner hatte nach langen Jahren in der Fremde vor seinen Freunden und Verwandten im Quartierstadion Schützenmatte den Spass an seinem Job wieder gefunden. In der Heimat stellte Murat Yakin fest, wie und wo und vor allem dass es «weitergehen» kann.

Dies änderte nichts am gültigen Arbeitsvertrag mit dem 1. FC Kaiserslautern. Dort wartete Otto Rehhagel im Sommer 2000 auf seinen Defensiv-Strategen, den er «als Libero vor einer Viererkette» einsetzen wollte, wie Yakin heute schmunzelnd erzählt. Rehhagel war als Trainer der alten deutschen 3-5-2-Schule noch neu im Geschäft der beiden Viererreihen in Abwehr und Mittelfeld. Stark gemacht für seinen Schweizer Kollegen hatte sich auch dessen ehemaliger GC-Mitspieler Ciriaco Sforza, «wahrscheinlich, weil er selber nicht in der Abwehr spielen wollte», wie Yakin leicht süffisant anfügt.

Er hatte zunächst eine gute Zeit in der Pfalz, auch wenn ihm Assistenztrainer Reinhard Stumpf mit seinen endlosen Dauerläufen das Leben erschwerte. Yakin zeigte nach einem traditionellen Kaltstart ein paar gute Spiele, zu wenig aber, um Rehhagel nach schwachem Saisonstart vor dem Rücktritt (am 22. Okt. 2000) zu retten.

Für ihn kam Andreas Brehme. «Der unfähigste Trainer, den ich je kennen gelernt habe», so das trocken-harte Urteil Yakins.

Brehme erging es in Deutschland wie so vielen seiner Kollegen aus der Weltmeister-Equipe von 1990 – sie wurden kraft ihrer

Rückkehr in die Bundesliga: Beim 1. FC Kaiserslautern stimmte die Chemie zwischen Trainer Andy Brehme und Murat Yakin nicht.

Vergangenheit blindlings für fähig erklärt, jeden Job zu übernehmen, auch den eines Bundesliga-Trainers. «Zuerst kritisierte er mich vor versammelter Mannschaft, ich tauge nicht für die Bundesliga», erinnert sich Yakin, «dann spielte ich ein paar Mal gut und war der Superstar. Und dann gings wieder in die andere Richtung los.»

Nach der Winterpause der Saison 2000/01, in der Yakin erneut an der Nase operiert werden musste, eskalierte das Geschehen, und es kam zum offenen Konflikt. Yakin musste, keine drei Wochen nach einer Vollnarkose, in vier Tagen 100 Kilometer laufen; sein Körper verweigerte den Dienst, die Muskeln am ganzen Leib begannen zu zittern. «Ich habe Brehme darauf angesprochen, doch der hat mich danach wieder einmal vor der ganzen Mannschaft fertig gemacht, ich sei ein fauler Kerl und so weiter.»

Yakin platzte der Kragen. Er suchte Präsident Jürgen «Atze» Friedrich auf und erklärte ihm wutentbrannt, dass er «den Brehme jetzt bald dermassen verhaue, dass er nicht mehr weiss, wo er ist».

Der Abwehrchef, der kaum spielte: Brehme und Yakin fanden – auch mit Hilfe von Präsident Jürgen Friedrich – keinen Draht zueinander.

Sofortige Auflösung des Vertrages, ehe die Situation auf dem Betzenberg eskalierte: Murat verliess die Pfalz und den verhassten Andy Brehme.

Friedrich antwortete: «Herr Yakin, geben Sie dem Trainer doch Zeit, er ist noch jung.» – «Was jung?», erwiderte Yakin. «Wieso soll ich einem Trainer Zeit geben, der mir keine gibt? Ich gehe jetzt zu ihm und hau ihm eine runter!» Murat Yakin war – was selten vorkommt – ausser sich und verlangte die sofortige Auflösung des Vertrags zwischen ihm und dem 1. FC Kaiserslautern.

Darauf spekulierte in Basel der mittlerweile dort als Sportdirektor verpflichtete Erich Vogel. «Ich hoffte, Yakin würde mit Brehme nicht klarkommen, damit ich ihn wieder nach Basel holen könnte», fasst Vogel seine Gedanken von damals zusammen. Er begann, an der zweiten Rückführungsaktion für seinen Lieblingsfussballer zu basteln – und auch an der Zusammenführung der beiden Brüder Hakan und Murat Yakin im Dress des FC Basel.

Verhinderter Spielmacher: Es dauerte bis 2001, ehe Hakan die Rolle hinter den Spitzen spielen durfte, die ihm so sehr liegt.

Der Schnupper-Profi – Wie Hakan durch die Schweiz tingelte

Du hast zwei Wochen Zeit. Sonst musst du zu GC zurück.
(Roger Hegi, Trainer des FC St. Gallen)

Der Auftakt war fulminant. Exakt 18 Sekunden brauchte Hakan Yakin, um sein erstes Tor als Profi zu erzielen. Am 12. April 1995 wurde der Münchensteiner im Spiel des FC Basel gegen Lausanne-Sports eingewechselt anstelle des etatmässigen Goalgetters Alexandre Rey. «Flanke Zuffi, Tor», beschreibt Yakin rückblickend jenen Moment, der ihm die Gewissheit verlieh, auch im bezahlten Fussball erfolgreich sein und dieses Spiel, sein Spiel, auf höherem Niveau ausüben zu können. Mit der ersten Ballberührung war dem 18-Jährigen das 3:0 gelungen (Endstand 5:0). Oben, auf der Haupttribüne des St. Jakobstadions, strahlten jene Vereinsverantwortlichen um die Wette, denen der vermeintliche Coup geglückt war, den jüngeren der Yakins zum FCB zu lotsen: Präsident Peter Epting und Sportchef Oldrich Svab.

Das Debüt Hakans fand erst mit Verspätung statt, hatte er sich doch im Herbst 1994 mit den Inter-Junioren des FC Concordia in einem Match gegen den FC Basel (!) nach einer Tätlichkeit eine rote Karte eingehandelt. Tagelang ärgerte sich FCB-Trainer Didi Andrey über den Umstand, dass die zwei Spielsperren aus der Juniorenliga auf die Nationalliga A übertragen wurden. Zunächst hatte die für den Berufsfussball zuständige Kammer des Schweizerischen Fussball-Verbandes, die Nationalliga, Yakin grünes Licht für einen Einsatz in den ersten beiden Finalrundenspielen gegeben – unmittelbar vor dem Startspiel in Aarau jedoch änderte das Gremium seine Meinung. Yakins Einstand wurde verschoben. Mit dem Tor gegen Lausanne also festigte Yakin den Ruf seiner aussergewöhnlichen Begabung, gleichzeitig aber stiegen die Erwartungen an den Teenager. Diese vermochte er in der Folge nicht zu erfüllen. «Ich muss in meinen Leistungen konstanter werden», stellte er nach einem Jahr Profifussball und fünf Toren fest, nach zwölf Monaten, in denen er nur drei Mal über neunzig Minuten zum Einsatz gekommen war. Dario Zuffi und Alexandre Rey hiessen jene Stürmer, die ihm vor der Sonne standen – und mit einer anderen Rolle als jener ganz in der Spitze mochte ihn Didi Andrey nicht betrauen. Immerhin schaffte Yakin den Sprung in die U21-Nationalmannschaft, 1995 gelangen ihm beim 6:0 gegen San Marino drei Tore.

Dieser Leistungsausweis reichte nicht, um ihn Stammspieler beim FCB werden zu lassen. Auch nach dem Trainerwechsel – Andrey musste seinen Job nach einer Transferaffäre dem ehemaligen Nationalgoalie Karl Engel überlassen – blieb Yakin vorwiegend Einwechselspieler, ein so genannter Joker. «Es mangelte ihm an der physischen Basis, vor allem seine Grundschnelligkeit reichte nicht aus», erklärt Engel, warum er nicht bedingungslos auf den Hoffnungsträger setzte. Technisch sei Yakin ein überdurchschnittlicher Spieler gewesen, «aber nicht überragend». Den Effekt von

Zwei Wechsel in den ersten Profijahren: Hakan gewöhnte sich schnell daran, durch die Schweiz zu fahren.

Der Durchbruch liess auf sich warten: Der erste Versuch, sich beim FCB zu etablieren, misslang Hakan. Trotzdem interessierten sich andere Vereine für ihn.

ruhenden Bällen, später seine absolute Spezialität, habe der Angreifer noch nicht erkannt.

In die Amtszeit Engels beim FCB fiel auch die damals Aufsehen erregendste Episode um Hakan Yakin. Auf den 10. März 1996 war der Cup-Sechzehntelfinal beim Erstligisten FC Gossau terminiert, jenem Ostschweizer Club, bei dem Ertan Irizik zu jener Zeit seine Laufbahn ausklingen liess. Zwei Tage vor dem Spiel rief Engel Yakin nach dem Aufwärmprogramm zu sich. «Er griff mir an die Halsschlagader und sagte: ‹Du hast dich nicht eingelaufen, das ist unprofessionell. Du spielst am Wochenende im Nachwuchs›», erinnert sich Yakin. Aus disziplinarischen Gründen also reiste er mit der zweiten Mannschaft am Samstag nach Winterthur anstatt nach Gossau.

Für Engel aber sollte die Massnahme unangenehme Folgen haben. In Gossau stürmten nämlich Murat Yakin und Ertan Irizik, gefolgt von Mutter Emine, in die Kabine des FCB-Trainers und beklagten sich lautstark über die Strafversetzung des jüngsten

Familienmitgliedes. «Ich sagte ihnen, dass immer noch ich die Person sei, die entscheide, wer wann wo spielt. Ich nahm die Aufregung nicht so ernst, weil ich wusste, dass sie einfach emotional überreagierten», erzählt Engel. Ausserdem habe er den erzürnten Besuchern mit auf den Weg gegeben, es sei für Hakans Karriere nicht eben förderlich, wenn sie ihm ständig die Verantwortung abnähmen. Der FCB gewann den Vergleich mit dem FC Gossau 2:0, Irizik spielte über 90 Minuten im zentralen Mittelfeld. Es wäre die einzige Gelegenheit gewesen, dass Irizik und Hakan je gegeneinander angetreten wären. (Irizik und Murat dagegen trafen in den Partien zwischen dem FC St. Gallen und den Grasshoppers mehrmals aufeinander.) Als Engel die verpasste Chance Jahre später erkannte, da entschuldigte er sich bei Hakan Yakin.

«Er war ein angenehmer Spieler, der keinerlei Starallüren hatte», so Engel, «ich wollte ihm unbedingt beibringen, dass er ab und zu beissen müsse, um den grossen Durchbruch zu schaffen. Denn zu oft mischten sich zu viele Leute in seine Belange ein.» Im Training dagegen sei Yakin – entgegen anders lautenden Gerüchten

Im Training fleissig, doch im Spiel nur wenig zu sehen: Hakan Yakin durfte – im Gegensatz zu Dario Zuffi (l.) und Massimo Ceccaroni (r.) – unter Karl Engel nicht regelmässig spielen.

Erste Enttäuschung bei den Grasshoppers: Hakan wurde geholt, war aber bald nur Stürmer Nummer vier beim Rekordmeister.

– durchaus fleissig gewesen. «Er war pflegeleicht, hat gut zugehört und versuchte, die Anweisungen umzusetzen.» Entscheidend für die Karriere seien dann die späteren Wechsel zu GC respektive zum FC St. Gallen gewesen. «Da musste er plötzlich das Doppelte leisten», stellt Engel fest. Auch FCB-Präsident René C. Jäggi zog nach dem ersten Gastspiel Hakan Yakins in Basel das Fazit, der Hochbegabte sei ein «kleiner Revoluzzer gewesen und habe nur fünfzig Prozent seines Leistungsvermögens abgerufen». Jäggi fiel es deswegen 1997 nicht schwer, Hakan Yakin ziehen zu lassen.

Engel selbst sagt, er habe auf zwischenmenschlicher Ebene keinerlei Probleme mit Yakin gehabt. «Ich durfte ihm nur nicht zeigen, wie sehr ich ihn mochte, wenn ich ihn weiterbringen wollte.» Nach der Verbannung in den Nachwuchs erlebte Yakin seine beste Phase während seines ersten Aufenthaltes beim FCB. Er traf in den folgenden Partien gegen den FC Sion, den FC Luzern und gegen Neuchâtel Xamax, was einige Beobachter zur Annahme verleitete, die Strafaktion habe Wirkung gezeigt. Wenn dem wirklich so war, dann dauerte dieser Effekt nicht allzu lange. «Vielleicht habe auch ich einen Fehler gemacht», merkt Engel kritisch an. Der Fussball-Lehrer unterstützte Yakin im Vorhaben, seine Lehre bei Werner Decker zu beenden. «Möglicherweise wäre es besser gewesen, er hätte sich schon damals nur auf den Fussball konzentrieren können», meint Engel. So aber habe Yakin den Fussball nicht immer als Beruf angeschaut; er habe einfach Spass haben wollen. Die Erwartungen an den FCB waren zu jener Zeit enorm, hatte doch der Club seit 1980 keinen Titel mehr gewonnen. Die – finanziellen – Möglichkeiten und damit die Wettbewerbsfähigkeit des Teams konnten mit der Fantasie der Anhängerschaft jedoch nicht mithalten.

Yakin bot keine schlechten Leistungen, doch die Statistik, die seine Tore auswies, war auch nicht brillant. 1995/96 schoss er in 34 Spielen sechs Treffer, in der Saison darauf reüssierte er in 25 Partien dreimal. «Er spielte damals auch noch nicht diese überragenden Pässe in die Tiefe», erinnert sich Engel. Das mag mit seiner Position zu tun gehabt haben. Denn in seinen ersten Profijahren agierte Yakin durchwegs als Stürmer. Im Frühling 1997 trat Engel als FCB-Trainer zurück, sein designierter Nachfolger war Jörg Berger. Doch Yakin hatte für sich bereits beschlossen, einen Vereinswechsel vorzunehmen. «Es wurde nicht eingehalten, was versprochen worden war», moniert er. Zusammen mit seinem Freund Bruno Sutter verliess er Basel. Sutter schloss sich dem FC Zürich an, und Erich Vogel bastelte derweil am Transfer Hakans zu GC, damit der Rekordmeister nicht plötzlich ohne einen Yakin dastünde (Murat wechselte im Sommer 1997 nach Stuttgart). Auf Grund der positiven Schilderungen seines älteren Bruders brauchte Hakan nicht lange zu überlegen. Er entschied sich, den von den Grasshoppers offerierten Vierjahresvertrag zu unterschreiben. Auch vom Lohn her schien ihm der Wechsel gerechtfertigt. Bei GC konnte er, vor allem dank Prämien, auf ein Jahressalär von 180 000 Franken kommen.

Als Stürmer Nummer drei war Yakin von den Zürchern verpflichtet worden. «In Tat und Wahrheit war ich plötzlich Nummer

Neun Tore in zwei Jahren: Trotz seiner Jokerrolle traf Hakan Yakin für den FCB von 1995 bis 1997 einige Male ins gegnerische Tor.

fünf», sagt Hakan. Sein Trainer hiess Christian Gross, doch diese erste Zusammenarbeit des Duos endete nach wenigen Wochen, da Gross im Herbst 1997 dem Ruf von Tottenham Hotspur folgte. Für Yakin änderte sich dadurch nur wenig. An den prominenten, Champions-League-erprobten Konkurrenten kam er nicht vorbei, elf (Teil-)Einsätze und ein Tor lautete seine Bilanz nach einem halben Jahr. Viorel Moldovan, Kubilay Türkyilmaz und Nestor Subiat waren zu stark für den Neuling. Yakin suchte nach einer Lösung, und Erich Vogel half ihm dabei. Der FC Aarau und der FC St. Gallen zeigten Interesse. Nach einem Gespräch mit Roger Hegi, dem Trainer der Ostschweizer, wechselte Yakin leihweise aufs Espenmoos. «Ohne Vogel wäre dies nicht möglich gewesen», so Hegi über jenen Mann, der später sein Erzrivale bei GC werden sollte. Er selbst hatte Yakin in diversen U21-Länderspielen gesehen. «Ich wollte lieber einen jungen Schweizer Stürmer verpflichten als einen mittelmässigen Ausländer», erklärt er.

St. Gallen verlieh Hakan Yakin «einen Kick», wie er es selbst ausdrückt. Das hatte nicht nur fussballerische Gründe. Erstmals in

TAGBLATT

St.Gallische Kantonalbank **adidas**

**FC St. Gallen 1879
Saison 1997/98
Hakan Yakin**

Wie einst Halbbruder Ertan Irizik spielte auch Hakan in St. Gallen: Nach Anlaufschwierigkeiten tat er dies erfolgreich.

Von den Teamkollegen nach einigen mahnenden Worten Roger Hegis akzeptiert: Hakan im Kreis des FC St. Gallen.

seinem Leben wohnte er alleine, war für seine Ernährung und seine Wäsche besorgt. Die neue Freiheit genoss er in vollen Zügen, es soll so manches Fest gegeben haben in der Wohnung des nunmehr 21-Jährigen. Dennoch litten seine Darbietungen anfangs nicht unter diesem Lebenswandel. «Er fand ein sehr gedeihliches Umfeld vor», sagt Hegi. Der Druck sei nicht so hoch gewesen wie bei GC, dennoch habe Yakin in einer recht starken Mannschaft mit einem enthusiastischen Publikum im Rücken spielen können.

Die ersten Spiele beim FC St. Gallen läuteten dann das Ende von Yakins Karriere als Stürmer ein. Hegi erkannte, dass die Fähigkeiten seines Neuzugangs noch besser zur Geltung kommen würden, wenn er den Spieler seinen Part etwas weiter zurückgezogen interpretieren liesse. Weil das zentrale Mittelfeld der St.-Galler mit den Holländern Edwin Vurens und Wilco Hellinga durch routinierte Kräfte besetzt war, kam Hegi allerdings nicht auf die Idee, Yakin einen dieser Plätze zu überlassen. Der Baselbieter wurde fortan im linken Mittelfeld aufgestellt. «Ich sagte ihm allerdings, er solle den Weg zum Tor nicht der Seitenlinie entlang suchen, sondern innen herum, in Richtung Zentrum», erinnert sich Hegi. Yakin tat, wie ihm geheissen, und seine Leistungen auf der neuen Position waren zunächst mehr als ansprechend. «Ich hatte zu Hegi auch neben dem Platz ein gutes Verhältnis», sagt er. Diese Beziehung wurde nur ein Mal kurz getrübt. Nach vier, fünf Monaten in

Nach starken Leistungen in der Ostschweiz wurde Hakan zum Zankapfel zwischen dem FC St. Gallen und GC: Die Zürcher wollten ihn zurück.

In St. Gallen gereift: Die Grasshoppers zahlten dem FC St. Gallen gar eine Summe, um ihre Leihgabe frühzeitig zurückholen zu dürfen.

der neuen Wahlheimat verlagerten sich die Interessen Yakins kurzzeitig zu sehr auf das Geschehen abseits des Fussballplatzes. Hegi, ziemlich wütend über das Gebaren seines Schützlings, knöpfte sich den Spieler vor. «Ich bin überzeugt, dass du eine internationale Karriere erreichen kannst, wenn du vom Kopf her dazu bereit bist», eröffnete er ihm. «Aber das bist du nicht. Ich gebe dir nun zwei Wochen, um das zu beweisen. Wenn du es dann nicht begriffen hast, musst du wieder zu GC zurück.»

Nach seinen ersten Erfahrungen auf dem Hardturm wirkte dieser Satz auf Yakin wie eine Drohung. Im folgenden Cup-Halbfinalspiel 1998 gegen den FC Lugano trat er «überragend» auf (Hegi), schoss ein Tor und sicherte dem FC St. Gallen den Einzug ins Endspiel. Den verlorenen Final gegen Lausanne allerdings verpasste er wegen einer Sperre.

Yakin zeigte sich als gelehriger Schüler Hegis, er verstand die Lektion, die ihm sein Trainer erteilt hatte. «Er war sehr aufnahmebereit, doch man musste ihm Grenzen setzen», analysiert Hegi.

Wichtig sei im Umgang mit Yakin, dass man nicht alles immer bierernst nehme, dass man ihn nicht mit Lauftrainings abstrafe, wenn er mal wieder auslote, wie weit er gehen dürfe. «Schickt man ihn auf die Finnenbahn, dann vergeht ihm die Lust. Er benötigt einen Ball, um dann auch im Spiel Leistung bringen zu können.» Er selbst habe in seiner Zeit als Fussballtrainer einen relativ kollegialen Umgang mit den Spielern gepflegt. «Und dieses Prinzip begriff Yakin.» Innerhalb des St.-Galler Teams erarbeitete sich die Leihgabe von GC schnell Akzeptanz. «Seine Mitspieler sahen ja auch, was er konnte», erklärt Hegi. Vor allem in seiner zweiten halben Saison in der Ostschweiz gelangen Yakin gute Spiele. «Da ging mir halbwegs der Knopf auf», wie er selbst befindet. Erstmals seit seinem Einstieg ins Profigeschäft war er nun unbestrittener Stammspieler – er dankte es mit sieben Toren in 21 Spielen.

Für Hegi war es deshalb nur logisch, dass er Yakin mitnehmen wollte, als er sich entschied, per 1. Januar 1999 die Herausforderung als Coach bei den Grasshoppers anzunehmen. Da die St.-Galler Anhängerschaft jener von GC nicht eben freundschaftlich verbunden ist, war schon der Abgang des Trainers mit mehr oder minder grossem Entsetzen aufgenommen worden. Schliesslich war es Hegi gelungen, mit Akteuren wie Marco Zwyssig, Jörg Stiel oder Marc Zellweger ein funktionierendes Ensemble aufzubauen. Als Mentor Hegi aber auch noch darauf pochte, seinen Schüler Yakin mit nach Zürich zu nehmen, da war die Empörung in St.-Galler Kreisen enorm. «Ich wollte ihn bei GC haben, weil ich gesehen hatte, welche Fortschritte er erzielte. Ich wusste, dass er früher oder später auf dem Hardturm eine tragende Rolle spielen würde.» Der St.-Galler Vorstand reagierte auf den Wunsch Hegis und machte eine Ablösesumme für Yakin geltend – schliesslich war der Leihvertrag mit den Grasshoppers auf ein Jahr festgesetzt worden. GC bezahlte, und einmal mehr war der Transfer eines Yakin nicht ohne Nebengeräusche abgelaufen ...

Auch der zweite Anlauf Yakins in Zürich war ein langer. Kaum war er angekommen, verletzte er sich. Es dauerte, bis er seinen Platz in der Equipe fand. «Dann aber wurde er schnell zu

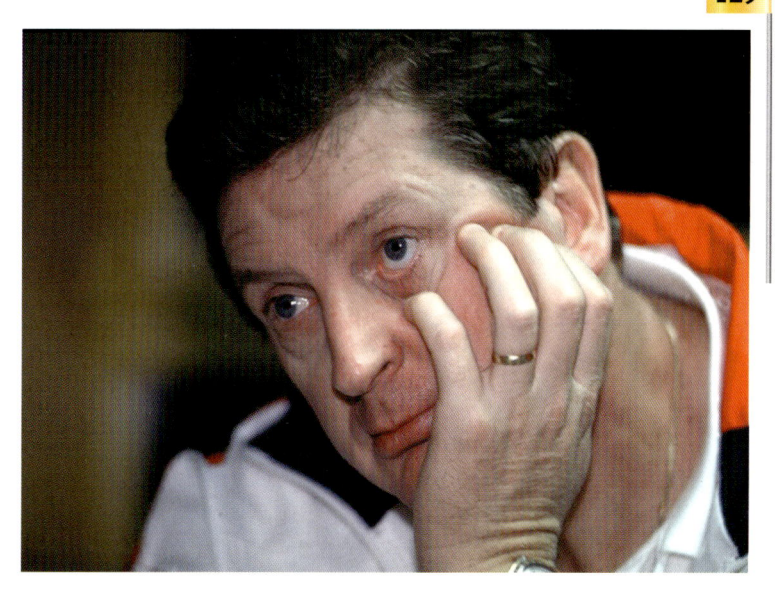

Setzte Hakan überall ein, aber nicht als Spielmacher: Unter Roy Hodgson musste Yakin gar als linker Aussenverteidiger spielen.

einem sehr wichtigen Eckpfeiler», erzählt Hegi. Auch bei GC versah Yakin den Part des linken Mittelfeldspielers, und abermals gewährte ihm sein Trainer alle Freiheiten im Spiel nach vorne. «Er wurde hervorragend von Boris Smiljanic abgeschirmt, der als linker Aussenverteidiger spielte», blickt Hegi zurück. Die Erbschaft, die Bruder Murat hinterlassen hatte, schien keine zu grosse Bürde für Hakan zu sein. «Ich hatte nie das Gefühl, er setze sich deswegen unter Druck», hält Hegi fest. Diese Haltung half Yakin dabei, bei GC zur Stammkraft zu werden.

Dies sollte sich in der Folge nicht ändern, allen Umstürzen beim Rekordmeister zum Trotz. Es waren die Jahre, als das Trio Fritz Gerber, Rainer Gut und Uli Albers die Macht auf dem Hardturm übernahm, als Hegi und Erich Vogel geschasst wurden, der frühere Schweizer Nationaltrainer Roy Hodgson erst eingestellt, mit allen Kompetenzen versehen und schliesslich mit Schimpf und Schande entlassen wurde. Unter dem Engländer erlebte Hakan Yakin ein Novum. Vier Spiele lang musste er den linken

Aussenverteidiger geben, eine Idee, mit der er sich überhaupt nicht anfreunden konnte. Hatte ihm nicht sein Förderer Erich Vogel seit Ewigkeiten eingetrichtert, die Idealposition für ihn sei jene des Spielmachers hinter den beiden Stürmern?

GC korrigierte den Irrtum mit Hodgson, es kam im Jahre 2000 Hans-Peter «Bidu» Zaugg. Neuer Sportchef wurde Matthias Walther, Georges Perego wurde zum General Manager befördert. Gleichzeitig nahm der Verein die Vertragsverhandlungen mit Hakan Yakin auf. Dessen Kontrakt wäre im Sommer 2001 ausgelaufen, dann hätte er ablösefrei wechseln können. Dies wollte GC verhindern, zudem stand Yakin in der Skorerliste (Tore und Assists zusammengerechnet) besser da als Stürmerstar Stéphane Chapuisat.

Das Angebot allerdings, das ihm unterbreitet wurde, empfand Yakin als Beleidigung. Demzufolge hätte er nämlich genau gleich wie zuvor 180 000 Franken pro Jahr verdient, mit der einzigen Verbesserung, dass der Fixlohn einen höheren Anteil ausgemacht hätte. Der Münchensteiner lehnte ab. Zwei Tage vor

Holte den verlorenen Sohn nach Basel zurück: René C. Jäggi, ehrgeiziger Vorsitzender des aufstrebenden FC Basel mit Trainer Christian Gross.

Wiederaufnahme des Trainings im Winter 2001 hatte der Nationalspieler die Offerte noch immer nicht angenommen. «Da teilten mir Perego und Walther mit, ich solle meinen Kasten in der Garderobe räumen.» Das war ein taktischer Fehler der Grasshoppers, denn Yakin kündigte am 16. Januar 2001 seinen Arbeitsvertrag in Zürich fristlos. Der Grund: Eine weitere Zusammenarbeit könne ihm im Sinne von Art. 337, Schweizerisches Obligationenrecht, «nicht mehr zugemutet werden». Im Notfall, so die Planung der Yakins, hätte Hakan wie einst sein Bruder Murat mit einer provisorischen Lizenz woanders spielen können.

Der Hintergrund dieser scheinbar riskanten Kündigungsmassnahme: Zu jenem Zeitpunkt hatte Yakin längst eine Alternative zur Hand. Der FC Basel wollte ihn, unter Federführung von Präsident René C. Jäggi und Sportdirektor Erich Vogel, per sofort übernehmen und bot entsprechend ein wesentlich höheres Gehalt als GC. Die Basler waren unter Zugzwang, würde doch in wenigen Wochen das neue Stadion St. Jakob-Park eröffnet, und stets hatte die Vorgabe gelautet, die Mannschaft müsse pünktlich zur Premiere ein Format aufweisen, das sie zum Einzug in die nationale Spitze befähige.

Ein paar Wochen noch zankten sich der FCB und GC um die Modalitäten des Wechsels. Yakin durfte nicht mehr mit GC trainieren und noch nicht mit dem FCB. Deswegen hielt er sich mit individuellen Übungseinheiten fit. Schliesslich lenkte GC ein und erklärte sich bereit, den Offensivspieler für 225 000 Franken sofort freizugeben; zunächst hatten die Zürcher 500 000 Franken verlangt.

Hakan hatte damit die Tradition fortgesetzt, dass ein Transfer eines Yakin einfach nicht geräuschlos über die Bühne gehen kann.

Der Höhepunkt schlechthin: Murat nach dem Gewinn des Doubles 2002 auf dem Basler Barfüsserplatz.

Die FCB-Zeit

Rein in den Salat, raus aus dem Salat.
(Gigi Oeri über Transferverhandlungen mit Hakan Yakin)

Der Blick verriet höchste Besorgnis. «Murat, kommen Sie mit, ich muss Ihnen etwas Wichtiges sagen», erklärte der Vereinsarzt des 1. FC Kaiserslautern, und als er den Angesprochenen in eine Ecke gezogen hatte, da eröffnete er ihm: «Ich weiss gar nicht, wie ich es Ihnen sagen soll, aber Sie werden nie mehr Fussball spielen können. Das mit dem Knorpelschaden in Ihrem Knie wird nicht mehr gut.» Yakin hörte dem Mediziner zu und musste innerlich schmunzeln.

Drei Wochen zuvor, im Januar 2001, war der Verteidiger des Bundesligisten bei seinem Vertrauensarzt Heinz Bühlmann gewesen, und der hatte ihm zugesichert, «dass in drei Wochen alles wieder in Ordnung» sei. Es dauerte nicht lange, da hatte Yakin, des Lebens mit Trainer Andreas Brehme in hohem Masse überdrüssig, die Möglichkeit erkannt, welche ihm die deutsche Diagnose ermöglichte. Er ging zu Brehme und sagte ihm, der Clubarzt habe ihn zum Sportinvaliden erklärt, er wolle jedoch versuchen, mit gezieltem Aufbautraining in Einsiedeln den Anschluss an die Mannschaft wieder zu schaffen. Brehme reagierte, wie Yakin es gehofft hatte. «Gehen Sie, wir bleiben in Kontakt.» Dann trat der Trainer, wie Murat von seinem Mitspieler Dimitrios Grammozis später erfuhr, vor die Mannschaft und gab die Informationen an das Team weiter. Der Arzt informierte derweil die Vereinsführung, die erste Überlegungen anstellte, wie man aus der Geschichte mit diesem verletzten Schweizer herauskommen könnte – schliesslich drohte neben den Personalkosten aus dem Dreijahres-Vertrag noch immer auch eine Transferzahlung in Millionenhöhe an Fenerbahce Istanbul. Aus diesem Grund schaltete der 1. FCK auch Jean-Louis Dupont ein, den Anwalt, der 1995 Jean-Marc Bosman vertreten hatte, als der mit seiner Klage das Transferwesen im europäischen

Der erste Titel mit dem FC Basel: Murat und der Meisterpokal nach dem umjubelten Titelgewinn im Jahr 2002.

Idole für tausende von FC-Basel-Fans: Murat und Hakan spielten sich mit ihren Leistungen beim FCB schnell in die Gunst des Publikums.

Fussball auf den Kopf stellte. Duponts Auftrag: Kostenminimierung für den 1. FC Kaiserslautern im Fall Murat Yakin, nachdem die FIFA zum Erstaunen und Ärger des Bundesligisten die Ablösesumme für den Schweizer auf sieben Millionen Franken festgelegt hatte. Das waren sieben Millionen Franken mehr, als der FCK angenommen hatte. Dupont drohte daraufhin dem Weltfussballverband mit einer Klage, was zur Folge hatte, dass die FIFA ein neues Schiedsgericht einberief, um die Summe für Yakin neu festzulegen. Es muss für den Club die Gelegenheit gewesen sein, den Risikospieler, der in sieben Monaten nur neun Spiele bestritten hatte, loszuwerden.

15 Monate später, im Mai 2002, erhielt Yakin – der «Invalide», der mit dem FC Basel Meister und Cupsieger geworden sowie zum Schweizer Fussballer des Jahres gekürt worden war – wieder einen Anruf aus Kaiserslautern. Am anderen Ende der Leitung war Grammozis: «Murat», sagte er, «du glaubst gar nicht, wie die kotzen hier.»

An dieser Entwicklung der Dinge waren die Pfälzer jedoch nicht ganz unschuldig. Sie hätten auch auf dem Vertrag mit dem Spieler beharren und eine medizinische Zweitmeinung einholen können. Doch als sich der FC Basel einschaltete und erste Rücknahme-Gerüchte laut wurden, da stellten sich die Verantwortlichen in Kaiserslautern nicht hinter ihren Spieler, sondern hinter ihre Befürchtungen. Yakin weilte im Februar 2001 in Einsiedeln und harrte der Dinge, die da kommen sollten. In Basel wurde derweil eifrig diskutiert, im festen Wissen darum, dass die in der Öffentlichkeit breit abgehandelte Schwere der Knieverletzung «eher eine vorgeschobene Sache war», wie es Erich Vogel, der damalige Sportdirektor, mittlerweile formuliert. «Ich hatte viele Widerstände zu brechen», erzählt Vogel weiter, «Jäggi und Gross wollten anfangs nicht einen Spieler holen, der überall die Verträge nicht einhält.» In den Erinnerungen von René C. Jäggi, dem Präsidenten, und Christian Gross, dem Trainer, sieht die Sache etwas anders aus. «Mein Problem war, dass es ein Vorschlag Vogels war», sagt Jäggi, «und immer, wenn der etwas wollte, habe ich einen Geist

Erfolgreiche Zeit: Hakan Yakin bejubelt mit Goalie Pascal Zuberbühler einen der zahlreichen Triumphe, die er bei seinem zweiten Abstecher nach Basel erreichte.

Der Trainer und sein Captain: Christian Gross hat Murat zu einem Engagement in Basel überreden können.

gesehen.» Zu oft hatte Vogel schon Namen von neuen Spielern und neuen Trainern erwähnt, was im Präsidenten die Frage aufkommen liess, wohin der ihm von Anfang an wenig genehme Sportchef mit seinen Ambitionen ziele. Also besprach sich Jäggi auf einem Flug zum Automobilsalon in Genf mit seinem Trainer. «Wenn ich den Transfer mache, dann nur für dich», sagte Jäggi. «Ich bin dafür, dass wir ihn zurückholen», antwortete Gross. Darauf kam Tempo in den Transfer- und in den Heilungsverlauf. Bei Yakins entzündeter Kniesehne zeigte sich eine Besserung, bedingt vermutlich auch durch die beflügelnde Aussicht, erstmals seit jenem Juniorenspiel mit dem FC Concordia gemeinsam mit seinem Bruder Hakan – der im Winter über einen klassischen Yakin-Transfer von den Grasshoppers zum FCB gestossen war – ein Clubspiel bestreiten zu dürfen.

In der letzten Märzwoche des Jahres 2001 ging – vorangetrieben durch Jäggi – der Wechsel über die Bühne. Der FC Basel übernahm sämtliche Pflichten des 1. FC Kaiserslautern, also die

Bürde, mit der FIFA und Fenerbahce die Übernahmemodalitäten zu regeln. Die letztlich festgelegte Summe betrug 3,5 Millionen Franken, die Hälfte dessen, was die FIFA zunächst vorgesehen hatte. Nie zuvor in seiner Geschichte hatte der FCB mehr Geld für einen Spieler ausgegeben – für einen Spieler nota bene, der zusammen mit seinem Bruder Hakan näher beim St. Jakob-Park aufgewachsen war als alle anderen im Team. Apropos «mehr Geld»: Als René C. Jäggi später Aufsichtsratsvorsitzender des 1. FC Kaiserslautern wurde, fand er bei der Buchprüfung schnell heraus, «dass Murat nicht ganz so viel verdiente in der Pfalz, wie sein Berater Giacomo Petralito in Basel erzählte». Auch die FIFA war beeindruckt von diesem Transfer. Als Sepp Blatter, ihr Präsident, in der Nacht des Schweizer Fussballs im Mai 2001 Murat Yakin unter den Gästen entdeckte, da schüttelte er ihm die Hand und fragte: «Herr Yakin, haben Sie diesen Sommer wieder vor, den Verein zu wechseln?» – «Nein», sagte da Murat Yakin. «Das ist gut, danke», erwiderte Blatter. Und beide lachten.

Sicher ist, dass auch Petralito seinen Anteil daran hatte, dass

Auf dem Weg zum Gipfel: Der FC Basel in seinem Wintertrainingslager in St. Moritz im Januar 2003.

Das hektische Warten auf die Wiedervereinigung mit Bruder Murat: Hakan Yakin im Hotel der Schweizer Nationalmannschaft 2001 in Belgrad.

Murat Yakin im März 2001 zum FC Basel zurückkehren konnte. Doch als Murat am 26. März jenes Jahres zum ersten Mal im Training auf den Sportanlagen St. Jakob auftauchte, da fehlte Hakan, weil er mit der Nationalmannschaft auf Länderspielreise in Jugoslawien war. «Ich denke, es geschieht bald etwas», hatte Hakan schon Tage zuvor in Belgrad nervös erklärt, als er für einen kurzen Moment sein Handy nicht am Ohr hatte. Freudige Aufregung hatte ihn ergriffen angesichts der Ereignisse in der Heimat.

Die ersten FCB-Minuten nach der Rückkehr 2001 verliefen so unspektakulär wie die beim ersten Gastspiel im Vorjahr. Bei seinem Debüt im rot-blauen Dress hatte Murat Yakin mit den Baslern während eines Trainingslagers in Israel in Netanya gegen Metallisk Charkov 1:0 gewonnen. Sein Comeback gab er auf dem Sportplatz Rankhof vor 200 Zuschauern mit einem 3:3 gegen Wangen bei Olten. Der Torschütze zum 1:0 hiess ... Murat Yakin. Doch wer den Namen des FCB-Testspielers an jenem 28. März 2001 noch weiss, der muss reif für «Wetten, dass ...» sein (die Lösung: ein

Kameruner namens Marcel Niako). Das erste Meisterschaftsspiel in diesem Jahr bestritt Murat Yakin am 1. April, es gab ein 0:0 beim FC Zürich in einer Partie, die wenig Wellen warf. Vielleicht wäre es anders gekommen, wenn der gesperrte Hakan Yakin nicht das Treiben von der Tribüne aus hätte mitverfolgen müssen. Das Urteil von Trainer Gross über Murat: «Yakin spielte gut, ohne

Im Blickfeld der Mutter: Wenn Murat und Hakan mit dem FCB auf dem Rasen Erfolge feierten, dann war auch Emine Yakin selten weit.

Spass in der Garderobe: Hakan und Murat hatten in ihrer gemeinsamen Zeit beim FCB allen Grund zum Lachen.

extrem gefordert worden zu sein.» Diese Feststellung galt nicht zum letzten Mal in dieser Nationalliga A, die Murat Yakin nach ein paar Wochen flugs als «Gurkenliga» bezeichnete.

Das Hauptereignis dieser Saison für die Yakins fand am 7. April 2001 statt, die Begegnung mit dem FC Sion im St. Jakob-Park, und Murat Yakin dachte sogleich in historischen Dimensionen. Dieses Spiel sei der emotionalste Moment in seiner gesamten Karriere, höher einzustufen noch als sein Siegtreffer in der Champions League gegen Ajax Amsterdam. «Die Konstellation ist einmalig», bekannte Murat, «ich spiele erstmals mit meinem Bruder zusammen, dies in der Umgebung, in der ich aufgewachsen bin, und in einem neuen Stadion. Das ist fantastisch, nicht zu überbieten.» Für Hakan Yakin war es schlicht «ein Traum», der in Erfüllung ging. Alle kamen zum Spiel, die Freunde, die Fans und die Familie mit Mutter Emine an der Spitze. An diesem Tag kam sie nicht mehr, von Hakan chauffiert, auf dem Rücksitz eines «Töfflis», sondern durch die grosse Tür in Richtung VIP-Räum-

Der Tag der Rückkehr: Als Murat von Kaiserslautern zum FCB zurückgekehrt war, surrten in Basel die Kameras.

Mutter Emine nach dem Meistertitel 2002 mit dabei auf dem Balkon des Stadtcasinos Basel, die Emotionen auf dem Barfüsserplatz geniessend.

lichkeiten. Es war auch ihr Tag, dieser Samstag, 7. April 2001. «Für sie ist es schöner als ein Sechser im Lotto, dass ihre beiden Söhne in Basel spielen», sagte Hakan später.

Am darauf folgenden Montag setzte die «Basler Zeitung» einen programmatischen Titel über ihren Matchbericht des Basler 2:1-Sieges: «Pass Yakin, Tor Yakin». Ja, die beiden Brüder haben wirklich einen Sinn für die speziellen Geschichten. Hakan hatte den Ball quer in die Mitte gepasst. «Ich spürte, dass Murat in Position laufen würde», erklärte er und fügte mit seinem Sinn für Humor an: «Doch in der Regel muss trotz dieses Tores Murat mir den Ball auflegen und nicht umgekehrt.» Vielleicht war das aber nur eine verbale Spitze gegen den Bruder, denn Hakan sagte auch: «Er hat mich auf dem Feld zurechtgewiesen, weil ich meine Position für einmal nicht hielt.» Der schönen Premiere folgte kein schönes Saisonende. Mit einer Niederlage gegen Lausanne beendete der FCB sein Programm, und statt des ersehnten Titels im neuen Stadion gab es nur die Qualifikation für den wenig beliebten UEFA-Intertoto-Cup.

Die beiden Yakins gehörten jedoch zu den wenigen Siegern dieser Saison. «Es war ein gewisses Risiko, Murat und Hakan neun Mitspielern gegenüberzustellen», sagt René C. Jäggi, «aber die Vorteile, mit zwei so begabten Fussballern zu arbeiten, waren unserer Meinung nach grösser als das Risiko, dass die Zusammenarbeit nicht funktionieren würde.»

Der Rest der gemeinsamen Geschichte ist längst Legende: das 1:8 gegen Sion, der Steigerungslauf danach bis hin zum Meistertitel und zum Cupsieg. Als der FCB am 24. April bei den Young Boys 3:0 gewonnen hatte, war die Meisterschaft entschieden. In der Kabine qualmten die Zigarren, die Korken knallten, und vor der Haupttribüne umarmten sich die Vizepräsidentin Gigi Oeri und Emine Yakin, die in jenem Augenblick zwei Worte sagte, die in ihrer kauderwelschen Schlichtheit die Szenerie nicht treffender hätten umschreiben können – «viel schön». Die beiden Worte erlangten einen kleinen Kultstatus, und ein Fan beschenkte Hakan und Murat nach dem Cupsieg mit einem «viel schön»-T-Shirt, das beide als Souvenir noch immer im Schrank hängen haben.

Einblick in die Garderobe des FC Basel: Murat Yakin und seine Kollegen im Entmüdungsbecken nach dem Meistertitel 2002 (rechts Gigi Oeri mit Brille).

So ein Tag, so wunderschön wie heute: Zwei Macher mit seligem Blick, Murat und FCB-Präsident René C. Jäggi.

Murat Yakin war Captain des Teams geworden, er durfte die Pokale im Stadion in Empfang nehmen und die beiden silbernen Trophäen in der Innenstadt den Tausenden euphorisierten Fans präsentieren. Mehr als 100 000 Menschen sollen es gewesen sein, die sich in den Basler Strassen drängten, als am 10. Mai 2002 die grosse Meisterparty stieg. Das Fernsehen übertrug live, die ausländischen Spieler verewigten das Geschehen auf ihren Digitalkameras – es hätte ihnen das, was in jener Nacht geschah, später nie einer geglaubt. Im Cabriolet-Konvoi, der die Spieler auf den Barfüsserplatz fuhr, besetzten Präsident Jäggi («das hat Christian Gross so gewollt») und Murat Yakin den ersten Wagen. «Ich sagte Jäggi, dass wir alle ein Leben lang arbeiten müssen für einen solchen Moment», erinnert sich der Spieler, «das war ein Tag für das Herz. Ich bin noch immer stolz, dass ich ein solches Highlight erleben durfte.» Jäggi wusste spätestens in jenem Moment: «Murat ist wirklich ein hervorragender Typ. Er ist einzigartig. Und je näher die beiden Yakins ihrer Heimat Basel sind, desto besser ticken sie offenbar.» Überwältigt von allem, sprach Murat in einer ersten

Reaktion auf dem Balkon des Stadtcasinos auf dem Barfüsserplatz davon, «die Karriere auf dem Höhepunkt jetzt zu beenden».

Das tat er selbstverständlich nicht, vielmehr kokettierte er mit einem Wechsel zu Celta Vigo, als der FCB im slowakischen Zilina zum Hinspiel der 2. Runde in der Champions-League-Qualifikation antreten musste. Yakin wusste, dass aufgrund der UEFA-Reglemente ein Wechsel unwahrscheinlich würde, wenn er in jener Partie auch nur eine Minute gespielt hätte. Und prompt «machte am Morgen der Muskel zu», wie Yakin den Journalisten vor Ort erklärte. Es war eine heikle Geschichte für alle, denn vor der Partie war auch Roger Hegi, damals CEO des Vereins, vor die Mannschaft getreten und hatte erklärt, der FCB müsse im Falle eines Ausscheidens gegen die Slowaken die Löhne reduzieren und Spieler verkaufen.

Ein Risiko blieb nach dem glückhaften 1:1 im Hinspiel, doch im Rückspiel in Basel beglich Murat Yakin seine Schuld beim Team. Er erzielte mit einem wunderbaren Freistoss das 2:0 (Endstand 3:0), das die Basis war fürs Weiterkommen und damit

Spektakel an historischer Stätte: Hakan bei einem akrobatischen Volley im Spiel gegen den FC Liverpool an der Anfield Road (links der Schweizer Stéphane Henchoz).

Schrammen am Kopf: Hakan hielt sich nicht nur mit seinen Emotionen selten zurück. Auch punkto Einsatz war ihm in den wichtigen Partien nie etwas vorzuwerfen.

auch für das wundersame «europäische Fussballjahr» des FCB. Celtic Glasgow war nur der Anfang des real gewordenen Märchens. «Nach dem 1:3 im Hinspiel war ich total wütend», blickt Murat Yakin zurück, «ich kam in die Kabine des Celtic Park und war dermassen sauer, weil wir so gut gespielt hatten wie nie zuvor und doch verloren.» In einer ersten Reaktion erklärte er seinen Mitspielern Folgendes: «Im Rückspiel hauen wir die mit 2:0 vom Platz.» Es waren prophetische Worte, Hakan Yakin ermöglichte Christian Gimenez mit einem Traumpass das 1:0, und Murat Yakin erzielte mit einem fantastischen Kopfballtreffer jenes Tor, das die Differenz zu Gunsten des FCB ausmachte.

Monate später lernte Murat Yakin den Basler Künstler Peter Baer kennen. Die beiden trafen sich in einer Galerie, und Baer begann aus freien Stücken, ein «Murat-Yakin-Bild» zu malen. Als der Porträtierte das Werk zum ersten Mal sah, verschlug es ihm die Sprache. Es zeigt den FCB-Captain im Profil vor gelbem Hintergrund, links einen Torpfosten, oben die Querlatte, und im Torwinkel den Ball als gelbe Sonne. In diesem Bild erkannte Murat Yakin sogleich seinen Treffer zum 2:0 gegen Celtic, und er ist doppelt fasziniert von diesem zwei auf zwei Meter grossen Porträt, weil Baer jenes Tor gegen die Schotten nie gesehen hatte. Yakins Wunsch – dass das Bild eines Tages in seinen eigenen vier Wänden hängt.

Der FCB im Herbst 2002 war zu einem grossen Teil auch geprägt von Hakan Yakin, dem eigenen Angaben zufolge «ein Lichtlein aufgegangen» war, als ihn Trainer Gross nach schwachen Leistungen in Zilina nur auf die Ersatzbank gesetzt hatte. Danach drehte die Nummer 10 auf, Hakan Yakin war sich für nichts mehr zu schade und kämpfte bis zum Niederschlag. So jedenfalls sah er nach dem Rückspiel gegen Celtic Glasgow auch aus. Mit einem Turban auf dem Kopf absolvierte er die letzten Minuten, nachdem er sich in einem Zweikampf verletzt hatte. Gleiches widerfuhr ihm in der Partie gegen Spartak Moskau. Auf die Frage nach dem Zustand seiner Augenbraue antwortete er: «Ich weiss, ich werde immer schöner! Es war ein Zusammenprall, als ich in der Ver-

Basler Erfolgsduo: Gigi Oeri, die Besitzerin und Vizepräsidentin des FCB, und ihr Captain Murat Yakin. Sie sorgt für Stabilität im Verein, er für Ordnung auf dem Rasen.

Konzentrierte Blicke im St. Jakob-Park: Murat und Hakan vor einem wichtigen Spiel mit dem FCB; ein Moment, in welchem man sie nicht ansprechen musste.

teidigung ausgeholfen habe. Ein Russe ist mir dann mit dem Hinterkopf auf die Augenbraue gekracht. Ich habe das Blut gesehen, aber keine Schmerzen verspürt – und dann wie schon gegen Celtic mit einem Turban gespielt. Ich glaube, ich fange im nächsten Spiel gleich mit einer Binde um den Kopf an, damit ich nicht noch mehr Schrammen erleide.» Seine Erkenntnis: international werde härter gespielt. Sein Lohn für die Anstrengungen: ein Eintrag in die Geschichtsbücher des FC Basel. Denn Hakan Yakin erzielte beim 2:0 gegen Spartak Moskau den ersten Treffer des Vereins in der Champions League überhaupt.

Sein persönliches Highlight erlebte Hakan Yakin beim 3:3 gegen Liverpool, als er binnen einer halben Stunde drei Vorlagen zu den drei Basler Toren gab. Es war eine der nervenaufreibendsten Partien, die eine FCB-Mannschaft jemals bestritt, aus einem 3:0-Vorsprung war ein 3:3 geworden. Noch ein Tor fehlte den Engländern, um anstelle des FCB eine Runde weiterzukommen. «Wir sind nach dem Spiel einfach in der Kabine gesessen und wussten nicht so richtig, was passiert war», schilderte Yakin die Szenen nach dem Erfolg, denn jenes Remis gegen den FC Liverpool war gleichbedeutend mit dem Vorstoss in die Zwischenrunde des bedeutendsten Club-Wettbewerbes, den der Fussball kennt. Das führte bisweilen zu Verwirrung: «Am Ende des Jahres 2002 waren wir doch sehr müde», erklärte Murat Yakin, «ein Einsatz folgte auf den anderen: Meisterschaft, Champions League, Nationalmannschaft. Manchmal kam ich in die Kabine und musste zuerst mal überlegen: Wer ist heute unser Gegner? Ah, ja. Manchester.»

Die Erfolge weckten Begehrlichkeiten – auch im Ausland. Und in den Mittelpunkt des Interesses geriet Hakan Yakin. Im Grunde genommen stand sein Abgang ein halbes Jahr lang bevor, ehe er mit der Geschichte Paris St-Germain doch nicht Tatsache wurde. Dabei hatte Murat doch rechtzeitige Warnungen ausgegeben, befragt zum Flirt seines Bruders mit angeblich zahlreichen Vereinen: «Das ist eine heikle Situation. Ertan Irizik und ich haben Hakan bestens beraten. Wenn er geht, dann nur zu einem Club, bei

Der Cupsieg 2002: Der FC Basel bezwang die Grasshoppers nach Verlängerung mit 2:1. Das entscheidende Tor erzielte Murat mit einem Penalty.

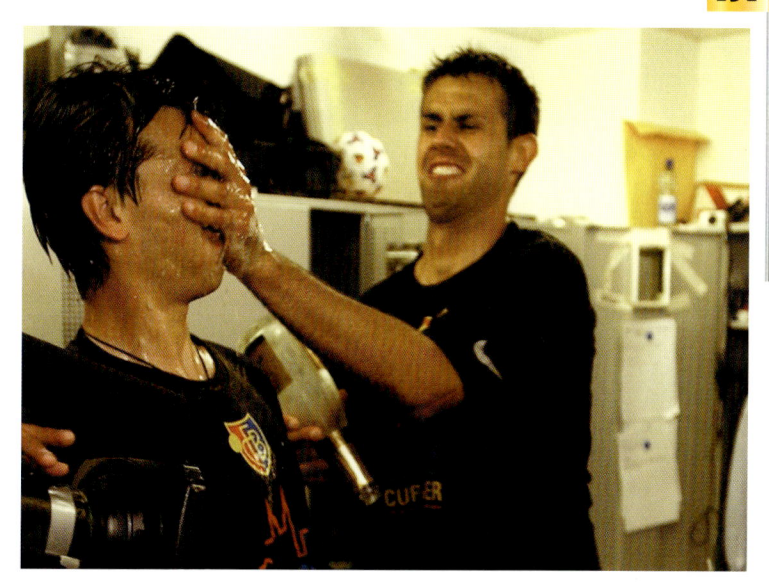

Der Cupsieg 2003: Hakan beim Herumalbern mit seinem Mannschaftskollegen Boris Smiljanic in der Garderobe des St. Jakob-Parks.

dem der Trainer hinter ihm steht.» Angesichts der Entwicklung mit Vahid Halilhodzic war das ein ziemlich frommer Wunsch – und es zeigte sich auch, dass das mit der «Beratung» vielleicht doch nicht so «bestens» geklappt hatte.

«Wir haben sehr viel Tolles erlebt mit den Yakins», sagt Gigi Oeri, «aber auch viel Mist. Ich werde aber deswegen das Schöne nie vergessen.» Sie war als Transferchefin die Ansprechpartnerin für die Yakins und die möglichen Abnehmer. Und sie gelangte zum Schluss: «Es gibt halt Leute, die das Chaos anziehen. Vor allem die, bei denen Genie und Wahnsinn nahe beieinander liegen. Zu diesen Künstlern zähle ich auch Fussballer wie die Yakins.» Ihr Problem schildert sie mit einem botanischen Ausdruck: «Rein in den Salat, raus aus dem Salat – wenn du mit den Yakins verhandelst, kann es sein, dass zwei Stunden später alles wieder anders ist. Wenn ich dann nichts mehr verstand, lag das nicht daran, dass ich Stöpsel in den Ohren gehabt hätte.» Vor allem mit Ertan Irizik hatte Gigi Oeri in jener Zeit Probleme, Murat und Hakan sah sie jeweils begeistert zu, wenn sie auf dem Rasen wieder den Unterschied zur

Gegnerschaft ausmachten. Dann aber war sie wieder entgeistert, als es galt, in den Verhandlungen vorwärts zu kommen. «Einmal habe ich es geschafft, Hakan alleine bei mir zu haben», schildert sie eine Episode, «und er kramte einen Zettel hervor, auf den Ertan geschrieben hatte, was er sagen solle. Trotzdem hatte ich ein gutes Gefühl – aber dann verabschiedete er sich und sagte, er werde nun Ertan fragen, was er tun solle. Ich war hin- und hergerissen zwischen Mitleid und Resignation.»

Als sie sich wieder einigermassen beruhigt hatte, riss Hakan sie schon wieder vom Sessel. Im Cupspiel bei den Young Boys Ende April 2003 hatte er – einen Tag nachdem er in Spanien mit Atletico Madrid verhandelt hatte – einen Ball, der senkrecht von oben in den Strafraum fiel, mit dem rechten Fuss und volley spektakulär zum 4:3-Siegtor ins Netz gedroschen. «Ein Wahnsinnstor», sagt Gigi Oeri, noch heute begeistert, wenn sie an jene Szene denkt. Der Cupfinal war danach Formsache, ein 6:0 gegen Xamax sicherte dem FCB wenigstens einen Titel, nachdem er den anderen, die Meisterschaft, geradezu leichtfertig vergeben hatte. Auch weil

Hakan, wie ihn das Basler Publikum kannte: Den Ball am Fuss, den Kopf nach oben – so schlug er manch brillanten Pass oder schoss gleich selbst das nächste Tor für den FCB.

Auf dem Weg ins Stadioninnere: Murat mit geschlossenen Augen vor einem Spiel im St. Jakob-Park. Neben Yakin steht der frühere FCB-Torhüter Miroslav König.

Hakan Yakin beim 0:2 in Bern gegen YB wiederum Match-Entscheidendes geleistet hatte – als er sich von seinem schiedsrichterlichen Intimfeind Carlo Bertolini vom Platz stellen liess.

Murat Yakin hatte ebenfalls keinen grossen Frühling 2003, Christian Gross spricht in Bezug auf diese Finalrunde sogar von einem «Wermutstropfen in der erfolgreichen Zusammenarbeit». Zu oft war der Captain nicht an Bord, als dass die Forderung der Geldgeberin in die Tat hätte umgesetzt werden können. «Nach dem Champions-League-Spiel in Turin hielt ich die Yakins an, uns wieder zum Meister zu machen.» Sie waren nicht in der Lage dazu – vielleicht auch, weil sie mit ihren Gedanken nicht nur bei ihrer Arbeit waren.

Gross setzte nach dem Verpassen des Meistertitels in der Sommerpause 2003 seinen Captain unter Druck. Er erwarte den Murat Yakin der Meistersaison 2001/2002, erklärte der Cheftrainer den Medien. Und tatsächlich, Yakin spielte wieder jene Rolle, die ihm kraft seiner Klasse zugemutet werden muss. Der

Murat Yakin pur: Eine Aufnahme, die besonders schön zeigt, warum man den Basler Captain als Herr des Luftraums betrachten muss.

Der stolze Abwehrchef mit dem silbernen Kübel: Murat bei der Schifflände am Rhein, die Cup-Trophäe unter die Leute bringend.

FCB reihte Sieg an Sieg, und als die Winterpause gekommen war, da hatten die Basler 17 Mal gewonnen und nur dem FC Aarau auf dessen Brügglifeld ein Remis zugestehen müssen. Keine grosse Rolle mehr spielte Hakan Yakin, den der FCB zwar von seinem unzufriedenen Kunden Paris St-Germain wieder zurücknahm, der aber unter den Folgen seines operierten Leistenbruchs litt und dann, nach einem ungeschickten Foul seinerseits im Auswärtsspiel bei Xamax, unter einem Bänderriss im linken Fuss. Als er Ende Januar 2004 nach Stuttgart weiterzog, hatte er nur gerade sechs Einsätze beim FCB absolviert. Ob es eines Tages zu weiteren Spielen im rot-blauen Dress kommen wird, ist noch offen. Vielleicht nicht, solange Gigi Oeri noch im Verein tätig ist. Wohl hat sie «Gänsehaut» bekommen, als sie im Frühjahr 2003 in Manchester das Champions-League-Viertelfinalspiel zwischen ManU und Real Madrid besuchte und dabei im Vorspann des UEFA-Films «ihren» Hakan zaubern sah – aber die Aussicht auf Neuverhandlungen mit der früheren Nummer 10 würde sie nicht sonderlich erfreuen. «An Hakan kommst du manchmal gar nicht heran, er würde dich

Die Pflege der Muskulatur: Murat zählt zu den verletzungsanfälligsten Spielern im Schweizer Fussball. Umso wichtiger sind therapeutische Einheiten.

Ein Winken für die Fotografen: Wo immer die Protagonisten des FCB wie Murat Yakin, Gigi Oeri oder Christian Gimenez auftauchen, die Gegenwart der Kameras ist ihnen gewiss.

jedenfalls nie absichtlich täuschen. Murat ist anders, er gibt dir die Chance, dagegenzuhalten.»

Der Captain ist auch nicht mehr so sprunghaft wie sein jüngerer Bruder, was nicht heisst, dass er sich mit 29 Jahren fussballmüde fühlen würde. «Es kribbelt immer noch. Und solange ich beim FC Basel noch etwas bewegen kann, muss ich nichts Neues haben», sagte Murat im April 2004, «aber man muss auch sehen, wie schnell es im Fussball geht. Wer hätte gedacht, dass GC ein paar Monate nach dem Meistertitel 2003 gegen den Abstieg kämpfen würde?» Er sieht dies als warnendes Beispiel auch für den FCB und denkt an die Worte von Roger Hegi vor den Spielen gegen Zilina zurück. «Wenn Chris Sutton jene Chance für Celtic in der Nachspielzeit genutzt hätte, dann hätte all das Schöne, das wir heute feiern, gar nie stattgefunden in Basel.»

Das waren keine Worte vor einem Absprung, sondern eine kritische Auseinandersetzung mit der Ist-Situation. «Sowieso – immer, wenn spekuliert wird, dass ich den FCB verlassen sollte, sei dies zu Celta Vigo wie 2002 oder in die Bundesliga wie im Frühling 2004, dann kommt bei mir sofort der Gedanke hoch: Wieso soll ich überhaupt gehen, wenn ich hier doch alles habe? Hier habe ich so viel mit aufgebaut, hier habe ich Verantwortung übernommen, hier werde ich anerkannt.» Das hat Erich Vogel schon als das Erfolgsgeheimnis Murat Yakins in Basel angeschaut: «Beim FCB hat er, was er seit seiner Kindheit suchte: die Liebe der Fans, die Anerkennung in einer ganzen Region – und einen guten Vertrag.» Ausserdem hat Yakin in seiner engen Heimat den Beweis erbracht für das, was Gilbert Gress von vorneherein ausgeschlossen hatte: Murat hat gezeigt, dass man mit ihm eine Mannschaft planen kann, ohne dass er auf seine Privilegien verzichten muss. In Basel kann er mal zu spät ins Training kommen, kann er seinen Wagen näher am Eingang parken als die anderen und hat er seinen Bonus, wenn er abends auch mal zu späterer Stunde noch unterwegs ist. «Ich denke», bilanziert Yakin, «der FCB war ein Glücksfall für mich. Aber ich war auch ein Glücksfall für den FCB.»

Dies wurde ihm im April 2004 deutlicher denn je. Schweissgebadet wachte er eines Morgens auf – er hatte geträumt, er habe im Ausland Vertragsverhandlungen geführt und einen Kontrakt unterschrieben. Er sah Bilder aus Stuttgart und Istanbul an sich vorbeiziehen. «Dann fuhr ich hoch aus dem Bett und habe gedacht, ich hätte wirklich einen Transfer gemacht. Ich war sehr erleichtert, als ich merkte, dass alles nur ein Traum war. Was hätte ich alles aufgeben müssen in Basel? Ich hätte wieder richtig ‹an die Säcke› gehen müssen.» Das heisst nicht, dass er körperliche Defizite verspüren würde. «Im Gegenteil, in den letzten Jahren habe ich mich immer besser gefühlt.» Das Problem im Ausland ist ein anderes. Murat Yakin hat eine stark ausgeprägte Antipathie gegen Hotelzimmer. «Von zwölf Jahren als Profifussballer habe ich bestimmt vier in Hotels verbracht. Ich halte das fast nicht mehr aus, aus dem Koffer zu leben. Wenn ich in einem Hotelzimmer liege, kommt mir die Zeit bis zum Anpfiff des Spiels unendlich lang vor. Ich kann mich nicht mal auf Ferien freuen. Am Tag vor der Abreise rege ich mich jedes Mal mächtig auf: schon wieder in den blöden Flieger,

Die Arbeit unter dem Erfolgstrainer: Nicht immer war Hakan begeistert von den Laufübungen unter Christian Gross (rechts im Bild der Brasilianer Zé Maria).

schon wieder anonyme Hotels. Einmal vor Ort gehts dann besser. Vor allem, wenn es einen schönen Golfplatz hat.» So plant Yakin, in Basel zu bleiben und auf einen weiteren Abstecher ins Ausland zu verzichten. «Auch wenn ich das Gefühl vermisse, jedes Wochenende richtigen Fussball in grossen Stadien zu haben. In der Schweiz hast du das nur in den Heimspielen des FCB.» In denen haben Hakan und Murat Yakin Geschichte geschrieben. Wenn es einmal eine «hall of fame» im St. Jakob-Park geben wird, dann ist den beiden ein Platz sicher – die Nummer 10 von Hakan Yakin und die Nummer 15 von Murat Yakin werden gleich neben den Trophäen stehen, die sie mit ihrem FCB gewonnen haben.

Runden drehen in Paris: Hakan bei seiner unliebsten Beschäftigung während der kurzen Zeit als Angestellter bei Paris Saint-Germain.

Hakans Wirren

Es war zu heiss, und es gab einen verrückten Trainer.
(Emine Yakin über den temporären
Wechsel Hakans zu Paris Saint-Germain)

Der Raum hatte einen morbiden Charme, war aber unerträglich heiss und stickig, und die Wartezeit wollte nicht enden. Eine Hand voll Journalisten tummelte sich in diesen vier trostlosen Wänden – eher gelangweilt denn begeistert. «Le petit Suisse», Hakan Yakin, absolvierte unterdessen draussen im Camp des Loges, dem Trainingsgelände von Paris Saint-Germain, den Fotomarathon. Ziemlich gequält hielt er sein Trikot mit der Nummer 10 für die Kameras in die Luft. Ein gelöster Fussballer, der eben seinen Traum vom Auslandtransfer verwirklicht und einen Vierjahresvertrag mit einem Gesamtvolumen von angeblich neun Millionen Franken unterschrieben hat, sieht anders aus. Bei Vahid Halilhodzic, dem Trainer, war keiner überrascht, dass er nicht lachte – so etwas tut er vermutlich nur zu Hause im Keller, wenn das Licht aus ist.

Knapp 24 Stunden zuvor, am 1. August 2003, war Hakan Yakin zum zweiten Mal innerhalb einer Woche in der französischen Hauptstadt eingetroffen. Begleitet von Ertan Irizik und einem nervösen Dolmetscher. Im Parc des Princes, dem PSG-Stadion an der Peripherie der Kapitale, wurden letzte Details besprochen. Anwesend waren Halilhodzic, Francis Graille, der Präsident des Clubs, sowie Yakin mit seiner Entourage. Die Gespräche hätten im Geheimen stattfinden sollen, der Spielmacher war deswegen durch den Hintereingang in die Geschäftsräumlichkeiten mit dem feinen Teppichbelag eingeschleust worden. Doch die Medien hatten längst Wind bekommen von der Aktion. Als die Gesellschaft sich aufmachte, die Arena zu verlassen, wurde sie von Blitzlicht und Mikrofonen erwartet. Halilhodzic setzte sein gewohnt humorloses Gesicht auf und sprach nur einen Satz: «Er muss jetzt trainieren.» Dann trieb er Yakin durch die Menge zum bereitstehenden Auto.

Am nächsten Morgen im Camp des Loges drehte Hakan unter Aufsicht des Konditionstrainers Runden. «Sie hatten mir in der Kabine eine Uhr in die Hand gedrückt, worüber ich mich im ersten Moment freute», erinnert er sich. Doch als er merkte, dass es lediglich darum ging, seinen Puls zu messen, verging ihm das Lachen. 180 Schläge pro Minute müsse er erreichen, forderte der Konditionstrainer. Hakan brachte es auf 160, maximal 170 Schläge. Denn austrainiert war er zu jenem Zeitpunkt nicht, zu sehr hatten ihn seine Leistenprobleme in den Wochen zuvor gehemmt. «Mehr geht nicht», beschied er seinem Aufseher, und der meldete die unerfreuliche Nachricht Halilhodzic. Vielleicht waren diese Werte der Anlass für die Begrüssungsrede, die der bosnische Trainer des PSG nachher in besagtem Presseraum hielt. In seinem eigenwilligen Französisch legte er dar, dass Hakan Yakin wohl ein talentierter Spieler sei, jedoch wiege er drei, vier Kilo zu viel. Dieses

Kein Lächeln bei der Übergabe des Trikots: PSG-Trainer Vahid Halilhodzic und Hakan Yakin. Das überreichte Trikot mit der Nummer 10 trug er keine Sekunde.

Hakan Yakin und sein «Interims-Präsident» Francis Graille: In den ersten Stunden von Paris deutete noch wenig auf den Transferflop hin.

Übergewicht müsse der Neuzugang schleunigst abarbeiten, und ohnehin werde es rund ein halbes Jahr dauern, bis sich der Mittelfeldspieler aus der Schweiz an die hohen Anforderungen in der französischen Liga gewöhnt habe.

Yakin sass neben seinem Trainer und verstand kein Wort. Erst als ihm die Fragen der Medienvertreter übersetzt wurden, dämmerte ihm, dass Halilhodzic nicht eben freundliche Worte über ihn verloren hatte. «Ich habe mit diesem Gewicht in der letzten Saison in der Champions League meine Leistung gebracht», versuchte er sich tapfer zu verteidigen. Spätestens in dem Moment, als er mit der Frage konfrontiert wurde, was er zu den Vorwürfen denke, die Halilhodzic geäussert hatte, wonach er in der Schweiz ein verhätschelter Star gewesen sei, wurde Yakin endgültig klar, wie negativ belastet die Rede des Trainers gewesen war. Der Punkt war früh erreicht, an dem die Frage auftauchte, wie Halilhodzic jemals erklärt oder auch nur gedacht haben konnte: Jawohl, diesen Spieler wollen wir verpflichten.

Yakin, der von seinem vorherigen Trainer Christian Gross fast unermessliches Vertrauen erhalten hatte, fand sich plötzlich in einer Welt wieder, in der er weder die Sprache noch seinen Vorgesetzten verstand. In Basel ärgerte sich derweil Gross masslos über die Respektlosigkeiten des Bosniers: «Man stelle sich vor, ich hätte Zinedine Zidane, den besten französischen Fussballer, so empfangen wie dieser Trainer den besten Schweizer Spieler. Was dann in den französischen Medien passiert wäre ...»

Doch Halilhodzic machte munter so weiter, wie er die Beziehung zu seinem vermeintlichen neuen Spielmacher begonnen hatte. Nach der Pressekonferenz wurde Yakin ins Hotel Ermitage im Städtchen Saint-Germain gefahren. Im Garten seiner Unterkunft hatte er sich eben einen Teller Spaghetti mit Olivenöl bestellt, als sein Trainer auftauchte. Wortlos setzte sich Halilhodzic an den Nebentisch; er würdigte Yakin in der Folge keines Blickes. Dem Spieler aber bereitete es die grösste Mühe, das Olivenöl zu seinen Pasta wieder abzubestellen ...

Vorstellung des «Neuen»: Hakan wurde im August 2003 im Parc des Princes vorgestellt. Jenes Spiel, ein 0:0 gegen Bastia, war so trostlos wie sein Aufenthalt in Paris.

Zwei Tage später wechselte Yakin seinen Wohnort, da ihm die Hitze in diesem Jahrhundertsommer Probleme bereitete und sein Zimmer nicht klimatisiert war. Er zog um in ein Hotel, das noch näher beim Trainingsgelände von PSG lag.

Am Samstag, 3. August, wurde Yakin im Parc des Princes anlässlich des Saisoneröffnungsspiels gegen Bastia den Fans vorgestellt. Seine Pein wurde in den kommenden Tagen aber grösser und grösser. Immerhin wohnte Halilhodzic nicht mehr in derselben Unterkunft, doch die Leistenbeschwerden Yakins wurden durch das tägliche Lauftraining nur noch schlimmer.

Aus dem fernen Zürich prognostizierte Vertrauensarzt Heinz Bühlmann eine lange Pause, sollte Yakin weiter derart belastet werden. Es half vorderhand nichts. Halilhodzic liess den Neuzugang weiter seine Runden drehen, so sehr sich der Fussballer dagegen wehrte. Nach einer guten Woche fällt Yakin für sich den Entscheid, alles zu tun, um Paris verlassen zu können. Halilhodzic gab ihm am Sonntag, 10. August, frei, damit der Schweizer seine Umzugsmodalitäten regeln konnte. Zurück in seiner Heimat jedoch suchte Yakin flugs Bühlmann in dessen Praxis auf. Der Orthopäde diagnostizierte einen Leistenbruch, und Yakin entschloss sich, vorderhand nicht nach Paris zurückzukehren.

Was folgte, war ein unsägliches Hin und Her, ein Expertenstreit erster Güte, Missverständnisse, Drohungen und andere verbale Grobheiten. Yakin wurde in die französische Hauptstadt zurückbeordert, wo er sich – drei Wochen nach erfolgreich absolvierten medizinischen Tests – neuen Untersuchungen unterziehen musste. Ergebnis: Die Doktoren in Paris kamen zum Schluss, dass der Mittelfeldspieler wohl unter einer «Fussballerleiste» leide, dass von einem Leistenbruch aber keine Rede sein könne. Es folgten zwei legendäre Worte Halilhodzics an einer Pressekonferenz im Camp des Loges: «Opérer quoi?», lautete seine rhetorische Antwort auf die Frage eines Journalisten, was nun mit der Verletzung des neuen Spielers geschehen werde.

Zurück im Hotel, wurde Yakin von einem jugoslawischen Spielervermittler aufgesucht, den er nicht kannte, der aber offenbar in den Transfer involviert war. «Einmal sassen vier Agenten an einem Tisch, zwei hatte ich noch nie in meinem Leben gesehen. Einer von denen war der, der nach der Untersuchung in Paris zu mir kam.» Er bat Yakin inständig, beim PSG zu bleiben, vermutlich, weil er um seine Provision fürchtete. «Er sagte mir, Halilhodzic meine es doch gar nicht so.» Doch Yakins Urteil war in jenem Moment längst gefällt.

Er vertraute Heinz Bühlmann, und der bestand auf seinem Befund. Die Konsequenz: Hakan Yakin wurde am 15. August 2003 in der Zürcher Hirslandenklinik operiert, und voller Stolz verkündete der Medicus nach dem Eingriff, man habe beim Spieler einen «schulmässigen doppelten Leistenbruch» vorgefunden. Die Operation wurde auf Verlangen der Ärzte in Paris, die schon Ronaldo behandelt hatten und an der Richtigkeit ihrer Diagnose weiterhin nicht zweifelten, auf Video festgehalten.

Angesichts der Verwirrung begannen in Basel Mathieu Jaus, der interimistische Geschäftsführer des FCB, und Transferchefin Gigi Oeri die Rückkehr vorzubereiten – wissend, dass die Beziehung zwischen dem Renommierclub aus Paris und dem widerspenstigen Schweizer Fussballer kurz vor ihrem Ende stand. Oeri tat dies anfangs eher widerwillig, nach einem Gespräch mit Yakin jedoch änderte sie ihre Meinung. Das Problem aber blieb vielschichtig.

Nebst dem medizinischen Zwist gabs eine juristische Komponente, die für Verwirrung sorgte. PSG hatte die erste Tranche der fixierten Ablösesumme (1,7 Millionen Euro) in der Höhe von 900 000 Euro bereits an den FC Basel überwiesen. Der FCB hatte in den Betrag eingewilligt, obschon das vertraglich festgesetzte persönliche Transferfenster Yakins (jeweils vom 15. Juni bis am 15. Juli eines Jahres) schon wieder geschlossen war. Dem Schweizer Verein ging es um zweierlei: Zum einen wollte er gegenüber dem Spieler seine Dankbarkeit für die grossartigen Leistungen in der Champions League der abgelaufenen Saison demonstrieren. Zum anderen fürchtete er sich vor dem Theater, das ein unzufriedener Yakin abziehen kann.

Runden drehen auch beim FCB: Als Hakan aus Paris zurück war, musste er auch mit dem FCB Konditionsarbeit leisten (hier mit Antonio Esposito).

Der Weltfussballverband FIFA erlaubte zu jenem Zeitpunkt nur einen definitiven Vereinswechsel pro Jahr. Gemäss Statuten erfolgt dieser eigentlich mit dem Eintreffen des internationalen Übertrittsgesuches. Doch PSG hatte Yakin noch nicht bei der französischen Liga registrieren lassen – auch der Arbeitsvertrag zwischen den Parteien war noch nicht hinterlegt. Entgegen sämtlichen Ankündigungen und Medienberichten rief allerdings in der Folge keine der drei Parteien die FIFA an. Die Rückholaktion wurde geplant, als hätte der Transfer nie stattgefunden. Die FIFA stimmte stillschweigend zu.

Beinahe wäre die Heimkehr des Spielmachers im letzten Moment geplatzt. Denn Yakin liess einen vereinbarten Termin mit Oeri ungenutzt verstreichen, auch auf Betreiben seines damaligen Managers Peter Bozzetti, dem Anfragen anderer Vereine, unter anderem von Fenerbahce Istanbul, für seinen Mandanten vorlagen. Oeri war darob so erbost, dass sie zwei Tage vor der Schliessung des Schweizer Transfermarktes im Sommer 2003 alles abblasen wollte. Sie tat es, nach Zureden ihrer Basler Vorstandskollegen und von Trainer Gross, nur aus ökonomischen Gründen nicht. Der FCB hätte mit einem Verzicht die Transferrechte am Spieler verloren. Am Freitag, 30. August, setzte Yakin seine Unterschrift unter ein Dokument, das besagte, sein alter Vertrag mit dem FCB erlange wieder Gültigkeit. Paris war damit Vergangenheit, doch mit seinem Einkommen – angebliche 350 000 Franken brutto, wie Bozzetti in der «NZZ am Sonntag» ausplauderte – war er weiterhin nicht zufrieden.

Yakin war frustriert. Wiederum war er bei der Verwirklichung seines Lebenstraumes, einmal in einer fremdländischen Liga zu spielen, gescheitert. Dies nur ein halbes Jahr nachdem sein Wechsel zum FC Liverpool, mit dessen Vertreter er sich per Handschlag auf eine Zusammenarbeit geeinigt hatte, gescheitert war und sich danach auch das Werben von Atletico Madrid als Seifenblase entpuppt hatte.

Zwar war er sich mit dem Präsidenten des spanischen Hauptstadtclubs, Jesus Gil y Gil, einig gewesen, doch wenig später trat der skandalumwitterte Immobilien-Tycoon von seinem Amt zurück. Nicht nur das – er wurde wegen dubioser Machenschaften verhaftet, und der Transfer Yakins zerschlug sich. Doch immerhin war er wieder in vertrauter Umgebung, ausserdem sicherte ihm Oeri Neuverhandlungen in der nächsten Winterpause zu. Vor allem aber war Vahid Halilhodzic weit, weit weg.

Ein halbes Jahr dauerte die folgende Transferruhe um Hakan Yakin. Er hatte seine Lehren aus dem unsäglichen PSG-Theater gezogen und den Berater gewechselt. Bozzetti durfte sich zunächst nur noch um den Rechtsstreit mit PSG kümmern – Yakin verlangte für die entgangenen Einkünfte eine Entschädigungszahlung von PSG, die Franzosen weigerten sich. Yakins Interessen wurden vom Schweizer Anwalt André Wahrenberger und vom französischen Juristen Renaud Belnay wahrgenommen. Letzterer sass im Vorstand von Olympique Marseille, weswegen im Winter 2003 Gerüchte aufkamen, der südfranzösische Traditionsclub wolle Hakan Yakin verpflichten. Konkrete Gespräche gab es aber nicht.

Wie weiter mit Hakan Yakin? Während des Trainingslagers mit dem FC Basel in Argentinien im Januar 2004 besprach sich Hakan oft mit seinem Trainer Christian Gross.

Sehr wohl aber hatte Yakin Bozzetti die Vollmacht erteilt, mit Marseille zu verhandeln. Dass auf dem französisch verfassten Papier nicht nur «Marseille», sondern «toute l'Europe» stand, hatte der sprachunkundige Fussballer nicht gemerkt ...

Um Yakins Belange sollte sich fortan sein ehemaliger Juniorentrainer Marco Balmelli kümmern. Im Herbst 2003 unterzeichneten die beiden eine Vereinbarung über ein Zusammengehen. «Nun bin ich quasi dein Angestellter, also musst du mich zum Weihnachtsessen einladen», witzelte Yakin gegenüber dem Basler Anwalt. Das Essen (mit Murat Yakin sowie Balmellis übrigen Klienten Benjamin Huggel und Marco Streller) fand auch statt, und es war gut, dass die Elche im Schwarzwald schon schliefen, als die Bande in Richtung Hotelzimmer schwankte.

Zurück in Basel, stellte Balmelli von Anfang an klar, dass er für Yakin die Märkte England, Deutschland und Italien sondieren werde. Der englische Premier-League-Verein Portsmouth, wo der Porno-König Harry Redknapp grosszügig die Pfund-Scheine verteilt, wollte sich im Dezember 2003 die Dienste Yakins sichern, doch Balmelli und sein Mandant erachteten einen Wechsel zu jenem Zeitpunkt als ungünstig, weil der Spieler eben erst von einer Knöchelverletzung genesen war.

Eines stellte Balmelli in all den Diskussionen um die Zukunft seines Schützlings früh klar: «In die Türkei werde ich keinen Spieler transferieren.» Dies war die Chance Bozzettis, zu einem Comeback zu gelangen. Er tat sich mit dem Spielervermittler Dino Lamberti zusammen, der eigentlich auf den brasilianischen Markt spezialisiert ist, und lancierte den nächsten Wirbel. Im Dezember 2003 nämlich signalisierte Fenerbahce Istanbul Interesse am jüngeren der beiden Yakins. Ausgerechnet Fenerbahce, der Ex-Club von Murat.

Trainer Christoph Daum telefonierte mehrmals mit Hakan Yakin und versicherte ihm, er wolle um ihn herum eine neue Mannschaft aufbauen. Selbstverständlich wussten die Türken um die Ausstiegsklausel in Yakins Kontrakt mit dem FCB, die ihm im Sommer 2004 einen Weggang gegen eine Ablösesumme von 3,5 Millionen Franken erlaubte, gegen einen Betrag also, der um eine runde Million höher lag als 2003, obschon Yakins Vertrag in Basel nur noch ein Jahr lief. Lamberti und Bozzetti waren erpicht darauf, den Transfer schnell vollziehen zu können. Kein Wunder, denn die beiden hätten für einen Yakin-Deal eine Provision in der Höhe von 400 000 Euro erhalten.

Wie immer im Transferleben eines Yakin geriet der angestrebte Wechsel zum Medienspektakel. Fenerbahce verstärkte sein Werben um den Spieler am 15. Januar 2004, am Tag, als Yakin ins FCB-Trainingslager nach Argentinien fliegen sollte. Am Flughafen Zürich herrschte an diesem Donnerstagabend grosse Hektik um Hakan. Immer wieder telefonierte er mit seinen Beratern, die ihm rieten, gar nicht erst in die Maschine nach Buenos Aires zu steigen. Doch der Transfer konkretisierte sich nicht, der Fussballer flog nach Südamerika.

Ruhe kehrte deswegen keine ein, im Gegenteil: Die Faxgeräte im Hotel Sheraton Pilar, 60 Kilometer nördlich von Buenos Aires,

Zusammenhalt in einer schwierigen Zeit: Als Hakan nicht mehr wusste, wohin er wechseln sollte, stand Murat ihm mit Rat und Tat zur Seite.

liefen auf Hochtouren. Mittlerweile war längst klar, dass Fenerbahce, das in der türkischen Liga um den Einzug in die Qualifikation zur Champions League kämpfte, den Regisseur sofort verpflichten wollte. Yakin, der im Monat darauf 27 Jahre alt wurde, sah die grosse Chance gekomen, sich seine Pension zu sichern. «Ich muss in meiner Karriere noch einen guten Vertrag abschliessen», sagte er.

Am 19. Januar flog der Vizepräsident Fenerbahces, Hakan Bilal Kutlualp, nach Basel, um den Wechsel perfekt zu machen. In der Verhandlungsrunde anwesend waren ausserdem Mathieu Jaus und Bernhard Häusler, der Anwalt des FCB, sowie Dino Lamberti, der mit den Vollmachten des Spielers ausgestattet war. Telefonisch hielt Jaus Kontakt zu Gigi Oeri, die mit nach Argentinien geflogen war. Zunächst forderte der FCB utopische 7 Millionen Euro. Kutlualp erschrak. Er hatte Yakin in einem ersten Angebot zunächst bis zum Sommer ausleihen wollen. In einem zweiten Schritt erklärten sich Jaus und Häusler bereit, Yakin für 4,5 Millionen Euro zu verkaufen. Abermals winkte Kutlualp ab, denn

Lamberti und Bozzetti hatten ihm offenbar zuvor einen wesentlich tieferen Betrag genannt. Intern einigte man sich beim FCB darauf, bei 4 Millionen Franken einzulenken. Doch was die Türken dann offerierten, war den Verantwortlichen des Schweizer Clubs doch zu wenig, wiewohl sie der ständigen Spekulationen um den besten helvetischen Offensivfussballer längst überdrüssig waren.

Kutlualps Angebot nämlich lag bei 2,5 Millionen Franken, zahlbar in drei Raten. Als der FCB darauf nicht einstieg, konzentrierten sich die Vertreter Fenerbahces darauf, erst einmal mit dem Spieler eine Einigung zu erzielen. Doch auch dieses Unterfangen scheiterte, da den Fenerbahce-Granden das Arbeitspapier zwischen dem FCB und Yakin, welches das vergleichsweise bescheidene Fix-Salär des Akteurs enthielt, zugespielt worden war. Aus den vermeintlichen Millionen, die man dem Spieler zunächst hatte garantieren wollen, wurden 500 000 Dollar Grundlohn und ein hoher Anteil an Prämien. Nun kam Yakin ins Grübeln, denn für einen solchen Vertrag das Risiko eines Türkei-Abenteuers einzugehen,

Das vorletzte Spiel für den FCB für Hakan: Im Trainingslager von Argentinien in einem Test gegen Lanus.

Spass trotz Ungewissheit: Die Unsicherheit über die Zukunft nagte zwar an Hakan, aber zu Spässen (wie hier mit FCB-Kollege Mario Cantaluppi) reichte es dennoch.

schien ihm zu gewagt. Ausserdem rieten ihm seine Brüder Ertan Irizik und Murat ebenso dringend vom Umzug an den Bosporus ab wie Marco Balmelli. Am Freitag, 24. Januar, griff Hakan Yakin im argentinischen Mar del Plata zum Handy und wählte die Nummer Dino Lambertis. Er erteilte dem Agenten eine Absage, nachdem er neun Tage zuvor ein Dokument auf neutralem Papier unterschrieben hatte, das mögliche Vertragsinhalte mit Fenerbahce regelte für den Fall, dass sich die beiden Clubs auf einen Transfer einigen würden. Dies war jedoch nicht eingetreten, der Wechsel nach Istanbul war damit vom Tisch.

Allerdings hatte das Scheitern des Deals noch einen ganz anderen Hintergrund. In der Woche, als der Trommelwirbel um Hakan Yakins Wechsel zu Fenerbahce seinem Höhepunkt zustrebte, kam es in Stuttgart zu einem folgenschweren Dialog. Am 23. Januar 2004 telefonierte Felix Magath, der Trainer des VfB, mit Marco Balmelli, der zwei Wochen zuvor den Transfer des Schweizer Nationalspielers Marco Streller vom FC Basel ins

Schwabenland über die Bühne gebracht hatte. «Gibts irgendwelche Beschwerden über Streller?», fragte Balmelli. «Ja, Ihr Spieler ist nicht ganz klar im Kopf», antwortete Magath, «er meint, wir sollen Hakan Yakin verpflichten.» – «Das halte ich eher für einen Anflug von Intelligenz», konterte der Basler Anwalt.

Darauf schilderte ihm Magath ein Gespräch, das er mit seinem Stürmer geführt hatte. «Streller sagte, Yakin sei der beste Fussballer der Schweiz.» Darauf habe er, Magath, gefragt: «Besser als Sie?» Strellers Replik war eine fürs Album: «Anders.»

Balmelli erkannte die Gelegenheit, seinen Kummerbuben Yakin aus dem Schlamassel mit Fenerbahce zu ziehen. Er informierte Magath über die Bedingungen, unter denen der FCB bereit wäre, seinen Spielmacher ziehen zu lassen: 2,6 Millionen Euro, also wiederum vier Millionen Franken, wollte der Schweizer Verein erzielen.

Magath, der seit Wochen vergeblich einen torgefährlichen und bezahlbaren offensiven Mittelfeldspieler gesucht hatte, reagierte umgehend. Schon am nächsten Tag, am 24. Januar, sprach er dem potenziellen Neuzugang auf die Sprachbox. Hakan Yakin, mittlerweile fast rund um die Uhr von Murat «gecoacht», fürchtete sich etwas davor, den deutschen Trainer zurückzurufen. Doch in Anbetracht der Aussicht auf einen Wechsel in seine bevorzugte Liga wählte er Magaths Nummer. «Sie waren schon im Sommer mein Wunschspieler», bezirzte ihn der Stuttgarter Teamchef, «doch damals hatten wir kein Geld.» In Tat und Wahrheit hatte ihn Magath in den zurückliegenden Monaten nie spielen sehen, er verliess sich ganz auf das Urteil seines Chefscouts Herbert Briem.

Doch Yakin war begeistert von den Worten des Norddeutschen, begeistert von der Aussicht, in der Bundesliga zu spielen, begeistert davon, in der Person von Marco Streller einen ehemaligen Teamkollegen wieder zu treffen, und begeistert, endlich, endlich den lange angestrebten Auslandtransfer tätigen und für seine Zukunft vorsorgen zu können. Seine Telefonate tätigte Yakin, der mit dem FCB mittlerweile in der argentinischen Ferienstadt Mar del Plata am Atlantik weilte, vom Zimmer 406 des Hotels

Die Einsamkeit des Spielgestalters im Flughafen: Hakan am Flughafen von Buenos Aires, wartend darauf auch, wo ihn der persönliche Weg hinführen würde.

Costa Galana aus. Das war Bruder Murats Unterkunft, der sich später über eine Handy-Rechnung für den Monat Januar 2004 in der Höhe von 3800 Franken freute. Wie üblich hatte sich der ältere der Yakins ein Einzelzimmer genommen, während Hakan zusammen mit dem damaligen Mitspieler Antonio Esposito wohnte.

Danach ging alles sehr schnell. Am 26. Januar einigten sich Balmelli und die Schwaben auf die Bedingungen des Arbeitsvertrages für Hakan Yakin. Dieser frohlockte zunächst. «Jetzt fliege ich noch bei Heinz Bühlmann in Zürich vorbei, lasse mir eine Spritze geben und nehme noch ein paar Ampullen mit», scherzte er. Murat befürwortete den Wechsel nach Deutschland, trotz einschlägiger Erfahrung. «Das Problem zwischen Krassimir Balakov und mir ist längst ausgeräumt. Auch Winnie Schäfer ist weg, und ansonsten hatte ich ja eine schöne Zeit in Stuttgart.» Zudem war Balakov beim VfB nicht mehr Spieler, sondern Assistenztrainer.

Im Übrigen sorgte Murat mit einem Spruch für Erheiterung, der Marco Streller betraf. In einem Leserbrief in der «Stuttgarter

Zeitung» hatte sich ein Mann aus Grenzach darüber beklagt, der neue Stürmer sei «der grösste Fehleinkauf in der Vereinshistorie». Murat Yakin konnte dieser Aussage wenig abgewinnen. «Das kann gar nicht sein. Der grösste Fehleinkauf in der Geschichte des VfB Stuttgart war doch ich.»

Erstmals in der Geschichte der Transfers von Hakan Yakin schien so etwas wie Reibungslosigkeit ins Wechsel-Getriebe gekommen zu sein. Doch die Story würde nicht in die Saga des Spielers passen, wenn sie einfach und unkompliziert vonstatten gegangen wäre. Zwar verabschiedete FCB-Trainer Christian Gross noch in Argentinien seinen Regisseur im Morgentraining des 27. Januar vom Team («Vielleicht fliegt er früher nach Hause.»), doch innerlich wehrte sich der Zürcher Fussball-Lehrer gegen den Abgang seines Klassenbesten.

«Wir dürfen unsere Spieler nicht unter Wert verkaufen», forderte er vehement, wetterte über das Niveau in der Bundesliga und bedachte den VfB Stuttgart mit einer rhetorischen Frage: «Wer hat denn vor einem Monat von diesem Verein gesprochen?»

Aus Yakins angestrebter frühzeitiger Abreise aus dem Trainingscamp in Argentinien wurde nichts – es begann ein harziger Verhandlungsmarathon. Der FCB verlangte zunächst vier Millionen Franken für das Einverständnis, seine Nummer 10 ausserterminlich abzugeben. Immerhin durfte Yakin mit der ersten von zwei Gruppen nach Zürich fliegen, und immerhin hatte ihm Gross die Zusage gegeben, er dürfe nach Stuttgart weiterreisen, um zu verhandeln. Dennoch war Yakin nervös. Beim vierstündigen Zwischenhalt in Buenos Aires wurde telefoniert, was die Handys hergaben. Noch war der Wechsel in der Schwebe, denn der VfB Stuttgart hatte keine Extra-Millionen auf der Seite, er war im Gegenteil durch die Teilnahme an der Champions League gerade erst dem grössten finanziellen Schlamassel entkommen.

Am 29. Januar landete der FCB in Kloten, wo bereits Rainer Störk, Balmellis Adlatus, wartete, um Hakan Yakin zu den vereinbarten Gesprächen nach Stuttgart zu bringen. Damit dieser dort

Die Unsicherheit: Hakan stand die Ungewissheit ins Gesicht geschrieben. Wieder war er im Januar 2004 vor einem Transferproblem.

nicht in den Basler Trainingsklamotten auftauchen musste, legte das Duo in einem Kleidergeschäft von Waldshut noch einen Zwischenhalt ein. Hakan Yakin erhielt (im Winterschlussverkauf) zum halben Preis einen Anzug, dessen Hose in einer Blitzaktion der Beinlänge angepasst wurde.

Modisch aufgemotzt, traf Yakin in Stuttgart ein und hinterliess beim nachmittäglichen Treffen mit Magath einen guten Eindruck. Beim VfB waren sich Präsidium und Trainer einig: Hakan Yakin ist unser Mann. Der Spieler wurde im Hotel Mercure in Bad Cannstatt einquartiert, wo bereits Marco Streller untergebracht war. Derweil sich der Stürmer auf den ersten Auftritt im Gottlieb-Daimler-Stadion gegen Hansa Rostock freute, begann für Yakin das grosse Warten. Nochmals stemmte sich Gross gegen einen Abgang seines Lieblings («Wir wollen mit Hakan Meister werden.»), und auch VfB-Präsident Erwin Staudt zeigte Nerven im Transferstreit mit dem FCB («Frau Oeri, Sie sind zäh wie Leder!»). Die Zeit für eine Einigung wurde knapp, am 2. Februar 2004 war Transferschluss. Yakin bekennt: «Ich weiss, dass ich sehr weit gegangen bin und diesmal nicht mehr nach Basel zurückkehren kann.» In einem Telefongespräch hatte er Gross seine Wechselabsichten nochmals so deutlich verkündet, dass sie im ganzen 5. Stock des Hotels in Bad Cannstatt zu hören waren. Das war am späten Nachmittag des 30. Januar.

Als Yakin später mit Balmelli und Störk im Restaurant «Alte Kanzlei» am Stuttgarter Karlsplatz die pappigsten Penne seines Lebens ass, rief ihn Gross nochmals an. «Ich denke, jetzt lenkt er ein», bilanzierte Yakin das Gespräch und gönnte sich ein Weizenbier.

In der Tat – am nächsten Tag einigten sich der FCB und der VfB über die Transfermodalitäten (3,5 Millionen Franken). Mitgeholfen hatte sicher auch ein Besuch Murat Yakins in der Kabine von Christian Gross im Basler St. Jakob-Park. Der FCB-Captain knallte seinem Trainer die Lohnabrechnung seines Bruders für den Dezember 2003 auf den Tisch: Hakan Yakin, der beste Schweizer Fussballer, erhielt in diesem Monat beim FC Basel 1700 Franken Fixlohn, dies nach Abzug von Sozialleistungen sowie 5000 Franken Busse, weil der Spieler, als er beim PSG war, einen Model-Vertrag mit dem Modehaus Spengler abgeschlossen hatte, einem Konkurrenten des FCB-Sponsors Schild. In diesem Moment muss auch Gross erkannt haben, dass sein gut gemeinter Satz «Was kann Stuttgart bieten, was der FC Basel nicht auch hat?» ziemlich irritierend wirkte.

Hakan Yakin wurmte die in seinen Augen recht kleinkarierte Spengler-Strafaktion an diesem 30. Januar 2004 wenig. Glücklich sass er auf der Tribüne des Gottlieb-Daimler-Stadions und sah die Stuttgarter, eine Halbzeit lang mit Streller, Hansa Rostock 2:0 besiegen, obschon im Mittelfeld der Mann für den finalen Pass fehlte. «Ich sehe meine Position in diesem Team», erklärte Yakin nach dem Schlusspfiff.

Doch dann kam Balmelli mit hochrotem Kopf in die Team-Lounge des VIP-Bereichs. Der Aufsichtsrat des VfB hatte dem Kauf des Schweizers aus finanziellen Gründen nicht zustimmen wollen –

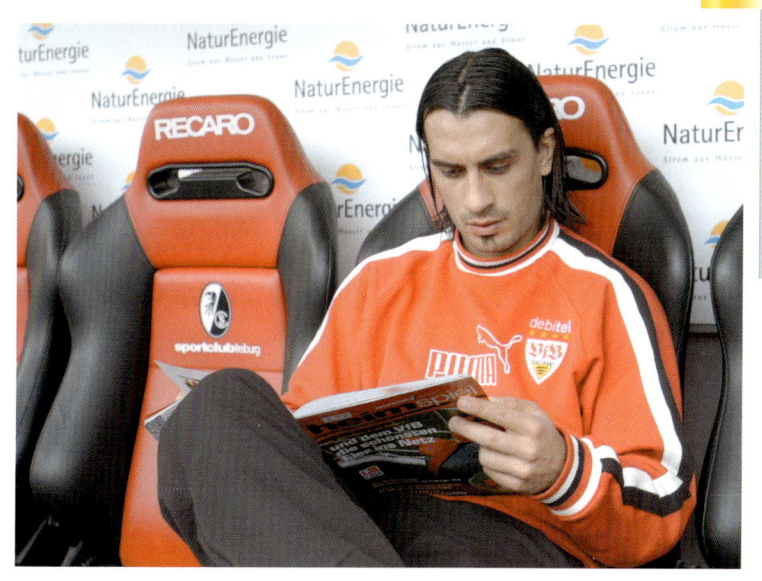

Das Warten auf den ersten Einsatz beim VfB: Zu Beginn seiner Zeit in Stuttgart musste Hakan mit der Ersatzbank vorlieb nehmen.

ein kleines Debakel für den VfB, nachdem das Präsidium des Vereins zuvor den Wechsel forciert hatte.

Die Nachricht sorgte für eine Instant-Depression beim Spieler selbst. «Wieso immer ich?», jammerte er. «Ich werde nie einen Transfer machen können. Niemals. Ich bleibe der Charlie Brown des Fussballs bis in alle Ewigkeit.»

Jener Moment in der Lobby des Hotels Mercure war geprägt von einem extremen Gegensatz der Gefühle: Während Hakan Yakin mit geröteten Augen seinen Frust zu bewältigen versuchte, begoss Streller zusammen mit den angereisten Eltern, seiner Freundin und seinen Freunden sein geglücktes Debüt. Erst ein Anruf Magaths («Nun seien Sie mal nicht zu pessimistisch!») beruhigte Hakan Yakin, der die Nacht auf den Sonntag zusammen mit Streller und möglichen neuen Kollegen wie Kevin Kuranyi oder Timo Hildebrand in der Stuttgarter Disco «move» verbrachte. Und alle beschieden ihm, sie hofften, der Wechsel käme zustande.

Dieser Sonntag, der 1. Februar 2004, wurde zum grossen Glückstag für Charlie Brown. Magath brachte den Aufsichtsrat

Sass, aber stand nicht mehr hinter Hakan Yakin: FCB-Vize-Präsidentin Gigi Oeri im Trainingslager von Argentinien.

Der Transfer nach Stuttgart: Hakan und sein erfolgreich vermittelnder Berater Marco Balmelli, beobachtet von Marco Streller, dem Teamkollegen in Basel und Stuttgart.

dazu, in den Transfer einzuwilligen, Präsident Staudt informierte Balmelli auf dessen Rückreise nach Basel – und noch am Abend löste Hakan Yakin seinen Vertrag mit dem FC Basel auf.

An seiner Zukunft in Stuttgart änderten auch die letzten Zuckungen der Fenerbahce-Verantwortlichen nichts mehr. «Nichts unterschreiben, wir zahlen mehr», wurde Gigi Oeri mitgeteilt. Auch die Äusserungen des Fenerbahce-Trainers Christoph Daum gegenüber dem Fernsehsender «DSF» («Es wurden Unterschriften geleistet, wir könnten Yakin in die Türkei holen.») sorgten nur auf Boulevard-Ebene für Schlagzeilen. Das Dokument, das Yakins Schriftzug enthielt, war gegenstandslos geworden, weil sich nicht Fenerbahce mit dem FC Basel über einen Transfer geeinigt hatte, sondern der VfB Stuttgart.

Auch Bozzetti hatte das Nachsehen: Sein Fax an die VfB-Geschäftsstelle, die Stuttgarter möchten nach dem Engagement Hakan Yakins doch bitte seine Provision auf sein Konto überweisen, sorgte nur noch für Erheiterung nach den harten Verhandlungen.

Temperamentvoller Spielmacher: Hakan Yakin wird von FCB-Arzt Thomas Schwamborn in einem Match gegen Servette vor einer Dummheit bewahrt.

Der Schweizer Fussballer: Murat nach seiner Einbürgerung mit dem neuen Pass, neuen Fussballschuhen – und einem neuen Dress?

SCHWEIZERMACHER UND SCHWEIZER MACHER

Es gab Huhn und Reis ohne Sauce.
Ich brauchte fünf Liter Wasser, um es runterzuwürgen.
(Murat Yakin)

Es wäre in hohem Masse vermessen zu sagen, Murat und Hakan Yakin seien lebende Gegenbeispiele zur grassierenden Politikverdrossenheit junger Schweizerinnen und Schweizer. Grundsätzlich gilt: Politik ist Politik, und das Leben der Yakins besteht aus Fussball. Am 10. Januar 1994 machte Murat Yakin jedoch eine grosse Ausnahme. Er setzte sich auf die Tribüne des Liestaler Landratssaals und verfolgte angespannt die Debatte über seine Einbürgerung und diejenige seines Bruders Hakan, der den Termin in der Baselbieter Kantonshauptstadt nicht wahrnehmen konnte.

Die Yakins hatten prominente Fürsprecher. Der damalige Bundesrat Adolf Ogi zum Beispiel hatte in einer nationalrätlichen Fragestunde die vom Schweizerischen Fussball-Verband gewünschte Einbürgerung als Angelegenheit von «erheblichem nationalen Interesse» bezeichnet. Dies auch vor dem Hintergrund, dass sich die Schweiz in jenem Jahr 1994 zum ersten Mal seit 1966 wieder für eine WM-Endrunde qualifiziert hatte und Trainer Roy Hodgson in den USA jeden guten Spieler für das grosse Turnier gebrauchen konnte. Und zu den auffälligen Akteuren in einem von nationalen Spitzenspielern dünn besiedelten Gebiet gehörte Murat Yakin mit seinen 19 Jahren bereits. Schon zuvor war der GC-Stammspieler für eine Partie einer Schweizer B-Auswahl in Schweden aufgeboten worden, hatte dann aber wegen einer seiner zahlreichen Verletzungen passen müssen.

Die namhaften Befürworter von Schweizer Bürgern mit dem unschweizerischen Namen Yakin lockten aber auch die Opposition ans Rednerpult. Der Wortführer gegen die Einbürgerung der Yakins war der Frenkendörfer Nationalrat Rudolf Keller von den Schweizer Demokraten (SD), die mit allerlei fremdenfeindlichen Parolen weit jenseits der rechten Grundlinie auf Wählerfang aus waren. So geisselte Keller die bundesrätliche Protektion aufs Schärfste und beschwor guteidgenössische Standhaftigkeit gegen «den Druck der GC-Vorstandsmitglieder», so als seien Spross und Konsorten die Schiller der Neuzeit, die eine türkische Tell-Figur schaffen wollten. Der Landrat, so Keller, müsse sich den Pressionen, die im Fall Yakin von «verschiedenen prominenten Göttis» ausgeübt werde, mit Entschiedenheit widersetzen. Eine beschleunigte Einbürgerung der Yakins werde in der Öffentlichkeit als «Bestätigung eines erschreckenden Filzes und einer Vetterliwirtschaft» wahrgenommen. Keller liess nichts unversucht.

Auf der Tribüne verstand Murat Yakin nicht allzu viel von den politischen Ränkespielen. Er verstand auch nicht, weshalb er nicht sollte Schweizer werden können, nachdem er schon sein ganzes Leben in der Region Basel verbracht und dabei nie einen Unterschied gemacht hatte, woher einer gekommen war. «Für mich sind alle Menschen gleich. In meiner Kindheit gab es nie einen Spanier, einen Schweizer, einen Italiener. Es waren einfach immer Kinder, mit denen ich aufwuchs. Es sind immer Menschen gewesen, mit denen ich lebe.»

Yakin war in seiner Schulzeit wegen seiner Herkunft und auch wegen seines schlechten Deutschs als Türke gehänselt worden, und er hatte auch gelernt, «dass es Menschen gibt, die Ausländer nicht gerne haben». Aber er liess sich durch jene negativen Erfahrungen nicht von seinem Weg abbringen und reagierte nicht auf Provokationen. Er hatte auch jenen Stimmen im Münchensteiner Gemeinderat nicht allzu viel Gewicht beigemessen, die sich schon vor dem 10. Januar 1994 gegen eine Einbürgerung der Yakins ausgesprochen hatten.

Aber die Voten des selbst ernannten Schweizer Demokraten Rudolf Keller und seiner rechtspopulistischen Gesinnungsgenossen waren schnell verhallt an jenem Tag im Liestaler Landrat. Zusammen mit ein paar versprengten Rednern aus dem Lager von SD und SVP unterlag Keller mit seinem Rückweisungsantrag klar. Die Ratsmehrheit hatte erkannt, dass die Yakins hinsichtlich Integration und Aufenthaltsdauer in ihrer Wohngemeinde München-

Das Talent und der Nationaltrainer: Im Sommer 1996 weilte Murat Yakin zur Vorbereitung der WM in den USA bei Roy Hodgson. Doch der liess ihn später zu Hause.

stein sämtliche Bedingungen in Bezug auf eine Einbürgerung erfüllt hatten. Weil der Schweizer Nationaltrainer Roy Hodgson gegenüber der Petitionskommission des Landrates ausdrücklich erklärt hatte, dass er Murat Yakin schnellstmöglich in seine WM-Vorbereitung miteinbeziehen wolle, wurde auch der dringlichen Behandlung des Einbürgerungsgesuches (Januar statt März 1994) stattgegeben.

Damit waren aus den beiden Türken Murat und Hakan Yakin Schweizer Bürger geworden. «Ich konnte gleich ins Nebenzimmer gehen, wo der Pass schon bereitlag», erinnert sich Murat. Es fehlten noch 250 Franken Gebühren und die Gratulationstour in der Sitzungspause des Landrates – dann verliess Yakin das Städtchen Liestal als Besitzer des berühmten roten Dokuments mit seinem weissen Kreuz.

Jener erste Pass ist längst gelochte Reisegeschichte, seine Nummer aber kennt Yakin noch immer ebenso auswendig (856 4321) wie das Datum seiner Einbürgerung. Zehn Jahre danach füllen sich schon die Seiten des dritten Passes mit Stempelabdrücken aus allen möglichen Ländern, die chronologisch die Geschichte seines internationalen Wirkens nacherzählen.

Besondere «eidgenössische» Emotionen verspürte Murat Yakin nicht am Tag seiner Einbürgerung, auch gab es keine «Schweizer Party» wie etwa in der Komödie «Die Schweizer-

Gefragter Fotopartner, fragwürdige Botschaft: Murat mit einem kleinen Fan der Schweizer Nationalmannschaft. Zum Glück gibts alkoholfreies Bier.

macher» mit Emil Steinberger und Walo Lüönd. Murat Yakin tat an jenem 10. Januar 1994 nur, was gute Schweizer sonst auch tun – er ging zur Arbeit, zum Training mit den Grasshoppers unter Christian Gross. Schliesslich ändert sich ein Mensch nicht, nur weil er einen neuen Pass bekommen hat. Und generell hatte die Schweizer Mentalität Murat Yakin mit Bestimmtheit schon vor dem Tag seiner Einbürgerung wesentlich stärker geprägt als später das helvetische Reisedokument.

«Der Wunsch, der neuen Heimat auf dem Rasen etwas von all dem zurückzugeben, was sie mir im Verlauf meines Lebens gegeben hat, damit ich so werden konnte, wie ich heute bin, kam erst viele Jahre später», sagt Yakin. Zunächst war das neue Bürgerrecht eher ein Mittel zum Zweck gewesen, die nächste Sprosse auf der Karriereleiter zu erklimmen. Denn mit seinen 19 Jahren war es Yakin primär um die Möglichkeit gegangen, für die Schweiz offizielle Länderspiele bestreiten zu dürfen – auch, um sich selbst zu zeigen, dass er es geschafft hatte. Und natürlich auch dem Ausland, wo die lukrativen Verträge auf die besten Fussballer aus dem Billig-Exportland warteten.

Dem «Tages-Anzeiger» sagte Murat Yakin 1995: «Wenn die Schweizer Nationalhymne gespielt wird, ist das ein besonderer Moment. Der Schweiss bricht aus, und es läuft mir kalt über den Rücken. Aber ich spüre dabei keinen Nationalstolz. Nein, ich könnte von daher ebenso gut für ein anderes Land spielen. Was ich fühle, ist vielmehr der Stolz, dass ich als Fussballer so weit gekommen bin.» Eine ehrliche Aussage, die nicht jedem, der sich als Patriot bezeichnet, gefallen mag, selbst wenn Yakin auf seine nüchtern-zurückhaltende Art viel schweizerischer ist als viele seiner Mitbürger.

Für Hakan Yakin bedeutete die Einbürgerung die Entscheidung, für welches Land er in Zukunft Fussball spielen würde. Er war als 16-Jähriger für einen regionalen Zusammenzug türkischer Nachwuchsspieler in der Schweiz aufgeboten worden, was auch ein Hinweis darauf ist, wie gut das türkische Scouting-System in Mitteleuropa funktioniert. Hakan absolvierte in der Folge eine inoffizielle Partie gegen türkische Talente aus Österreich, und weil er in jenem Aufeinandertreffen so gut spielte, wurde er von den Beobachtern für Probetrainings mit der türkischen U17 aufgeboten.

Yakin flog in der Folge in die Türkei, war allerdings verletzt und konnte kein einziges Training bestreiten. Man einigte sich darauf, dass er im nächsten Jahr (1994) nochmals anreisen sollte. Doch es kam kein Aufgebot mehr – er war in der Zwischenzeit Schweizer geworden, das Thema türkische Nationalmannschaft hatte sich für ihn erledigt. Sicher ist Hakan der «türkischere» der beiden Yakins, weil er im Unterschied zu Murat nicht schon mit 17 Jahren seinen Freundeskreis verliess; doch auch er gehört zu diesen türkischen Secondos, die zu ihrer neuen Heimat rasch einen Bezug gefunden haben. Hakans Deutsch ist nicht überragend gut, Gleiches gilt aber auch für sein Türkisch. «Ich verstehe das meiste, und die meisten verstehen mich – das reicht», sagt Yakin. Doch wenn es ums Denken geht, dann tut er dies auf Schweizerdeutsch.

Für Hakan war die Schweizer Nationalmannschaft im Januar 1994 aber noch nicht einmal ein Fernziel gewesen. Er stürmte zu jenem Zeitpunkt noch für die A-Junioren des FC Concordia. Ganz anders sah es bei seinem Bruder aus. Murat war unbestrittene Stammkraft bei den Grasshoppers, und Hodgson hielt insofern Wort, als er Yakin für die Vorbereitung der WM 1994 in den USA berücksichtigte.

Zusammen mit den damaligen Grössen Alain Sutter, Ciriaco Sforza oder Stéphane Chapuisat logierte der Neuling im Waldhaus Dolder am Zürichberg, trainierte tagsüber auf dem Sportplatz Fluntern, wo Hodgson in seiner lauten Manier («Come on, you fucking superstars!») die Spieler zur Not so lange an der Hand über den Platz führte, bis endlich der Letzte die Laufwege begriffen hatte. Das konnte stundenlang dauern. Hodgsons damalige Unerbittlichkeit in den Details war das Geheimnis seines Erfolgs als Trainer.

Als dann der Tag der Entscheidung gekommen war, wer von den aufgebotenen Akteuren auch tatsächlich an die WM reisen durfte, erhielten Murat Yakin und sein Zimmergenosse Pascal

Thüler, damals ein Club-Kollege bei den Grasshoppers, Besuch durch den Engländer. Dieser eröffnete ihnen, sie hätten keine Berücksichtigung gefunden im Kader, das die Schweiz in den USA vertreten solle. Anstelle Yakins nominierte Hodgson den Walliser Patrick Sylvestre für den Part des Nachrückenden, falls Georges Bregy im defensiven Mittelfeld ausfallen sollte. Ein Zeichen, dass der Trainer an der WM auf Erfahrung setzen wollte – theoretisch eine einleuchtende Vorgehensweise, wenngleich die Wahl doch unverständlich war, weil Sylvestre verletzt in die USA mitfliegen durfte und nicht eine Einsatzminute erhielt.

Vielleicht war Yakin in diesen Tagen von Zürich auch zum Verhängnis geworden, dass er den einen oder anderen Abend länger an der Hotelbar aushielt, als er es hätte tun sollen, auch wenn er, wie er sagt, «nie später als elf Uhr ins Bett kam». Doch Aufenthalte an der Bar konnten nicht unentdeckt bleiben, zumal Hodgson und sein damaliger Torhüter-Trainer Mike Kelly diejenigen waren, die am besten wussten, wo es nach 22 Uhr noch etwas zu trinken gab in diesem Betonturm hoch über der Stadt. Hodgson jedenfalls war in Tat und Wahrheit ziemlich das Gegenteil jener «Gentleman»-Figur in Frack und Melone, die der «Blick» für den lebefreudigen Sohn eines Buschauffeurs aus der Londoner Arbeiterklasse geschaffen hatte. Zudem gefiel nicht allen, dass Murat Yakin während der Vorbereitung im Waldhaus seinen Coiffeur ins Hotel bestellte, um sich die Frisur wieder justieren zu lassen.

Yakins Enttäuschung hielt sich in der Stunde der Absage in Grenzen: «Ich war zuerst geradezu erleichtert, weil ich von der Erfahrung her noch nicht reif war für eine WM. Sicher wäre es toll gewesen mitzufliegen. Aber ich hatte ja erst kurz zuvor den Schweizer Pass erhalten, dann kam die Vorbereitung, alles ging ein bisschen zu schnell.» So blieb Murat in der Schweiz zurück, im Wissen, dass seine Zeit in der Nationalmannschaft noch kommen würde.

Das einzige Souvenir Yakins trug Adrian Knup über den Atlantik: Im Training war der gewichtige GC-Akteur dem damaligen Stürmer des Karlsruher SC in einem Zweikampf so unglücklich auf den Fuss gefallen, dass der noch an der WM regelmässig die Schlagzeilen im medizinischen Bereich prägte.

Als die WM Vergangenheit war und Bregy seine Länderspielkarriere beendet hatte, war die Zeit reif fürs Debüt: Am 6. September 1994 bestritt Murat Yakin in Sion vor 3500 Zuschauern im Stade de Tourbillon seine erste Partie im rot-weissen Dress – Gegner waren die Vereinigten Arabischen Emirate und Georges Ramos. Letzterer war der französische Schiedsrichter, der Yakin in der 72. Minute aus «nicht nachvollziehbaren Gründen», wie die «Basler Zeitung» damals schrieb, mit einer zweiten Verwarnung vom Platz stellte. Eine schöne Premiere.

Die Schweizer, bei denen auch Goalie Pascal Zuberbühler sein erstes Länderspiel bestritt, gewannen diese Partie dank eines Tores von Alain Sutter mit 1:0, und alle waren danach des Lobes voll über den Debütanten Yakin. Sutter traute ihm «eine sehr gute Zukunft» zu, und Knup erklärte: «Murats Corner und Freistösse kommen genau so präzise wie die von Bregy, deshalb haben zwei Trainingseinheiten ausgereicht, um die Harmonie zu finden.» Platzverweis hin oder her, es war ein guter Abend für Yakin im Wallis, und in jugendlicher Bescheidenheit stellte er fest: «Ich habe heute gezeigt, dass ich für den Konkurrenzkampf parat bin.»

Er kam fortan überaus gerne zu den Zusammenzügen mit Hodgson, selbst wenn ihm das Leben im Hotel schon früh ein Dorn im Auge war. Yakin vergass in diesen Momenten auch die kleinen Sticheleien gegen seinen Clubtrainer Gross nur selten: «Ich bin gerne bei der Nationalmannschaft, weil ich hier etwas lernen kann», liess er die Presse wissen. «Das hat Gross damals nicht so gut gefallen, so weit ich mich erinnern kann», sagt er heute und lacht.

Yakin hatte bei seinem ersten Auftritt auch Hodgson überzeugt, und als die Schweizer Anlauf nahmen, sich für das zweite grosse Turnier in Folge zu qualifizieren, die EM 1996 in England, da war der Münchensteiner schon ein fester sportlicher Wert im Team. Sein Problem war jedoch weiterhin seine Verletzungs-

Posieren im Wind: Auch in der Nationalmannschaft gehört Murat zu den meistfotografierten Spielern. Hier posiert er in Irland.

anfälligkeit. Am 15. November 1994, einen Tag vor der Qualifikationspartie gegen Island in Lausanne, riss ihm bei einem Schuss das Innenband seines linken Knies mitsamt einem Knochenstück von der Halterung weg.

«Monatelang hatte ich zuvor wegen anderer Probleme täglich Voltaren schlucken müssen», erinnert sich Yakin. «Ob es damals richtig war, all die Medikamente zu nehmen, die mir die Ärzte so schnell verabreicht hatten?», fragt er sich noch heute. Wollte man all die Präparate, die Yakin im Verlauf seiner Karriere eingenommen hat, auf eine Waage legen, dann würde wohl eine Menge resultieren, die eine vierköpfige Familie in 20 Jahren nicht benötigt.

In Sachen Nationalmannschaft war es ein verletzungsbedingtes Kommen und Gehen für Yakin, der für seine ersten zwölf Länderspiele nicht weniger als drei Jahre brauchte. Im Vergleich zu etatmässigen Nationalspielern aus seiner Generation (Stéphane Henchoz, Johann Vogel) werden Murat Yakin bei seinem Rücktritt aus der Schweizer Auswahl vermutlich mehr als 20 Spiele fehlen.

Unter anderen verpasste er auch die drei EM-Partien in England wegen seines Kniescheibenbruchs, den er sich in der Winterpause 95/96 in einem Testspiel gegen den VfB Stuttgart zugezogen hatte. Diese unfreiwillige Absenz schmerzte wesentlich mehr als diejenige zwei Jahre zuvor. Yakins Ziele im Sommer 1996 waren primär die (erfolgreiche) Champions-League-Qualifikation gegen Slavia Prag mit GC sowie der Neuaufbau der Nationalmannschaft unter Rolf Fringer, dem Nachfolger des Portugiesen Artur Jorge, der nach dem letzten EM-Spiel gegen Holland zu mitternächtlicher Stunde im Mannschaftshotel «in aller Freundschaft» (SFV-Präsident Marcel Mathier) in die Wüste geschickt worden war. Fringer versuchte sein Glück mit altbewährten Kräften aus der Hodgson-Zeit.

Doch für Yakin und die Schweizer Nationalmannschaft wurde das erste Spiel unter Fringer zu einem Debakel. Natürlich hatte der neue Hoffnungsträger an der Seitenlinie auf den Münchensteiner gesetzt. Yakin war sogar im Mannschaftsrat vertreten, er war einer der Leader in Rotweiss auf dem Platz. «Und auch zu den Presseterminen hat er meistens mich mitgenommen», erinnert sich Yakin. – Doch dann, am 31. August 1996, folgte «Baku», eine der schwärzesten Stunden in der Geschichte der Schweizer Nationalmannschaft. Fringers Team, das in einem sündhaft teuren Luxusjet in den unbekannten Osten geflogen war, verlor zum Auftakt der Qualifikation für die WM 1998 in Aserbaidschan 0:1.

Ein Spieler namens Widadi Rschajew von Neftschi Baku hatte den Aussenseiter in der ersten Hälfte in Führung gebracht, und nach der Pause war es Yakin, der die grosse Chance zum Ausgleich vergab, als er einen Penalty neben das Tor schoss. «Es war eine elende Situation. Ich wollte gar nicht schiessen, weil ich nach meiner langen Verletzung noch sehr darauf bedacht war, nicht wieder auszufallen. Doch dann kam Sforza zu mir und sagte, er fühle sich nicht gut. Ausserdem wurde Türkyilmaz gerade an der Seitenlinie behandelt, und so stand ich plötzlich mit dem Ball auf dem Punkt und dachte nur noch eins – Sch...»

Prompt flog der Ball links am Tor vorbei, wobei ein kurzer Stromausfall just bei der Schussabgabe die Fans in der Heimat nicht erahnen liess, wie schlecht der Strafstoss geschossen war. Dies liess sich jedoch Sekunden später im Gesicht des Schützen ablesen. «Ich stand noch immer am Penaltypunkt und dachte noch immer nur eins – Sch...», schildert Yakin die Momente nach dem Fehlschuss. «Dann kam Adrian Knup zu mir und sagte: ‹Es ist nichts passiert, weiter gehts›.» In der Tat war noch mehr als eine halbe Stunde zu spielen, doch es gibt Tage, die man gescheiter im Bett verbringt als vor grossem Publikum und vor laufenden Kameras. Yakin spielte die 90 Minuten im Tofi-Bachramow-Stadion durch, dann ging die Reise zurück in die Heimat, wo die Zeitungen mit giftigen Kommentaren warteten.

Als «Versager» wurden die Schweizer Nationalspieler abgestempelt, und der «Blick» widmete ihnen einen offenen Brief: «Ihr seid eine Schande. In Luxus-Jets düst ihr rund um die Welt. In Fünf-Stern-Hotels logiert ihr: Ihr verdient Millionen. Und was geschieht dann? Dann kommt ihr auf den Platz und benehmt euch wie verwöhnte, überhebliche Rotznasen.»

So war Yakin auf der einen Seite Teil einer ins Trudeln geratenen Nationalmannschaft. Auf der anderen erlebte er mit GC den grossen Aufschwung in der Champions League mit dem Höhepunkt des 1:0-Sieges bei Ajax, wobei zwischen den beiden Extremen in seiner Gefühlslage – dem Fehlschuss von Baku und dem Freistosstor in der Amsterdam ArenaA – genau 25 Tage lagen. Präziser als mit den Erlebnissen von Murat Yakin lassen sich die unterschiedlichen Entwicklungen der beiden Equipen im Herbst 1996 heute nicht nachskizzieren. GC war zu jener Zeit eine Art «Ersatz-Nationalmannschaft» in der Champions League geworden, so wie sechs Jahre später der FC Basel.

Sechs Wochen nach «Baku» glätteten sich die Wogen für ein paar Tage; die Schweizer gewannen am 6. Oktober 1996 in Finnland 3:2, und in jener Partie in Helsinki erzielte Murat Yakin sein erstes Tor für die Nationalmannschaft. Doch die Qualifikation endete mit einem kläglichen Scheitern der Schweizer.

Für Yakin begannen zweieinhalb Jahre, in welchen er nur sechs Länderspiele bestritt, doch diesmal nicht wegen Ver-

Gefragtes Model: Wenn Murat auf Reisen ist, wird aus manchem Sportfotografen ein Porträtkünstler.

letzungen. «In dieser Zeit hatte ich schlicht die falschen Trainer», sagt Murat.

Fringers Nachfolger hiess Gilbert Gress – und zwischen Yakin und dem bisweilen hektischen Elsässer, der ein grösserer Verfechter von Disziplin ist, als es bisweilen den Anschein macht, entwickelte sich im Verlauf eines Jahres eine Art allergisches Verhältnis, auf dessen Höhepunkt Gress zum grundsätzlichen Schluss gelangte: «Mit Murat Yakin kann man keine Mannschaft aufbauen.»

Yakin seinerseits schätzte zwar die Fussball-Ideen des Franzosen, die geprägt sind von einem technischen Spiel und einem stur durchgezogenen System (3-4-3). «Aber auf der zwischenmenschlichen Ebene funktionierte mit ihm gar nichts, da war er für mich ein Ärgernis.» Stichwort fehlende Lebensqualität in der Nationalmannschaft: Für Yakin begannen die Mühseligkeiten schon beim Frühstück. «Ich wurde angepflaumt, weil ich fünf Minuten zu spät kam. Dann gab es nur Grapefruits und abends Huhn und Reis ohne Sauce. Ich brauchte fünf Liter Wasser, um es runterzuwürgen.» Der Ernährungsberater hatte ganze Arbeit geleistet, und Yakin war nicht der Einzige, der mit dem vorgesetzten Gummiadler nichts anfangen konnte.

Natürlich geht es hier nicht darum, die Bedeutung von schlechtem Essen auf eine negative Stimmungsdynamik zu prüfen (darüber sind schon genügend Dissertationen verfasst worden). Aber dass Yakin den Menüplan eines Testspiels in Nordirland vom April 1998 auch sechs Jahre später nicht vergessen hat, sagt schon vieles aus über seine gepflegte Unlust, mit dem Trainer und Menschen Gilbert Gress zu arbeiten.

Die Probleme waren aber letztlich vielschichtiger als ein trockenes Abendessen. So reiste Yakin im Herbst 1998 von einem Europacup-Auftritt mit Fenerbahce in Parma verletzt zum EM-Qualifikationsspiel gegen Italien. «Die Schweizer Ärzte haben bei ihren Untersuchungen nichts gefunden. Ich fragte sie, warum ich trotzdem stechende Schmerzen verspüre, wenn ich zehn Minuten jogge.» Er erhielt keine befriedigende Antwort und reiste ab.

Im März 1999 spielte die Schweiz gegen Österreich, als Murat Yakin nach 36 Minuten schon wieder verletzt vom Platz musste. Zu diesem Zeitpunkt stand es 1:2, am Ende 2:4, und Yakin gewann den Eindruck: «Gress wollte die Schuld für die Niederlage alleine auf mir abladen. Und das öffentlich.» In solchen Dingen reagiert ein Yakin sehr pikiert. Fortan verzichtete Gress freiwillig auf Murat Yakin, und je länger der letzte gemeinsame Termin zurücklag, desto grösser wurde die gegenseitige Ablehnung. Ein Gespräch mit Yakin (vor einem Test in Athen im April 1999) befand Gress für «nicht notwendig»: «Sonst können wir ja gleich wieder über Türkyilmaz reden.» Dieser hatte sich mit dem Elsässer ebenfalls überworfen. Dennoch suchte Yakin im Herbst 1999 von sich aus nochmals das Gespräch mit Gress. «Doch der sagte mir, ich sei nicht willkommen, ich sei ein Miesmacher und sorge nur für schlechte Stimmung.» Ob Gress mit Yakin die Qualifikation für die EM 2000 geschafft hätte, darüber zu diskutieren, ist müssig. Sicher ist nur, dass es keine Zukunft mit Gress und Yakin gegeben hätte. Denn seit jenem Telefonat haben die beiden nicht mehr miteinander gesprochen. Zufrieden nahm Yakin später zur Kenntnis, dass sich Gress mit seinen Absichten, einen neuen, besser dotierten Vertrag mit dem SFV herauszuholen («die Spieler verdienen schliesslich auch so viel»), verpokerte.

Der Verband selbst hatte um die Probleme zwischen dem Trainer und dem von der Klasse her unbestrittenen Spieler gewusst, aber nicht korrigierend eingegriffen, um Gress' Autorität nicht zu untergraben. Aber dass es ein Fehler war, leichtfertig auf den Verteidiger mit Auslanderfahrung zu verzichten, wussten alle. «Muri war nie ein Drückeberger in Sachen Nationalmannschaft, wie dies Gress vielleicht vermutete», erzählt Kommunikationschef Pierre Benoit, «er kommt sogar, wenn er verletzt ist und andere absagen würden.» Zum Beispiel nach Dubai an einen belanglosen Zusammenzug, für den zur Erheiterung der Fussball-Schweiz sogar Stürmer Urs Güntensperger eine Einladung erhielt. «Muri drehte dort schlurfend, aber zufrieden seine Runden», erinnert sich Benoit, «wir mussten das Gras schneiden, dass er nicht hängen blieb.»

Der Trainer, der erstmals beide Yakins nominierte: Hanspeter «Bidu» Zaugg und Hakan Yakin vor dem Spiel in Deutschland.

Was die Einstellung zur Nationalmannschaft betrifft, vergleicht Benoit Murat Yakin mit Ciriaco Sforza, der sich ebenfalls nicht zu schade war, bei jeder Gelegenheit zu den Rotweissen zu fahren, auch zu den unbedeutendsten Testspielen, vor denen sich der SFV das Porto für die Anfrage bei Kubilay Türkyilmaz hätte sparen können. «Muri ist ein herzensguter Typ, aber wenn man ihn nicht kennt», so Benoit, «dann wirkt er halt arrogant.»

Einer, der Murat Yakin kannte, war Hans-Peter «Bidu» Zaugg, der interimistisch das Amt von Gilbert Gress übernommen hatte. Und Zaugg, so unbedeutend er auch in der Geschichte der Schweizer Nationaltrainer bleiben wird, sorgte in seiner vier Partien dauernden Amtszeit für jene Premiere, auf welche die Yakins – gemeint ist die ganze Familie – so sehr hingefiebert hatten. Zaugg bot für das Prestige-Länderspiel gegen Deutschland vom 26. April 2000 in Kaiserslautern Murat und Hakan gemeinsam auf. Zaugg war zwar Gress' Assistent gewesen, er sagt aber: «Für mich war nicht ersichtlich, weshalb wir auf die Klasse beider

Yakins verzichten sollten.» Also holte er den älteren in den Kreis der Rotweissen zurück und verhalf dem jüngeren zu den ersten vier Länderspielen seiner Karriere.

Hakan hatte am 19. Februar des gleichen Jahres während eines Trainingslagers in Muscat gegen den Oman debütiert und dabei beim 4:1 15 Minuten nach seiner Einwechslung sogleich sein erstes Tor geschossen.

Zauggs Aufgebot erfolgte acht Tage vor der Partie in der Pfalz, und die folgenden Tage waren Feiertage – bei Murat, der in Kaiserslautern spielte, und auch bei Hakan, damals noch bei GC unter Vertrag. Als das Team am Ostersonntag 2000 per Bus von der Sporthalle St. Jakob aus in Richtung Deutschland aufbrach, war auch Emine Yakin auf ihrem Spezial-Dreirad, das ihr Murat einst geschenkt hatte, durch die Brüglinger Ebene pedal, um ihren Buben Glück zu wünschen. Sie hatte zur Überraschung der beiden ihre Ferien in der Türkei frühzeitig abgebrochen und war nach Münchenstein zurückgekehrt, weil sie nichts verpassen wollte von jenen speziellen Momenten. «Murat und Hakan spielen gemeinsam für die Schweiz, das war immer mein Wunsch gewesen», erklärte Emine, und neben ihr entledigte sich Murat für die Fotografen der Sonnenbrille. Enttäuscht wurde keiner, der sich auf die grossen Brüder-Storys gefreut hatte.

Allzu oft gibt es diese Geschichten nicht im Schweizer Fussball; in der neueren Zeit schafften es gerade drei Brüderpaare zu gemeinsamen Länderspielauftritten: René und Alain Sutter, Heinz und Herbert Hermann sowie eben seit diesem 26. April 2000 auch Murat und Hakan Yakin. «Im Grunde genommen», blickt Hakan zurück, «hätte ich an diesem Tag meine Karriere beenden müssen. Denn ich hatte immer gesagt, ich würde meine Schuhe an den Nagel hängen, wenn ich einmal als Profi mit Murat in einer Mannschaft spielen würde.» Er hat sein Versprechen nicht gehalten. «Dazu fühlte ich mich dann doch ein bisschen zu jung», erklärt er. In der Tat stand Hakan Yakin zu jener Zeit erst am Anfang seiner internationalen Laufbahn; und Kaiserslautern war die Station seines ersten wichtigen Länderspieltores. 32 Minuten waren gespielt, als Murat Yakin einen Angriff auslöste und der Ball zu seinem Bruder gelangte. In Ermangelung von Alternativen schoss Hakan aus 35 Metern, und zum Entsetzen der 30 000 deutschen Zuschauer im Fritz-Walter-Stadion liess Jens Lehmann die weisse Kugel unbedarft durch seine Hände gleiten. «Nach dem Spiel wollte ich zuerst zu Lehmann gehen und ihn fragen, ob er mir nicht seine Handschuhe schenken würde», erzählt Hakan Yakin, «aber er sah so aus, als sei er nicht zum Spassen aufgelegt. Also habe ich auf meinen Wunsch verzichtet. Er war ja auch viel grösser und stärker als ich.»

Der Jubel bei den Schweizern dauerte bis zur 85. Minute, als Ulf Kirsten den Ausgleich erzielte, begünstigt durch ein vorangegangenes Foul von Michael Ballack an Pascal Zuberbühler, das der schwedische Schiedsrichter Morgan Norman übersehen hatte. «Es fehlte in jenem Spiel wirklich nur der Sieg», sagt Hakan Yakin, für den ein Traum in Erfüllung gegangen war. Als kleiner pummeliger Knirps hatte er einst in der St. Jakobshalle ein Hallenturnier seines Bruders Ertan besucht, als plötzlich Lothar Matthäus, der damalige Star des FC Bayern München, neben ihm stand. «Von diesem Augenblick an war ich Matthäus-Fan», erinnert sich Hakan, «und als ich gegen Deutschland spielte, da war er mein Gegenspieler. Das war grossartig.»

Auch Murat Yakin durfte zufrieden sein mit der Partie an seinem Arbeitsort Kaiserslautern. Sein Comeback war überzeugend, er war der beste Schweizer Verteidiger – und doch war es nur ein Zwischengastspiel, das Murat in der Nationalmannschaft gab. Denn Enzo Trossero, der eigentliche Nachfolger von Gilbert Gress, war wieder ein Trainer, der Murat Yakin nicht kannte, nicht kennen lernen wollte. Die gemeinsame Zeit war letztlich noch kürzer als die unter dem Elsässer. Nachdem Yakin am 25. Juli 2000 (im Unterschied zu anderen Auslandprofis) aus Kaiserslautern noch zu einem internen Testspielchen «Blau gegen Weiss» nach Yverdon gefahren war, dauerte die offizielle Länderspiel-Beziehung zwischen ihm und dem Argentinier gerade mal 90 Minuten. 2:2 spielte die Schweiz am 16. August 2000 gegen Griechenland – mit Murat Yakin als Linksverteidiger in einem kuriosen 3-4-1-2 vor der Pause.

Für Trossero war Yakin aber offensichtlich nicht falsch eingesetzt, sondern falsch gelaunt. Fortan verzichtete er auf den Münchensteiner, der sich danach die Feststellung nicht verkneifen konnte: «Die letzten zwei Nationaltrainer, die auf mich verzichten wollten, hatten keinen Erfolg.» Sein Scheitern bezeugte der Argentinier durch eine frühzeitige Flucht nach einer 0:1-Heimniederlage gegen Slowenien. «Auch Trossero hat Yakin falsch eingeschätzt», sagt Pierre Benoit, «er dachte, er sei zu langsam, und übersah, dass Murat und Hakan die genialsten Fussballer sind in diesem kleinen Land.»

Dennoch lief die Diskussion auch in eine andere Richtung. Die Frage lautete: Ist Murat Yakin ein Problemspieler? Dessen Antwort: «Ich denke, wenn mir ein Trainer Freiheiten gibt, dann bin ich der umgänglichste Typ auf der Welt. Jeder Trainer weiss doch, dass man mit mir Erfolg haben kann, dass ich geradezu versessen bin auf den Erfolg. Wahrscheinlich gibt es keinen siegeshungrigeren Spieler in der Schweiz als mich. Aber was soll das, wenn sich einer vor mir aufbauen und seinen Willen gegen meinen durchboxen will? Ich bin gerne bei der Nationalmannschaft, aber ich muss Spass haben bei der Sache. Das Umfeld muss positiv sein, sonst bringt es nichts.»

Dieser Satz ist Murat Yakin pur, und Köbi Kuhn wusste, wie er ihn zur Rückkehr in die Nationalmannschaft bewegen konnte. Der im Mai 2001 zum Cheftrainer beförderte U21-Coach reiste nach Basel und traf sich mit den beiden Yakins zum Mittagessen im Wirtshaus «St. Jakob». Kuhn tat, was besonders Murat wichtig ist: Er fragte ihn um seine Meinung und hörte zu. «Ich wollte wissen, wie er zum Nationalteam steht», erzählt Kuhn, «denn ich bin seit jeher der Meinung, dass die Schweiz auf so viel Talent nicht verzichten kann. Die Yakins haben auch noch nie eine Sonderbehandlung verlangt.» Die Basis war geschaffen, das Vertrauen gegenseitig, und im Zweifelsfall spürt Yakin den Nationaltrainer seit jenem Essen auch auf seiner Seite. Nicht alle waren gleichermassen glücklich über die Rückkehr eines potenziellen Platzhirsches, der Murat Yakin nun mal ist. Gerade aus der Fraktion der Welschen um Johann Vogel und Stéphane Henchoz sind immer wieder Mal

Sticheleien zu vernehmen, wenn Murat fünf Minuten zu spät und in Zivilkleidung einrückt.

Doch als die Medien das Thema aufgegriffen und gewisse Zeitungen fast schon reflexartig Stellung bezogen hatten (der «Blick» für Yakin, der «Tages-Anzeiger» für die anderen), schaltete sich Kuhn in die Diskussion ein und beendete sie mit zwei Worten: «Dummes Zeugs.» Murat Yakin schnappte sich derweil Vogel: «Du scheinst keine Probleme zu haben, dass du dich um mein Privatleben kümmerst», fuhr er ihn an. Damit war auch intern die Hackordnung wieder hergestellt.

Elf Freunde werden die Schweizer Nationalspieler nie sein, zu verschieden sind die Charaktere und Mentalitäten in diesem Schmelztiegel von Deutschschweizern, eingebürgerten Secondos, Welschen und (ab und zu auch) Tessinern. «In unserem Speisesaal etwa drängen sich stets alle Welschen an einen Tisch. Die haben kaum Platz, so viele sind sie. Bei den Deutschschweizern haben wir es gemütlicher, da können wir sogar die Ellbogen ausfahren.» Bei

Emotionen in Rot und Weiss: Hakan lebt vor, mit welchem Engagement die Schweizer Nationalmannschaft Erfolg haben kann.

solchen Geschichten muss Murat Yakin, der ein Leben ohne Gedränge schätzt, schmunzeln.

«Es darf Spannungen geben, solange die Bandbreite von Individualismen ausserhalb des Spielfelds nicht ins Unzulässige reicht», sagt Kuhn, der weiss, wie sehr er seinen Erfolg erstens einer intakten Fussball-Mannschaft verdankt und zweitens jener

Gefragter Interview-Partner: Hakan im vorproduzierten T-Shirt nach der erfolgreichen Qualifikation für die EM 2004 in Portugal.

Hakan in Aktion: Im ersten Qualifikationsspiel für die EM 2004 in Portugal legte die Schweiz mit einem 4:1 gegen Georgien die Basis für den späteren Erfolg.

Yakin-Eigenschaft, in besonderen Spielen etwas Besonderes zu bieten. Das muss nicht immer etwas Positives sein, wie Hakan Yakin mit seiner gelb-roten Karte im Spiel der letzten WM-Hoffnung gegen Jugoslawien (1:2) bewies. «Es war ein dummer Reflex», sagt Hakan zu jener Szene, in der er mit seinem absichtlichen Handspiel die Schweiz entscheidend schwächte. In der Regel jedoch profitierte die Schweiz von den Yakins, wobei die beiden Qualifikationspartien für die EM 2004 gegen Irland die besten Beispiele boten.

In Dublin, beim 2:1-Sieg, tat Hakan, was er nicht bei jedem langen Pass eines Verteidigers macht, sehr wohl aber, wenn dieser von seinem Bruder kommt: Er sprintete spekulierend in den freien Raum und beförderte den Ball nach Murats Zuspiel über 70 Meter mit einem Lupfer zum 1:0 ins Tor. «Ich musste gar nicht mehr hinschauen, wie der Ball fliegt, weil ich wusste, wie ihn Murat getreten hatte», schildert Hakan seinen Treffer, «es gibt wenige Fussballer auf dieser Welt, die einen solch guten langen Ball haben.»

Noch spektakulärer war nur ein Tor Hakan Yakins im Dress der Nationalmannschaft: jenes zum 1:0 gegen die Iren im Rückspiel in Basel, das der Schweiz die Tür zur EM-Endrunde in Portugal öffnete. Hakan hatte sich mit dem FCB in Neuenburg einen Bänderriss am Fuss zugezogen, sein Ausfall schien unvermeidlich. «Aber ich wollte an diesem Tag unbedingt dabei sein, weil wir doch alle zwei Jahre lang auf dieses Spiel hingearbeitet hatten.»

So schufteten Yakin, die Ärzte und Therapeuten in einem medial breit verfolgten Wettlauf gegen die Zeit am Comeback des Hoffnungsträgers. Derweil diskutierten die Experten über Sinn und Unsinn einer Planung mit einem verletzten Spieler. «Ich hielt es für ein zu grosses Risiko und riet Kuhn ab», bekannte Erich Vogel, währenddem Juniorentrainer Gerry Portmann «den Haki auch mit einem Gipsfuss» eingesetzt hätte, «weil er doch immer etwas Spezielles auf Lager hat». Kuhn entschied sich letztlich, Yakin einzusetzen, «weil er trotz Schmerzen unbedingt spielen und der Mannschaft helfen wollte».

Der Tag des Spiels, der 10. Oktober 2003, gab Kuhn und Yakin recht. Wie durch ein Wunder gelangte Alex Freis verunglückter Schuss nach sechs Minuten zu Hakan Yakin, der alleine vor dem Tor den irischen Goalie Shay Given umkurvte und mit seinen gerissenen Bändern locker das 1:0 erzielte – eine unfassbare Szene, nach all dem, was geschehen war.

«Unglaublich, wie das Happyend in einem Märchen war dieses 1:0», erzählt Köbi Kuhn, der in jener Partie die ganze Karriere Hakan Yakins auf einen Punkt gebracht sah – ein begnadeter Fussballer mit physischen Defiziten, dem im entscheidenden Moment das Besondere gelingt. Und Hakan fügte seiner Leistung später einen seiner legendären Sätze hinzu: «Ich habe das Letzte aus meinem Fuss herausgeholt.» Mit Erfolg – die Schweiz gewann 2:0 und war erstmals seit 1996 wieder für eine EM qualifiziert.

Zwei Monate lang büsste Yakin für seinen Effort. Der Fuss schmerzte, an ein geregeltes Aufbautraining war lange nicht zu denken, weshalb sechseinhalb Jahre nach Murat auch Hakan Yakin mit starken konditionellen Mängeln zum VfB Stuttgart wechselte. Aber er bereute nichts: «Spätestens im ersten EM-Spiel werden alle Schmerzen vergessen sein. Dann weiss ich, dass sich alles, was ich getan habe, auch gelohnt hat.»

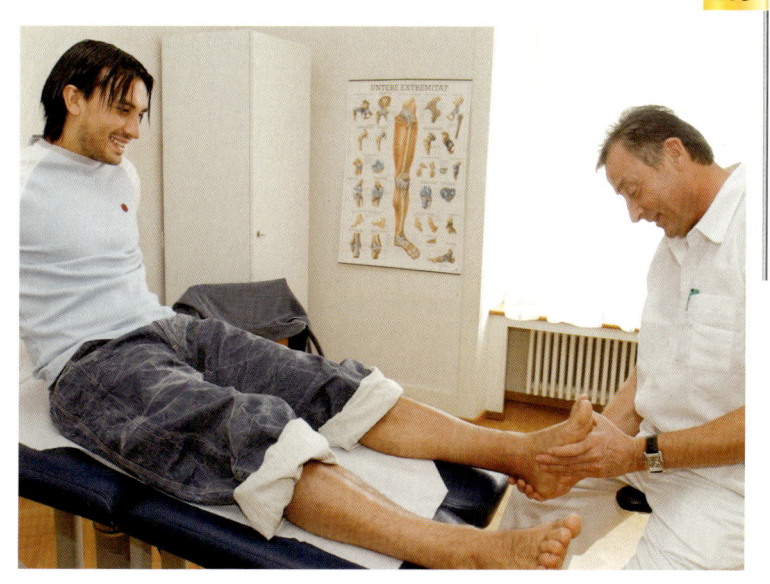

Der Fuss und der Doktor: Hakan auf dem Schragen von Heinz Bühlmann in dessen Praxis in Zürich. Der Behandlung folgte 2003 das 1:0 gegen Irland.

Ihren Platz in der Geschichte der Schweizer Nationalspieler haben die beiden heute schon auf sicher. Und für Pierre Benoit haben «Muri» und «Haki» seit dem 18. März 2003 eine zusätzliche Bedeutung. An jenem Tag spielte der FC Basel gegen Juventus Turin. Zehn Minuten waren absolviert, als Benoits Katze vier Junge warf, zwei Kätzchen und zwei Kater, die sogleich die Namen «Muri» und «Haki» erhielten. Ein Weibchen aus diesem Wurf lebt mittlerweile bei Murat Yakin in Reinach, «Muri» selbst sorgt bei Benoits Sohn für Betrieb. Und «Haki»? «Den geb ich nicht mehr her», sagt Pierre Benoit, «der ist Weltklasse.» Es gibt Trainer, die werden auch hier anderer Meinung sein.

Der Trainer und seine beiden wichtigsten Spieler: Köbi Kuhn und die Yakins während einer Trainingseinheit.

Auf die Meinung der Spieler hören: Auch dank seinen kommunikativen Fähigkeiten hat Köbi Kuhn das Vertrauen der Yakins gewonnen.

Das Lachen des Trainers: Wenn Köbi Kuhn Murat und Hakan um sich hat, dann fühlt er sich als Nationaltrainer wohler, als wenn er auf die beiden Brüder verzichten muss.

Der «dumme Reflex»: Hakan bei seinem absichtlichen Handstor im WM-Qualifikationsspiel gegen Jugoslawien in Basel.

Freunde auf der Ersatzbank: Hakan und Murat mit Kubilay Türkyilmaz, dem ersten türkischstämmigen Nationalspieler der Schweiz.

Die wichtigen Standardsituationen: Nicht nur in seinen Vereinen, sondern auch in der Nationalmannschaft ist Hakan der Mann für den stehenden Ball.

Torschütze im Nationaltrikot: Hakan Yakin und sein Sturmkollege Alex Frei bejubeln einen Treffer für die Schweizer Nationalmannschaft.

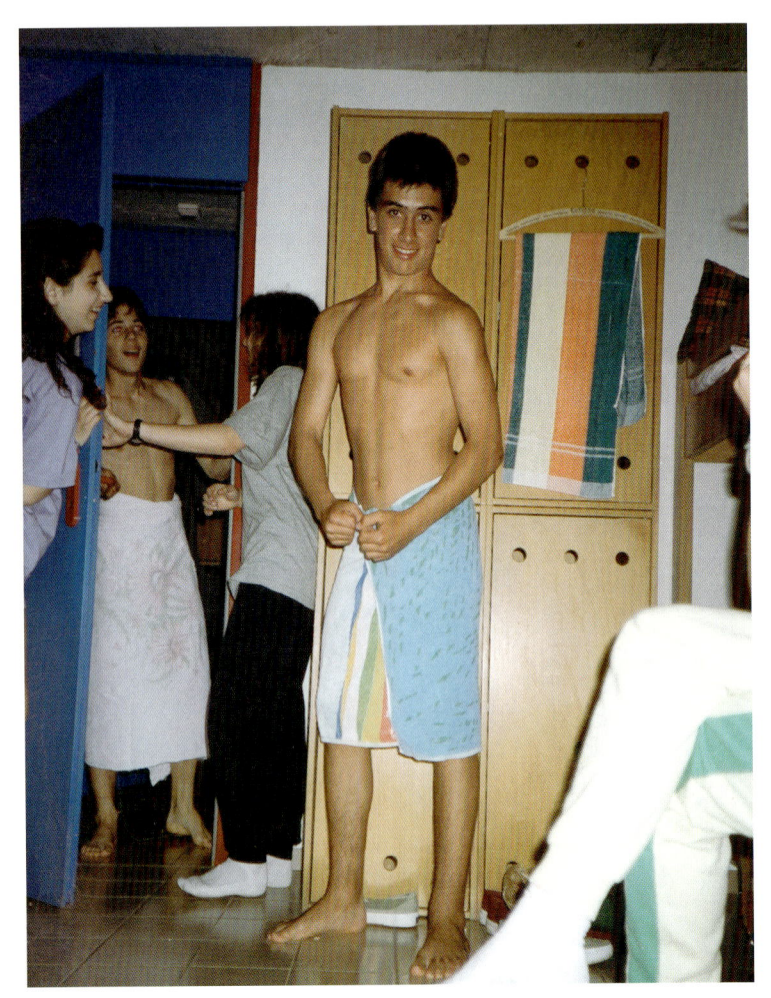

In Pose geworfen: Hakan als Teenager bei der spielerischen Übung, sich für den Fotografen hinzustellen. Vermarktung ist ein Teil des Yakin-Geschäfts geworden.

Das System Yakin

> *Murat Yakin ist für den «Blick», was David Beckham für die englischen Medien ist.*
> *(Marcel Rohr, «Blick»-Reporter)*

René C. Jäggi drückt es drastisch aus: «Blut ist dicker als Wasser. Vor allem in der Türkei.» Was der frühere Präsident des FC Basel damit in Bezug auf die Yakins meint, ist offensichtlich. Zunächst einmal zählen die familiären Bande, alle anderen Personen im «System Yakin» müssen hintenanstehen.

Zuoberst in der Hierarchie steht Mutter Emine. Ihr gehört das letzte Wort, wenn es – wie so oft im Leben ihrer Söhne – um Transfers geht. Ihre legendären Besuche im Training des FCB sind zwar in den letzten Jahren etwas seltener geworden. So legt sie die Strecke von Münchenstein auf die Sportanlagen St. Jakob nicht mehr täglich zurück. Murat und Hakan Yakin haben gewiss höchsten Respekt vor Emine, allerdings ist der Eindruck von den Muttersöhnchen, der hie und da vermittelt wird, eher eine Erfindung der Medien denn Realität, selbst wenn dieses Thema immer wieder das Lieblingssujet von manchem Karikaturisten und Kolumnisten ist. «Sie besuchen mich viel zu wenig», reklamiert Emine, «besonders Hakan müsste öfter vorbeikommen.» Dass der sich mit zunehmendem Alter ein bisschen von der allumfassenden Fürsorge der Mutter emanzipieren wollte, ist nachvollziehbar, bei allem Dank, den er ihr schuldet.

Bei Emines Söhnen gilt, hierarchisch gesehen, das Senioritätsprinzip. Was die fussballerischen und geschäftlichen Belange betrifft, ist die Meinung von Ertan Irizik entscheidend, wobei der in den wichtigen Fragen keine Handlung vornimmt, ohne Murat nach dessen Ansicht befragt zu haben. Keiner der zahlreichen Arbeitsplatzwechsel von Murat und Hakan lief ab, ohne dass der ältere Bruder involviert gewesen wäre. Und wenn die Yakins Geschäfte im Immobilienbereich tätigen, dann ist Irizik selbstverständlich der Lieferant und Installateur der neuen Küchen.

Je länger seine Laufbahn dauert, desto geschickter bewegt sich Murat Yakin abseits des Rasens. Er gilt in der Schweiz mittlerweile als VIP, der viele Anlässe mit seiner Präsenz beglückt und ihnen Glanz verleiht. Das Rampenlicht stört ihn in keiner Art und Weise in seiner Ruhe. Ganz anders Hakan: Er stellt sich zwar gerne für Werbeaufnahmen zur Verfügung, ansonsten aber ziehen ihn Scheinwerfer nicht eben magnetisch an, es sei denn, es handle sich um Lichtmasten eines Fussballstadions.

Rund um die Yakins hat sich in den letzten Jahren ein Kreis von Leuten gebildet, die mit ihnen Geschäfte machen wollen. Dabei sind diese Personen ebenso wenig Parasiten wie Wohltäter. Einige zählen zu den Freunden der Yakins, die sich in diesem Zirkel mal geschickter (im täglichen Leben), mal weniger geschickt (bei Transfers) verhalten. Am Ende sind die beiden Fussballer stets darauf bedacht, möglichst unabhängig zu bleiben. So, wie sie selbst für die Anliegen anderer benutzt werden, so nützen sie das Interesse, das ihnen entgegengebracht wird, für ihre Zwecke aus. In der Folge werden einige der engsten Vertrauten vorgestellt.

Giacomo Petralito, Spielervermittler

Als Murat Yakin am Nachmittag des 11. März 2004 aus seiner Narkose erwachte, stand in seinem Zimmer in der Zürcher Privatklinik «Im Park» ein kleiner Mann mit südländischem Teint. Giacomo Petralito, Spielervermittler aus Rothrist, war ans Krankenbett geeilt, um einen seiner «treusten Spieler» zu besuchen und Trost zu spenden in einem der schwierigeren Momente in Yakins Karriere. Einen mehrere Zentimeter langen Muskelriss im rechten Oberschenkel hatte der Fussballer operieren lassen müssen, seine Teilnahme an der Europameisterschaft 2004 war dadurch ernsthaft gefährdet.

Die Liaison Petralito/Yakin hatte fünf Jahre zuvor begonnen, als der Münchensteiner Profi bei Fenerbahce Istanbul keine Zukunft mehr sah. Dem rastlosen italienischen Agenten war dies via Erich Vogel zu Ohren gekommen. Er hatte Yakin kontaktiert und versprochen, dem verzweifelten Athleten zu helfen.

Giacomo Petralito war eher zufällig ins Fussball-Business

Am Krankenbett des Kunden: Agent Giacomo Petralito aus Rothrist hat sich vom Wein- zum Spielerhändler entwickelt.

eingestiegen. Sein Vater Vincenzo war Schweizer Korrespondent des Mailänder Fachblattes «La Gazzetta dello Sport» gewesen. Auf verschiedenen Reisen in ihre Heimat Italien lernten die Petralitos zahlreiche Trainer und Präsidenten von Serie-A-Clubs kennen. Unter ihnen war auch der serbische Fussball-Lehrer Vujadin Boskov, zu jener Zeit, Ende der 80er-Jahre des vergangenen Jahrhunderts, Coach von Sampdoria Genua. In seiner Aktivlaufbahn war er unter anderem bei den Zürcher Young Fellows tätig gewesen und daher ein Kenner und Liebhaber Helvetiens. «Ich würde gerne mit meiner Mannschaft ein Trainingslager in der Schweiz durchführen», sagte Boskov eines Tages zu Petralito junior. «Kannst du das arrangieren?» Selbstverständlich konnte Petralito – und begann zu wirbeln. Er fand in Morschach bei Brunnen am Vierwaldstättersee ein geeignetes Hotel für den italienischen Traditionsclub.

Nun ist Giacomo Petralito ein eher serviler Typ, der wusste, was sein Auftraggeber von ihm erwartete. Seine Betreuung während des Trainingscamps war umfassend, weswegen er auch mit den Spielern Sampdorias ins Gespräch kam. Eines Tages bat ihn der Brasilianer Toninho Cerezo, eine der grossen Figuren in der Squadra Genuas, um einen kleinen Gefallen. «Mein Vertrag läuft aus», sagte der berühmte Kicker zu Petralito. «Kannst du mir nicht einen Verein in der Schweiz besorgen?»

Petralito fuhr an seinen Wohnort Rothrist und überlegte unterwegs, welcher Club in der Nationalliga A denn überhaupt die finanziellen Mittel hätte, einen Akteur vom Kaliber Cerezos zu verpflichten. Zu Hause angekommen, rief er Paul-Annick Weiller an, den schwerreichen Präsidenten von Servette. «Ich komme morgen früh zu Ihnen nach Rothrist», sagte ihm der Vorsitzende der Genfer. Da sei ihm klar geworden, so Petralito, welche Rolle einem Vermittler zukomme. Zwar scheiterte der Transfer an den Gehaltsvorstellungen Cerezos, doch der prominente Fussballer honorierte Petralitos Bemühungen und beauftragte ihn mit den Vertragsverhandlungen mit Sampdoria. Petralito, damals als Weinhändler in Liestal tätig, feilschte geschickt und verschaffte seinem Mandanten einen neuen Kontrakt inklusive Lohnauf-

Gefragte Sujets: Hakan und Murat im festlichen Tenü der Nationalspieler an einer Nacht des Schweizer Fussballs im Casino von Bern.

besserung. Seinen ersten Wechsel vollbrachte der Wahlschweizer dann 1993, als er Fausto Salsano von Sampdoria zur AS Roma transferierte.

Petralito war also plötzlich mitten drin im Geschäft und erwarb 1995 die von der FIFA geforderte Lizenz als Spieleragent. Er organisierte in der Folge diverse Spiele für arbeitslose Profis. Bei einer dieser Partien entdeckte der damalige Trainer des FC Basel, Didi Andrey, den Ghanaer Alex Nyarko. Robert Zeiser, Spieler- und Möbelhändler aus Reinach im Kanton Baselland, sicherte sich die Transferrechte am afrikanischen Mittelfeldspieler, dessen Talent allgemein anerkannt war. Als sich immer mehr Vereine aus Europas grossen Ligen für Nyarko zu interessieren begannen, brauchte Zeiser dringend einen Mann, der im Besitz der Spielervermittler-Lizenz war. Er engagierte Petralito, der schliesslich den Wechsel Nyarkos von Basel nach Karlsruhe für über zwei Millionen Franken abwickelte.

Kurz darauf trennten sich Zeiser und Petralito, und Letzterer gründete eine eigene Firma. In der Folge fokussierte er sich primär auf den italienischen Markt, wo er die besten Chancen sah; zudem hatte er sich dort mittlerweile ein grosses Beziehungsnetz aufgebaut. Am traditionellen Calciomercato, einer Fussballmesse in Mailand, auf der Transfers abgewickelt werden, lernte er Alessandro Moggi kennen. Dieser – ein Sohn von Luciano Moggi, dem Generaldirektor von Juventus Turin – war Mitbesitzer der Spieleragentur GEA, der grössten derartigen Organisation in Italien. Moggi junior und Petralito beschlossen, in Zukunft fallweise zu kooperieren. Und der unbekannte Exil-Italiener aus Rothrist machte die Bekanntschaft von Vater Moggi, einer der einflussreichsten Persönlichkeiten im italienischen Fussball.

Mit diesem Rucksack also machte sich Petralito im Herbst 1999 auf, Murat Yakin aus Istanbul loszueisen. Zwar lief Yakins Vertrag mit Fenerbahce im Juni 2000 aus, doch die Türken besassen eine einseitige Option auf eine Verlängerung um zwei Jahre. Deswegen konnten sie im Prinzip die Ablösesumme frei festlegen. Petralito spannte mit dem Zürcher Rechtsanwalt André Wahrenberger zusammen, und die beiden kamen zum Schluss, dass eine einseitige Option rechtswidrig sei – zumindest nach Schweizer Recht. Und dieses kam nach Meinung Wahrenbergers zur Anwendung, weil bei Streitigkeiten zwischen einem Club und einem Spieler der Weltfussballverband FIFA eingeschaltet wird, der wiederum seinen Sitz in Zürich hat. Diese Ansicht teilten die FIFA-erfahrenen Moggis. Zudem schätzten die Italiener die Transfersumme, welche die FIFA im Zweifelsfall festsetzen würde, auf lediglich drei bis vier Millionen Franken.

Bei einem Frühstück im Restaurant «Zum scharfen Ecken» in Rothrist konfrontierte Petralito Yakin mit seinen Erkenntnissen. «Da entschieden wir, wir ziehen das jetzt durch», erinnert sich der Spieler. Was aber noch fehlte, war ein Verein, der sich für die Dienste Yakins interessierte. Petralito machte sich fieberhaft auf die Suche nach einem Abnehmer für seinen schwer vermittelbaren Schützling. Via den Schweizer Nationalspieler Ciriaco Sforza erfuhr er, dass der 1. FC Kaiserslautern durchaus noch Bedarf an einem valablen Defensivspieler hätte. Petralito bot Yakin dem Bundesligisten aus der Pfalz an, und er erhielt tatsächlich den gewünschten Verhandlungstermin. Er solle doch mit dem Spieler am 28. Dezember bei Otto Rehhagel, dem Trainer von Kaiserslautern, vorstellig werden. Dieser verbrachte – wie eh und je in dieser Jahreszeit – seine Skiferien in St. Moritz.

Petralito informierte Yakin, der gerade auf Mauritius urlaubte. Der Profi mochte nicht so recht an das Interesse des deutschen Vereins glauben, vielleicht verpasste er deswegen am 26. Dezember 1999 den Flug von Port Louis nach Zürich. Sieben Stunden später stieg Yakin auf der Insel im Indischen Ozean in eine Maschine, die ihn nach Frankfurt brachte. Dort nahm er um ein Uhr nachts den Zug nach Basel, von wo er per Auto nach Zürich weiterfuhr. Es erwartete ihn ein fluchender Petralito, der bereits um den Transfer gebangt hatte.

Petralito chauffierte Yakin nach Chur, und unterwegs wurde die Strategie abgesprochen. «Bei Kaiserslautern macht Beate Rehhagel die Transfers», bläute Petralito seinem Mandanten mit einem Anflug von Übertreibung ein. «Wenn sie dich mag, dann kann der Deal klappen.» In der Hauptstadt Graubündens wechselte das Duo

Holte Murat nach Kaiserslautern: Otto Rehhagel, dessen Frau Beate Murat Yakin mit einem Blumenstrauss überraschte.

abermals das Fortbewegungsmittel. Ehe die zwei aber den Zug nahmen, kauften sie am Bahnhof von Chur einen riesigen Blumenstrauss für Rehhagels Gattin.

Gegen Mittag trafen Petralito und Yakin im mondänen Skiort ein. In der Empfangshalle des Kurhotels wartete Otto Rehhagel auf sie und entschuldigte eine Verspätung seiner Frau. Sie habe sich den Knöchel beim Skifahren verstaucht. Als die Gattin des Meistertrainers schliesslich doch zur Runde stiess, begrüsste sie Yakin mit Küsschen und überreichte ihr den Blumenstrauss. Beate Rehhagel, so erinnert sich Petralito, habe gestrahlt. Ihr Mann dagegen nahm sein Handy und wählte die Nummer von Kaiserslauterns damaligem Präsidenten Jürgen Friedrich. «Ich horchte ein bisschen mit und wusste, dass der Transfer so gut wie perfekt war», erzählt Petralito. Das Vorgehen Yakins in jenem Moment ist beispielhaft für die Mischung aus Cleverness, Dreistigkeit und Charme, die ihn auszeichnet.

Später tätigte Petralito für Murat Yakin noch zwei weitere Transfers – einmal ging es für den Abwehrspieler leihweise von

Kaiserslautern nach Basel, einmal definitiv. «Beim zweiten Transfer wollte mir FCB-Präsident René C. Jäggi keine Provision zahlen», erinnert sich Petralito. Jäggi selbst glaubt, dass der Agent in den ersten Verhandlungen mit falschen Gehaltszahlen aus Yakins Vertrag mit dem 1. FC Kaiserslautern operiert hatte. «Da hat mir Murat Yakin meine Arbeit von seinem Geld entschädigt», erzählt Petralito. Auch dieses Verhaltensmuster ist bezeichnend für die Yakins. Wer ihnen einmal Gutes getan hat, wer ihnen in einer der zahlreichen schwierigen Lebenssituationen geholfen und dadurch ihr Vertrauen gewonnen hat, der geht später nicht so schnell vergessen. Petralito befindet sich da im grossen Kreis derer, auf die das zutrifft.

Das letzte Mal, dass das Tandem Petralito/Yakin für Aufregung sorgte, war im Sommer 2002, nach dem Gewinn des Doubles durch den FC Basel. Der Spieler teilte via «Blick»-Kolumne mit, ihm liege ein Angebot des spanischen Clubs Celta Vigo vor. Bei der Einschätzung der Stärke der Galicier gingen die Meinungen auseinander. Für Yakin war es selbstverständlich ein «Spitzenclub», der da anklopfte, sein Trainer Christian Gross aber mochte Celta nicht zu den Topvereinen Europas zählen. Wie dem auch sei: Gemäss Petralito boten die Spanier dem Schweizer Spieler einen gestaffelten Vierjahresvertrag an. Demnach hätte Yakin in der ersten Saison zwei Millionen Franken verdient, in den darauf folgenden drei Jahren jeweils 2,5 Millionen «netto», wie Petralito stolz versichert. Der Agent liess sich von Celtas Generaldirektor Feliz Carnello eine Vollmacht für Verhandlungen geben. «Er kann nicht den Club und den Spieler vertreten, das widerspricht den Statuten der FIFA», befand der damalige CEO des FCB, Roger Hegi. Via Vinizio Fioranelli, einen in St. Gallen ansässigen Spielervermittler, soll der FCB, so behauptet Petralito, 16 Millionen Franken Ablösesumme für seinen Captain verlangt haben. Petralito glaubt noch heute an eine Verschwörung, da Hegi in einer früheren Berufsphase mit Fioranelli geschäftlich verbunden gewesen war. «Die wollten mich ausbooten.» Jäggi hingegen hält nach wie vor an seiner Darstellung fest: Es sei nie eine schriftliche

Offerte Celta Vigos für den Transfer des Basler Captains bei ihm eingegangen. Die 16 Millionen, wenngleich nur mündlich oder gerüchteweise kolportiert, waren auf jeden Fall so viel Geld, dass das Interesse Vigos an einer Verpflichtung von Murat Yakin rapide erkaltete. «Ich sagte von Beginn an, erst müssten sich die beiden Vereine einigen», erklärt Yakin rückblickend. Aber als er von der geforderten Ablösesumme gehört habe, da habe er gedacht: «Für diesen Betrag bekommt man ja einen Europameister.» Er hätte gerne noch einmal sein Glück im Ausland versucht, wo er, der in der heimischen Liga chronisch Unterforderte, seine Grenzen hätte erkunden können. Auf der anderen Seite habe er das Verhalten des FCB auch verstanden, weil ihn die Basler nicht verlieren wollten. «Ich war nicht am Boden zerstört, denn zum einen wusste ich, was es alles braucht, damit ein Wechsel zustande kommt», sagt Yakin, «und zum anderen hatte ich mit dem FCB ja noch Grosses vor, mit dem Club, der mir in einer schwierigen Phase eine Chance gegeben hatte.» In der Saison darauf zog Murat Yakin mit dem FCB in die Champions League ein.

Martin Siegrist, Netzwerker, und Marco Balmelli, Anwalt

Auf Umschweife verzichtet Martin Siegrist ebenso wie Marco Balmelli. «Wildwuchs» nennt Siegrist das bisherige Motto der beiden Yakins in Sachen Vermarktung. «Eine Verzettelung», zu viele Auftritte an Klein- und Kleinstanlässen, so beschreibt Balmelli die Taktik der Brüder bei ihrer Selbstvermarktung. Sowohl Siegrist als auch Balmelli erzählen schmunzelnd von ihren Erfahrungen bei der Eigendarstellung der Yakins. Beide kennen sie die Fussballer zu gut, um sich der Illusion hinzugeben, diese würden sich für konzertierte Aktionen einem einzigen PR-Profi anvertrauen. Vielleicht ist dieses Vorgehen eine reflexartige Reaktion auf die zahlreichen Begehrlichkeiten, denen die Yakins beinahe täglich begegnen. Ein relativ unabhängiges Handeln ist für sie nicht nur auf dem Fussballplatz Voraussetzung für Topleistungen, auch in Sachen Werbung.

«Ich erkenne dahinter keine Strategie», sagt Siegrist und lächelt dabei milde. Mehrfach hat er Murat Yakin vorgeschlagen, für ihn die Terminplanung und Koordination in einem Teilpensum zu übernehmen, weil er doch allein mit der Schwemme von Angeboten nicht mehr umgehen könne. Eine konkrete Antwort hat er auf seine Vorschläge nicht erhalten. Ein Beispiel illustriert, was Siegrist mit «Wildwuchs» meint: Am Neujahrsapéro 2004 des Weltfussballverbandes FIFA, den er zusammen mit den Brüdern besuchte, erhielt Hakan Yakin eine SMS und wandte sich begeistert an seinen Bruder: «Hey, Muri, Bazooka will uns für ein Fotoshooting verpflichten und bezahlt 15 000 Euro. Komm, das machen wir.» Siegrist versuchte, einen Schnellschuss zu verhindern. Dennoch gingen die Yakins das Engagement ein und hatten erst noch ihren Spass daran.

Martin Siegrist ist Ökonom und hat ein 70-Prozent-Mandat beim Staatssekretariat für Wirtschaft. Seine Aufgabe besteht darin, Netzwerke zu knüpfen, den Dialog zwischen Politik, Wirtschaft und Kultur zu fördern sowie Plattformen für den Meinungsaustausch zu schaffen. Als er die Bekanntschaft der Yakins machte, kam eine neue Dimension dazu: der Sport. Genauer war es die Dimension Yakin.

Im Sommer 2002 organisierte Siegrist das Trainingslager des FC Basel in den USA. Die Mannschaft besuchte die Schweizer Botschaft in Washington – ganz im Sinne des Auftrages von Siegrist. Der diskutierte auf dieser Reise viel mit Murat Yakin. «Eines Tages sagte ich zu ihm: Gründe doch eine Stiftung. Da antwortete er, dass er eben eine gegründet habe», erzählt Siegrist. Yakin hatte sich mit seinem Freund Stefan Stamm zusammengetan und eine wohltätige Stiftung ins Leben gerufen, die «Kinder- und Jugendstiftung Murat Yakin & Stamm» mit Sitz in Basel.

Der Gedanke aber, gemeinsam mit dem Fussballprofi eine wohltätige Veranstaltung zu organisieren, liess Siegrist, den Mann vom Bund, nicht mehr los. Über seine umfangreichen Kontakte erfuhr er, dass der Golfclub Leuk ein Prominententurnier im Mai 2003 plante. Da er um Yakins Affinität zum Nobelsport mit dem kleinen Ball wusste, schlug er vor, der Fussballer solle doch dem Anlass seinen Namen leihen. So entstand das Murat Yakin Charitiy Golfturnier. Dieses brachte, dank Teilnehmerbeiträgen

Die grosse Leidenschaft für das Golfspiel: Murat Yakin beim Verbessern seines Drives mit einem unüblichen Ball.

und einer Versteigerung von Devotionalien sowie anderen originellen Gegenständen, bei seiner Erstauflage 20 000 Franken ein. Das Geld ging an die «Stiftung Tanja», eine Institution, die mehrfach schwerstbehinderte Erwachsene unterstützt.

Für die Austragung des Golfturniers 2004 fanden Siegrist und Yakin diverse Sponsoren – entsprechend ehrgeizig war die Gewinnvorgabe: 100 000 Franken wollte das Organisationskomitee für einen diagnostisch-therapeutischen Kindergarten der Uniklinik Basel hereinholen. Austragungsort des Murat Yakin Charity Golfturniers 2004 war La Largue im Elsass, das Geld wurde der «Kinder- und Jugendstiftung Murat Yakin & Stamm» überwiesen, die es weiterleitete.

Fast wäre die Credit Suisse Group eingestiegen, weil sie als Geldgeberin der Schweizer Nationalmannschaft einen Sinn darin sah, das Projekt eines Nationalspielers zu unterstützen. «Sponsoren müssen Herzblut spüren», erklärt Siegrist, und genau das habe er Yakin vermitteln müssen. Denn mit seiner Bierruhe versprüht der Abwehrspieler äusserlich nicht jenes Feuer, das er innerlich für seine Anliegen durchaus entfachen kann. Die Leute von der CS kannten indessen den Fussballer bereits von Länderspielen, sie vermochten ihn richtig einzuschätzen. Nach einem Telefonat mit Nationaltrainer Köbi Kuhn erschien die gesamte Nationalmannschaft zu Yakins Golfturnier. Das Gala-Diner im Hotel Drei Könige wurde zum offiziellen EM-Auftakt der Schweizer.

Murat Yakin war vom ersten Moment an leicht für karitative Zwecke zu gewinnen. «Als ihm bewusst wurde, dass sein Name etwas wert ist, da nutzte er diesen Umstand sofort aus, und zwar nicht einfach nur zu seinen Gunsten.» Siegrist machte Yakin mit mehreren Politikern bekannt und staunte immer wieder, wie gut der Nationalspieler bei der restlichen Prominenz ankam. «Er ist vielseitig interessiert und sehr pflichtbewusst», ortet Siegrist die Hauptursache für die Popularität Yakins auch in den so genannt besseren Kreisen in dessen Charakter. «Murat ist wissbegierig.»

Diesen Eindruck teilt Balmelli, der immer mal wieder für die Yakins tätig ist. «Nichts verdirbt Murat die Laune so sehr, wie wenn er etwas nicht versteht.» Dass der Fussballer nur rudimentär Englisch spreche, ärgere ihn fürchterlich. Der ältere der Yakins hat denn auch angekündigt, nach dem Ende seiner Aktivkarriere als Erstes ein paar Sprachreisen zu machen. Wenn die Yakins einen Werbevertrag abschliessen, dann verhalten sie sich anschliessend sehr zur Zufriedenheit ihrer Partner, beteuert Balmelli. «Unter anderem deshalb, weil sie sehr treu sind.» Mit dem Sportartikel-Hersteller Adidas verbindet die Yakins ein jahrelanges vertragliches Verhältnis, das ihnen einen tiefen fünfstelligen Betrag per annum einbringt. Ein Problem bei der Vermarktung sei aber nicht nur die Unbändigkeit der beiden Berufsfussballer, sondern auch die begrenzte Grösse des Schweizer Marktes und «die gegenüber Individualsportlern limitierten Möglichkeiten». Denn viele Werbefelder seien gar nicht zu erschliessen, weil die jeweiligen Arbeitgeber, die Vereine, mit der Konkurrenz schriftliche Vereinbarungen abgeschlossen hätten. Ein Exempel: der FC Basel wirbt für die Textilfirma «Schild», Hakan Yakin aber absolvierte im Sommer 2003 ein Fotoshooting für den Schild-Konkurrenten «Spengler». Die ganzseitigen Inserate waren zwar optisch ansprechend, den-

Den Kollegen zeigen, was ein guter Schwung ist: Murat im Kreis der Nationalmannschaft und – was jeden Golfprofi staunen lässt – in Badelatschen beim Abschlag.

noch bescherten sie dem Fussballer nicht nur Freude. Der FCB nämlich büsste ihn im Dezember 2003 mit 5000 Franken, weil er sich zur Verfügung gestellt hatte. Dies, obschon Yakin aufgrund der Transferwirren zwischen Paris Saint-Germain und dem FCB zum Zeitpunkt der Aufnahmen eigentlich im vertragslosen Zustand gewesen war.

Auch in geschäftlichen Belangen erinnern sich die Yakins immer wieder alter Freunde. «Da sie mit dieser Methode nie enttäuscht wurden, wenden sie sie immer wieder an», analysiert Balmelli, selbst ein langjähriger Vertrauter der Familie. Wie andere auch, wird er oft dann kontaktiert, wenn einer der Yakins in Not ist. «Zwischendurch höre ich wochenlang nichts von ihnen.» Murat pflegt mit Balmelli durchaus einen kollegialen Umgang. «Doch für Hakan bin ich immer noch einfach der Juniorentrainer, der ich einmal beim FC Concordia für ihn war», stellt der Anwalt fest. Eine Ausnahme gab es allerdings. Als Balmelli den lang ersehnten Auslandwechsel Hakan Yakins abgewickelt und den

Deal mit dem VfB Stuttgart perfekt gemacht hatte, «da hatte er Tränen in den Augen». Denn die Dinge waren kompliziert gewesen, die ganze Aktion war immer wieder in Frage gestellt worden durch Verträge, die auftauchten. Hakan Yakin hatte bei nicht weniger als vier Spielervermittlern einen Mandatsvertrag unterschrieben ...

Marcel Rohr, «Blick»-Reporter

Als Marcel Rohr den Namen Murat Yakin erstmals hörte, war er selbst noch ein Juniorenfussballer. Der spätere Journalist kickte bei den A-Junioren des FC Concordia, als ihm Walter Beetschen, der Nachwuchs-Verantwortliche des Clubs, eines Tages eröffnete, er habe in der Kategorie der Jüngsten einen Spieler unter seinen Fittichen, der «einfach unglaublich gut» sei. Unterstrichen wurde diese Einschätzung von Ertan Irizik, damals Mitglied der ersten Mannschaft des FC Concordia und Rohr deswegen ebenfalls bekannt. Jahre später arbeitete Rohr für das Basler Gratisblatt «doppelstab», als sich jene berühmte Geschichte ereignete, in

In der Nähe der Stars: «Blick»-Reporter Marcel Rohr bei seiner täglichen Arbeit – nur nichts verpassen, was die Yakins betreffen könnte (hier bei der Nacht des Schweizer Fussballs).

Immer für eine Schlagzeile gut: Murat und seine Zusammenarbeit mit dem «Blick». An der EM 2004 war er Kolumnist des Boulevard-Blattes.

deren Verlauf Friedel Rausch, der Trainer des FC Basel, sich entschied, auf die Dienste von Murat Yakin zu verzichten. Noch hatte Rohr keine Rolle inne, die ihm die publizistische Aufarbeitung dieses Falles ermöglicht hätte. Und noch ahnte der Journalist nicht, welche Bedeutung die Familie Yakin in seinem Berufsleben erhalten würde. 1993 wechselte Rohr zur Sportredaktion des «Blick», und als die Grasshoppers Mitte der 90er-Jahre Erfolge in der Champions League feierten, da war der Reporter oft im Einsatz. Sein Vorgesetzter Mario Widmer, eine in der Schweiz fast schon legendäre Boulevard-Grösse mit einem Faible für den Schweizer Rekordmeister, hatte auf der Tribüne des Hardturms früh erkannt, über welches Talent GC in der Person von Murat Yakin verfügte. «Den müsst ihr im Auge behalten», forderte der Sportchef des «Blick» von seinen Mitarbeitern. Nur, dies war damals so eine Sache. Yakin galt in den Kreisen der Reporter der auflagestärksten Schweizer Tageszeitung als langweilig und unergiebig, wie sich Rohr erinnert. «Wir schoben uns den Ball gegenseitig zu, wer sich mit ihm befassen sollte.» Das Potenzial des jungen Fussballers erkannten die Experten des Boulevardblattes wohl, doch haftete dem jungen Profi die Etikette der Einsilbigkeit an. «Das Motto lautete: Geh doch du zu dem.» Zwar wurden in der Folge einige Geschichten über die Fussball-Familie aus Münchenstein produziert, doch die Macher des «Blick» empfanden diese Storys als zu wenig knallig.

Dies änderte sich schlagartig, nachdem Yakin in der «SonntagsZeitung» ein Interview gegeben hatte, in dem er seinen Trainer Christian Gross unverblümt angriff. Die «Sonntags Zeitung» ist ein Produkt aus dem Hause Tamedia, das auch den «Tages-Anzeiger» herausgibt. Tamedia und Ringier, der Verlag des «Blick», gelten als die beiden grössten Konkurrenten auf dem Zürcher und damit auch auf dem Schweizer Markt.

Die Fussballabteilung des «Blick» tat mit besagtem Interview etwas, was nicht unbedingt höchster journalistischer Ethik entspricht, was dem Blatt indessen zahlreiche Male selbst widerfuhr: Die Story wurde so weitergeführt und ausgeschlachtet, als hätte sie der «Blick» angerissen. Marcel Rohr staunt noch heute über die Gelassenheit, mit der Christian Gross den Attacken auf seine Person begegnete. Yakin aber war für den «Blick» plötzlich zu einer interessanten Figur geworden.

In der zweiten Champions-League-Saison der Grasshoppers, im Herbst 1996, fasste Rohr eines Tages den Auftrag, sich mit Yakin zu unterhalten. Der Schweizer Meister hatte eben eine Partie auf internationalem Parkett gewonnen, in Abwesenheit des Jungspundes aus Münchenstein. Der Reporter begab sich zum Trainingsgelände von GC, um sich mit Murat Yakin über dessen Gesundheitszustand zu unterhalten. «Bist du fit?», fragte Rohr den Fussballer. «Ja.» – «Denkst du, du spielst im nächsten Match?» – «Ja.» – «Aber die Mannschaft hat doch auch ohne dich gewonnen.» – «Wenn ich fit bin, dann spiele ich, weil ich gut genug bin», entgegnete Yakin. Dieses frappierende Selbstbewusstsein imponierte dem Mann von der Zeitung. Fortan wussten Yakin wie Rohr diese Eigenschaft immer wieder zu nutzen.

Das Bild des grossen Talentes Murat Yakin kontrastierte mit jenem Eindruck, den Rohr bei seiner ersten Begegnung mit Hakan Yakin gewann. Der aufstrebende Journalist war dem FC Basel zugeteilt worden, als ihm 1994 nach einem Spiel im alten Basler St. Jakobsstadion Ertan Irizik über den Weg lief. Dieser bat den Reporter in den miefigen Donatorenraum im Bauch der Haupttribüne. «Schau, das hier ist Hakan», eröffnete Irizik dem verdutzten Rohr. «Vergiss die Geschichte mit Murat, der hier ist noch besser.» Der jüngere Yakin stand mit kurzen Haaren und einer Lederjacke daneben und brachte kaum ein Wort heraus.

Kurz nach dessen erstem Einsatz beim FCB, als ihm mit dem allerersten Ballkontakt als Berufsfussballer das erste Tor gelungen war, entschied die Redaktion des «Blick», dass es Zeit sei für eine Homestory mit dem «kleinen» Yakin. Rohr wurde nach Münchenstein delegiert, wo ihn Hakan empfing. An der Wand im Zimmer des Teenagers hing ein Trikot des grossen Pelé. «Das ist mein Vorbild», bekannte Yakin. «Das einzige Buch, das ich in meinem Leben gelesen habe, ist die Biografie Pelés.» Zwar machte Hakan Yakin auf Rohr einen schüchternen Eindruck, dennoch vertraute er dem Abgesandten der Zeitung. Denn es gab doch einige gemeinsame Bekannte: Murat, Irizik oder auch Yakins Lehrmeister Werner Decker, den Rohr aus seinen Zeiten beim FC Concordia kannte.

Bis heute gibt es zwischen Rohr und Hakan Yakin einen immer wiederkehrenden Witz. Denn anlässlich der zweiten Geschichte, die der «Blick»-Journalist mit dem Offensivspieler produzierte, überliess ihm Yakin ein Foto aus seinem Privatalbum – mit der Bitte um Rückgabe. Rohr unterlief prompt der Lapsus, dass er das Bild verlegte. «Ich kann ihn nach irgendeiner Partie zum Geschehen auf dem Feld befragen – die erste Frage ist: Marcel, hast du mein Bild dabei?», berichtet Rohr amüsiert.

Als sich die Yakins auf ihre Lehr- und Wanderjahre begaben, erkaltete Rohrs Kontakt mit den beiden Brüdern vorübergehend. Nach deren gemeinsamem Engagement beim FCB im Jahre 2001 stieg das Interesse des «Blick» an Murat und Hakan jedoch explosionsartig. «Die Frage bei einer Geschichte über sie war nie, ob wir sie bringen. Die einzige Frage war, wie gross wir sie fahren.» Es kam im «Blick» zu einer wahren Inflation an Yakin-Storys. Der überwiegende Teil davon war ausgesprochen wohlwollend, Rohr nennt dies «fast schon eindimensional», hat aber eine Erklärung dafür: «Natürlich diskutierten wir redaktionsintern hart über die beiden. Aber sie gaben die Antwort auf kritische Fragen stets auf dem Platz.» Sportlich gab es keine Zweifel an den beiden.

Rohr stellte auf einer seiner zahlreichen Reisen mit dem FCB fest, wie gut Hakan Yakin im Kartenspiel war. «Er verfügte beim Jassen stets über eine Art fotografisches Gedächtnis, konnte nach dem Spiel genau sagen, wer wann welche Karte gespielt hatte.» Eine Eigenschaft, die dem Spielmacher auch auf dem Platz nützt. «Gibts einen Einwurf für sein Team und steht Hakan Yakin mit dem Rücken zum gegnerischen Tor, dann muss er sich nach der Ballannahme nicht mehr umschauen. Er weiss ganz exakt, welcher Mitspieler wo steht.» Gerne zitiert Rohr eine Aussage von Erich Vogel aus einem Interview mit dem «SonntagsBlick» Anfang 2001: «Der erste Trainer, der den Mut hat, ihn als Nummer zehn hinter die Spitzen zu stellen, wird Riesenerfolge feiern.» Tatsächlich kam der grosse Durchbruch des jüngeren Yakin (und des FC Basel) mit dessen Installation als offensive Schaltstation hinter den Stürmern.

Bei der Einschätzung von Murats Fähigkeiten gerät Rohr gar ins Schwärmen. Der Abwehrchef erfasse immer ganz exakt, wann ihn seine Mannschaft brauche. «Je mehr Prestige ein Spiel beinhaltet, je mehr Zuschauer im Stadion sind, je lauter die Atmosphäre ist, je mehr Fernsehkameras aufgestellt und je höher die ausgesetzten Prämien sind, desto besser spielt Murat.» Was auch immer an Kritik im Vorfeld einer Partie auf den Münchensteiner eingeprasselt sei, stets habe er sich via Leistung den Negativschlagzeilen entzogen. Rohr zieht einen anschaulichen, wenngleich kruden Vergleich: «Das ist wie bei einem Notfallarzt, der umso überlegter und ruhiger handelt, je mehr Blut fliesst und je mehr Verletzte herumliegen.» Murat Yakin habe die Fähigkeit, den Nachmittag vor einem Champions-League-Match auf dem Golfplatz zu verbringen, vor dem Kickoff in der Kabine noch schnell ein Telefongespräch zu führen und trotzdem pünktlich zum Anpfiff mit höchster Konzentration bereit zu sein.

«Heute darf man sagen, dass Murat Yakin für den ‹Blick› das ist, was David Beckham für die britische Presse.» Ein Star durch und durch eben. Eine Person, die – was kann einer Boulevardzeitung Besseres passieren? – polarisiert. «Man liebt ihn oder lehnt ihn ab, dazwischen ist kein Platz», sagt Rohr. Murat Yakin bedeute überragende Technik versus Phlegma, Trägheit versus Genie. «Er spaltet die Leserschaft in zwei Lager, wie das früher ein John McEnroe oder ein Boris Becker taten.» Gegenüber den Medien verhalte sich Yakin stets hervorragend, wobei ihm sein Humor und seine Gelassenheit hilfreich seien. «Seine Ruhe rührt vom Wissen her, dass er sich im entscheidenden Moment auf sich selbst verlassen kann.» Das produziere oft auch Neid bei den Mitspielern, glaubt Rohr, denn Yakin hält jeweils auch mit Eigenlob nicht zurück. Als er im November 2002 vom «Blick» zum «Fussballer des Monats» gewählt wurde, da antwortete er auf die Frage, wem er den Titel widme: «Mir selbst, ich habe schliesslich die Leistungen auf dem Platz erbracht.» Diese unschweizerische Forschheit kam nicht nur gut an. Auch einige Fotos, die der «Blick» von Murat Yakin abdruckte, sorgten nicht überall für Heiterkeit. Nach dem Gewinn des Meistertitels 2002 liess er sich im Schwarzwald in Unterhosen ablichten, vor der Saison 2003/2004 erschien ein Foto, das den Captain des FC Basel in einer Hängematte liegend zeigte. Die Idee dazu stammte von Rohr, und wie fast immer zeigte sich der Profi kooperativ. Dadurch handelte sich Yakin allerdings Ärger mit seinem Trainer Christian Gross ein, der sich noch heute fürchterlich über dieses Bild aufregt. Was Gross nicht weiss: Es existiert noch ein Bild mit Murat Yakin in der Hängematte, überhäuft mit Gummibärchen, den Lieblingssüssigkeiten des Basler Abwehrspielers ...

Gelegentlich kam es zu Friktionen zwischen dem Boulevardblatt und den Yakins. Als Hakan Yakin im Januar 2004 mit einem Wechsel zu Fenerbahce Istanbul kokettierte und der «Blick» die

Geschichte nicht exklusiv hatte, sondern hinterherhinkte, weil kein Reporter ins Trainingslager des FCB nach Argentinien geschickt worden war, da gab der Boulevard dem Nationalspieler seine Macht zu verstehen. Yakin hatte in einem Interview zum möglichen Transfer geäussert, es sei an der Zeit, einen gut dotierten Vertrag abzuschliessen. Der «Blick» titelte darauf am nächsten Tag auf Seite eins: «Hakan Yakin: Ich will ans grosse Geld.» Die angebliche Äusserung Yakins wurde allerdings nicht in Anführungszeichen gesetzt, denn dies hatte der Spieler so auch nie gesagt. «Das war ein Fehler, eine Überinterpretation meinerseits», gibt Rohr rückblickend zu. «Ich habe zu spät gemerkt, wie sehr ich Hakan mit diesem Titel weh getan habe.» Yakin bezog darauf verbale Prügel von seinen Brüdern, weil er beim Interview nicht gespürt hatte, worauf die Zeitung mit den grossen Buchstaben hinauswollte. Seine Wut auf den «Blick» war enorm. So gross, dass er das Blatt auch beim eine Woche später vollzogenen Transfer nach Stuttgart aussen vorliess und sich exklusiv in der «Basler Zeitung» dazu äusserte.

«Hakan ist ein extrem sensibler Mensch, der oft völlig falsch eingeschätzt wird, weil er manchmal Mühe hat, seinen herzensguten Charakter rüberzubringen», glaubt Rohr.

Normalerweise, so beteuert der Mann von der Presse, sei sein Verhältnis zu Hakan Yakin hervorragend, geprägt von gegenseitigem Vertrauen. «Ich hielt mich an die Spielregeln. Was inoffiziell war, blieb inoffiziell. Er wusste, wie ich denke und arbeite», sagt der Journalist. Auch bei negativer Berichterstattung – beispielsweise bei Hakan Yakins Trennung von seiner Freundin Tanja – habe der Spieler immer im Voraus gewusst, was im «Blick» stehen würde.

Der Umgang mit den Yakins sei nicht immer einfach, stellt Rohr fest. «Sie sind zwei Menschen, die sich mittlerweile gewöhnt sind, dass sie bekommen, was sie wollen. Nicht nur materiell, sondern auch geistig.»

Von der Beziehung «Blick»–Yakins haben beide Seiten profitiert. Nicht selten fütterten die Fussballer die Reporter mit Informationen. Die Fenerbahce-Schlagzeile wird Hakan Yakin Marcel Rohr irgendwann verzeihen. An dem Tag, an dem er den Journalisten wieder nach dem verlegten Bild fragen wird, ist der Ärger vergessen.

Peter Bozzetti, Karriereplaner

Selbst ist der Mann. Also griff Peter Bozzetti im Jahre 1992 zum Telefonhörer, wählte die Nummer des damaligen Sportdirektors der Grasshoppers und eröffnete den Dialog mit den Worten: «Herr Vogel, ich möchte etwas im Fussball machen.»

Erich Vogel am anderen Ende der Leitung zögerte nicht und erwies sich ein weiteres Mal als Türöffner für einen Fussballinteressierten: «Gehen Sie mit ins Trainingslager unserer ersten Mannschaft nach Schweden und kümmern Sie sich um die jungen Spieler.» Gemeint waren Joël Magnin, Johann Vogel und ... Murat Yakin. Bozzetti, selbst kaum älter als die ihm übertragenen Schützlinge, tat, wie ihm geheissen. «Schauen Sie, dass sich diese Spieler gut integrieren», hatte ihm Vogel noch mit auf den Weg gegeben. Also machte der junge Zentralschweizer die Bekanntschaft der GC-Talente.

Als der Tross in die Schweiz zurückkehrte, hatte Vogel für Bozzetti schon die nächste Aufgabe parat. Fortan solle er sich nur noch um die Belange von Yakin kümmern, beschied der Funktionär dem Volontär. Beflissen hielt sich Bozzetti an diese Order. Um dem Fussballtalent die Annäherung an die Grossstadt Zürich zu erleichtern, liess er Yakin bei sich zu Hause in Kriens wohnen. Und damit er einen Einblick in die normale Arbeitswelt fernab der grossen Welt des Fussballs bekäme, schlug Bozzetti seinem Mandanten vor, ab und zu in seiner Versicherungsagentur Büroarbeiten zu erledigen. Dies war ein Job, an dem Murat Yakin durchaus Gefallen fand.

Schon bei seinem Einstieg ins Fussballgeschäft hatte Bozzetti auch mit der Rolle des Spielervermittlers geliebäugelt, in die er später auch teilweise schlüpfte. So war er – zusammen mit John Dario – federführend beim Transfer Murat Yakins von den Grasshoppers zum VfB Stuttgart. Zu jenem Zeitpunkt bezeichnete er den Spieler bereits als seinen Freund. «Ich bin für die Yakins von allem ein bisschen», definiert Bozzetti seinen Part, «Spielervermittler, Steuerberater, Versicherungsagent, Marketing-Beauftragter, Karriereplaner.» Dass er damit anderen Beratern, die um die Yakins herumschwirren, in die Quere kommt, nimmt Bozzetti gelassen. In der Schweiz habe man ohnehin ein verkrampftes Verhältnis zu Agenten, meint er. «Da leben wir völlig hinter dem Mond.» In den grossen Ligen im Ausland dagegen sei es normal, dass ein Spieler von sechs, sieben Beratern umgeben sei.

Nur einen der Vertrauten des Duos Yakin mag Bozzetti gar nicht: den Basler Anwalt Marco Balmelli. «Der zieht eine himmeltraurige Nummer ab. Er sagt, dass er seinen Aufwand nur im Stundenansatz verrechne, dabei partizipiert er an Transfererlösen.» Zu Friktionen mit Balmelli kam es vor allem im Nachgang des Wechsels von Hakan Yakin nach Stuttgart, im Januar 2004. Denn der jüngere der Fussball-Brüder hatte auch bei Bozzetti einen Mandatsvertrag unterzeichnet. «Da musste ich mich doch melden und Druck aufsetzen», verteidigt Bozzetti den Fax mit der Provisionsforderung, den er dem VfB zukommen liess. Allerdings war ihm schnell einmal klar, dass er lediglich beim Spieler selbst Forderungen würde stellen können. «Das habe ich dann auch getan. Denn irgendwo hört die Freundschaft auf.» Die beiden alten Bekannten einigten sich schliesslich, denn, so sagt Bozzetti: «Zwei Tage später brauchte mich Hakan wieder, um den Vertrag mit dem FC Basel auflösen zu können.»

Auch in den missglückten Transfer Hakan Yakins zu Paris St-Germain war Bozzetti involviert. Er reiste zur Vertragsunterzeichnung mit in die französische Hauptstadt. «Ich hatte von Anfang an den Eindruck, Hakan wolle diesen Wechsel gar nicht vornehmen», so Bozzetti im Rückblick. «Aber das Positive daran war, dass Hakan in jener Zeit gemerkt hat, wer seine wirklichen Freunde sind.» Zu denen zählt sich Bozzetti selbstredend. Denn als Yakin die Nase voll hatte von der Kapitale an der Seine, da rief er Bozzetti an und bat ihn um Hilfe. Dieser brach seinen Urlaub in der Türkei ab und eilte nach Paris.

Auch in diesem Fall kam das ungeschriebene Yakin'sche

Immer an der Seite der Yakins: Peter Bozzetti, der Versicherungsangestellte, der im Zweitberuf eine Art provisionsberechtigter «Handlanger» der Yakins ist.

Gesetz zur Anwendung, wonach der, welcher der Familie einmal in einer schwierigen Situation geholfen hat, dafür belohnt wird. Bozzetti wurde, nachdem er seine Mission erfolgreich erledigt und den Transfer zu PSG rückgängig gemacht hatte, mit dem Dossier «Frankreich» betraut. Dieses beinhaltet eine Schadenersatzforderung an PSG, weil der französische Verein von seinem Vierjahresvertrag mit Yakin zurückgetreten war. In einem ersten Gerichtsverfahren im Frühling 2004 bot PSG der Partei Yakin einen Betrag an, um die Angelegenheit vergessen zu machen. Bozzetti wertet dies als Schuldeingeständnis. Zu einer Einigung kam es noch nicht, die Rechtsvertreter des Spielers fordern eine Summe im siebenstelligen Bereich. Löst Bozzetti zusammen mit den verpflichteten Anwälten diesen Fall, dann kassiert er eine Beteiligung.

Im turbulenten Sommer 2003, als Hakan Yakin sich zwischen Stuhl und Bank – zwischen PSG und dem FC Basel – wiederfand, da meldete sich der Spielervermittler Dino Lamberti bei Bozzetti. «Ich habe einen Verein, der einen Typen wie Hakan sucht. Du hast den Spieler. Machen wir halbe-halbe», bot ihm Lamberti an. Beim

Club handelte es sich um Fenerbahce Istanbul. Der Deal scheiterte letztlich, da sich die Türken wegen der unsicheren Rechtslage zurückzogen. Die Frage, ob Hakan Yakin, zu diesem Zeitpunkt eigentlich in vertragslosem Zustand, wirklich ablösefrei gewesen wäre oder nicht, konnte niemand schlüssig beantworten.

Doch Lamberti gab nicht so schnell auf. «Er ist ein guter Bekannter von Christoph Daum», sagt Bozzetti, «weil er im Kokainprozess für den Deutschen ausgesagt hat.» Der Trainer von Fenerbahce meldete sich in den folgenden Monaten immer wieder telefonisch bei Hakan Yakin, auch im Dezember 2003, als die Yakins mit Bozzetti zusammen in St. Moritz in den Ferien weilten. Darauf kam es im Januar 2004 zum Transfer-Hickhack, im Zuge dessen Bozzetti gemäss eigener Aussage misstrauisch wurde. «Als sich der VfB Stuttgart für Hakan zu interessieren begann, da verdoppelten die Türken plötzlich den Lohnvorschlag. Ich wusste nicht, dass Lamberti einen derart grossen Spielraum hatte beim Salär. Das war einfach nicht mehr seriös.» Sein Protégé Yakin wisse auch, auf wen er wütend sein müsse, dass die Vorvertragsofferte von Fenerbahce im «Blick» publiziert wurde. «Da hat uns Lamberti schwer enttäuscht.» Ausserdem sei man sich mit dem Club vom Bosporus zwar weitgehend einig gewesen, «aber in dieser Absichtserklärung waren einige Punkte durchgestrichen».

Wie dem auch sei. Hakan Yakin landete am Ende in Stuttgart, Bozzetti wurde abgefunden, womit auch seine Welt wieder in Ordnung war. «Ich wurde bei jeder wichtigen Entscheidung in der Laufbahn der Yakins beigezogen», rühmt sich Bozzetti. Wenn es auf irgendeiner Ebene Probleme gebe, dann werde er ohnehin gefragt. Seine Devise ist dabei klar: «Ein Fussballer muss das Geld da abholen, wo es abzuholen ist, und zwar das Maximum.» Dabei verhielten sich seine Freunde aus Münchenstein schlau. Murat Yakin sei ohnehin sehr ausgebufft. «Dafür, dass er eine bescheidene Ausbildung genossen hat, verhält er sich schlicht sensationell», ist Bozzetti begeistert. Der ältere der Yakins sei eben ein «Monsieur», ja ein «Sir». Das wiederum zahle sich bei Verhandlungen aus. «Die Yakins holen stets das Beste für sich heraus.» Weil das Beste eben nicht gut genug ist, hat Bozzetti ein neues

Projekt. Murat Yakin soll künftig von der Firma «Speeed», deren Inhaber Boris Becker ist, vermarktet werden. «Die haben angefragt.» Da praktischerweise ein Verwandter Bozzettis bei «Speeed» arbeite, sei das Unterfangen auf gutem Weg.

Marc Walder, Chefredaktor «Schweizer Illustrierte»
Die schweizerische Traumfabrik ist von aussen schmucklos. Ein Bürogebäude wie so viele andere auch. Mitten in Zürich, an der Höschgasse, ist die «Schweizer Illustrierte» (SI) zu Hause. Wer aussen vorbeigeht, der kommt nicht auf den Gedanken, dass in diesen Räumlichkeiten Stars gemacht werden.

Innen steht der Mann, der mitbestimmt, wer in der Schweiz prominent ist und wer nicht, vor einer Wand, auf die sämtliche Titel der meistgelesenen People-Zeitschrift des Landes – über eine Million Leser greifen wöchentlich zum Blatt mit den Hochglanzseiten – abgebildet sind. Die einzelnen Ausgaben sind versehen mit einer Art Diagramm; es zeigt an, mit welcher Nummer die SI wie viele Exemplare am Kiosk verkaufte, was wiederum massgeblich vom Titelthema abhängt. Marc Walder, der Chefredaktor, ist der Pulsfühler der Nation. Er weiss, wer beim Publikum ankommt. Der Kioskverkauf macht teilweise mehr als ein Viertel der Auflage der SI aus. Walder nennt ihn «die grösste wöchentliche Volksbefragung in der Schweiz». So gesehen ist die SI der Seismograf, der die Beziehung der Bevölkerung zu den Schönen und Reichen des Landes misst.

Mitten auf einer der Grafiken findet sich die Nummer 27 des Jahres 2003. Von der Frontseite lächeln einem Murat Yakin und seine Freundin Anja aus Mallorca entgegen. Der Zirkel jener, die es auf die erste Seite schaffen, ist exklusiv und beschränkt. Dreissig bis vierzig Personen, schätzt Walder, erscheinen regelmässig als Appetitanreger zuvorderst im Blatt. Murat Yakin gehört dazu, Walder stuft ihn in die gleiche Gewichtsklasse ein wie beispielsweise Bundesrat Christoph Blocher, Tagesschau-Sprecherin Katja Stauber oder Alinghi-Besitzer Ernesto Bertarelli.

«Murats Stellenwert hat weniger mit seinen sportlichen Leistungen zu tun als mit seiner Position in der Gesellschaft.» Walder

Kuscheln für die Magazine: Murat gehört zu den meistfotografierten Menschen in der Schweiz. An seiner Seite taucht auch Freundin Anja auf den Titelbildern auf.

Einer der Top 30: Auf die Titelseite der «Schweizer Illustrierten» schaffen es jeweils nur die 30 prominentesten Schweizer. Murat Yakin gehört seit Jahren dazu.

weiss genau, wie gut der Captain des FC Basel bei Politikern, Werbern und anderen Meinungsmachern ankommt. Sogleich verspricht der Chefredaktor: «An dem Tag, da er Vater wird, kommt Murat auf das Titelblatt.» Der höchste Journalist der Illustrierten ist sich bewusst, dass Murat Yakin auch in Sachen Mode ein Trendsetter ist. Eine Eigenschaft, die für die SI ebenfalls willkommen ist, da sie sich neben Herz-Schmerz und grossen Romanzen auch die Bearbeitung des Gebietes Lifestyle auf die Fahne geschrieben hat.

Marc Walder ist ein Schnelldenker mit analytischen Fähigkeiten. Er gilt als seriös und ausgesprochen fleissig. Bevor er den Posten als Chefredaktor der SI übernahm, war er als Sportchef des «Blick» tätig gewesen. Bis heute gilt er als Idealbesetzung für diesen Job, der normalerweise dem berühmten Platz auf dem Schleudersitz gleichkommt. Seine Nachfolger bei der Tageszeitung vermochten die Lücke bei weitem nicht zu schliessen, die er hinterliess. In seiner Funktion als Sportchef des «Blick» hatte er gegen Ende der 90er-Jahre Murat Yakin kennen gelernt. «Er war ganz anders, als ich erwartet hatte», sagt Walder. Es sei ein krasser Widerspruch zu jenem Bild gewesen, das er von Yakin gewonnen hatte, als er diesen noch nicht persönlich kannte. Die ausgeprägte Höflichkeit und Freundlichkeit, mit der ihm Yakin begegnete, hat ihn beeindruckt. Und beim gemeinsamen Tennisspiel erkannte Walder, der einst an der nationalen Spitze der Racketkünstler dabei gewesen war, Murat Yakins Talent und sein Ballgefühl. «Ich habe nur noch einen Fussballer erlebt, der ähnlich gut spielte.» Das war Patrick Müller, der Partner Yakins in der Innenverteidigung der Schweizer Nationalmannschaft.

Für Walder hat Murat das grössere «Liebling-Potenzial» als Hakan, der eigenwilliger und schwieriger einzuordnen sei. Er spreche eher die Leute an, die sich primär für Fussball interessierten. Deswegen schaffte es Hakan Yakin auch nicht mit Foto auf die Titelseite der SI, als er dem Blatt zwei «gute Geschichten» (Walder) lieferte: die Geburt seiner Tochter Sheyla sowie die Trennung von Freundin Tanja. «Murat dagegen ist mehrheitsfähig. Er spricht etwa auch eine Schweizer Frau an, für die der Fussball nur sekundär ist.» Der ältere der Yakins verfüge über Sex-Appeal mit seinen schwarzen Haaren, den lieblichen Augen und seinem muskulösen Körper.

«Die unterschiedliche Wahrnehmung der beiden ist vergleichbar mit der Resonanz, die vor zehn Jahren Boris Becker und Michael Stich in Deutschland hatten», erklärt Walder. Becker war der Favorit der Massen, Stich vermochte nie aus dem Schatten seines Rivalen zu treten. Mit der Leistung habe dies nichts zu tun, sondern mit dem, was man gemeinhin als Aura bezeichne. Und Hakan sorgte in den Jahren 2003 und 2004 für zu viele Negativschlagzeilen im Zusammenhang mit seinen gescheiterten, angestrebten sowie vollzogenen Transfers. Murat verfüge diesbezüglich über mehr Weitsicht. Die Art allerdings, wie Hakan in der Öffentlichkeit mit der Trennung von Tanja umging, empfand Walder als souverän. Muss er ja auch – schliesslich gab der Fussballer seiner Illustrierten ein Exklusiv-Interview zu dem Thema. Bei solchen Geschichten werde mit dem betroffenen Prominenten ein Vorgespräch geführt, zudem habe der Star die Gelegenheit, den Text gegenzulesen, ehe er erscheint. «Ich würde in einer solchen Situation auch zur SI gehen», versichert Walder wenig überraschend. Denn kein anderes Medium gehe schonungsvoller mit den kleineren und grösseren Tragödien von Prominenten um. «Hakan wusste, dass er sich irgendwann öffentlich dazu äussern musste, und er hat sich sehr genau überlegt, wo er dies tut. Die SI bot ihm eine gute Plattform, er verlor nie die Kontrolle über die Darstellung seines Problems.»

Für eine SI-Werbekampagne im Frühjahr 2004 spannten die Macher des Blattes und die Werber Hakan ein. «Er polarisiert mehr als Murat», begründet Walder. «Wer Hakan Yakin abends flachlegt», lautet der Slogan, der sich nahtlos einreiht in Sprüche wie «Wer Bernhard Russi um die Ohren fährt». Die Auflösung im Falle des ehemaligen Skifahrers lautet: sein Coiffeur. Bei Hakan Yakin ist es der Masseur.

Als «absolut geniale Person» bezeichnet Walder Emine Yakin. Sie widerspreche sämtlichen Klischees, die über eine Fussballer-Mutter kursieren. «Sie ist kein bisschen abgehoben und wirkt unglaublich echt in ihrem Auftreten.» Auch die Konsequenz, mit der die Einwanderin ihre Söhne zur Profi-Karriere anspornte, beeindruckt den Chef der SI.

Den Yakins schreibt Walder aber auch eine ausgesprochen wichtige gesellschaftspolitische Rolle zu. Sie, die türkische Wurzeln haben, sind in der Gesellschaft der Schweiz fest etabliert. Für einen Shuttle-Betrieb zur Fussball-Europameisterschaft 2004 in Portugal, den die Zeitschrift zusammen mit der Airline Swiss organisierte, liess Walder Jubelbilder der Schweizer Nationalmannschaft im Verlaufe der Qualifikation suchen. Dabei kam ihm ein Foto in die Hände, das genau diese gesellschaftspolitische Relevanz der Yakins ausdrückt. Darauf zu sehen sind nämlich die beiden Brüder, wie sie nach dem Erreichen des grossen sportlichen Ziels im Stadion mit der Schweizer Fahne in der Hand eine Ehrenrunde drehen. «Für das Verhältnis zwischen Schweizern und Ausländern der zweiten Generation sind solche Bilder unbezahlbar», sagt Walder.

Die Prominenz wähle die SI, um über sich berichten zu lassen, weil das Ringier-Produkt eine hohe Glaubwürdigkeit aufweise und die bekannten Gesichter positiv positioniere. Die Leute, über die berichtet werde, wüssten, was sie erwarte. «Die Yakins sind in der Zusammenarbeit sehr professionell.» Was wohl auch damit zusammenhängt, dass die Münchensteiner Brüder sehr gerne für Fotoshootings posieren, weil ihnen diese Arbeit Spass bereitet. Nur die telefonische Erreichbarkeit sei bei Hakan nicht eben überragend. Diese Erfahrung indessen darf Walder mit manchem Journalisten-Kollegen in der Schweiz teilen. Besonders dann, wenn die Zeichen auf Sturm stehen, neigt der jüngere der Yakins dazu, sich abzuschotten. Kontakt hält er in diesen Momenten nur noch mit dem «Blick» und der «Basler Zeitung».

Die «Schweizer Illustrierte», so betont Walder, bezahle nichts für die farbigen Geschichten über Stars und Sternchen. Was vorkommen könne, sei, dass den abgebildeten Berühmtheiten zu guten Konditionen verholfen werde, etwa wenn es darum gehe, Ferien zu machen. «Wenn die Yakins ins Kempinski in St. Moritz gehen wollen, dann bemühen wir uns um einen guten Preis für die beiden. Denn schliesslich profitiert auch das Hotel von der Anwesenheit der Prominenz.» Die SI berichtet dann in der Folge über den Aufenthalt der zwei Fussballer in der Bergwelt. So gesehen ist die Beziehung für alle drei Partien nützlich. Könnte Walder eine Wunschgeschichte mit den Yakins bestellen, dann sähe diese – so der hochrangige Journalist augenzwinkernd – wie folgt aus: «Die Schweiz wird Europameister im Fussball. Tags darauf gibt Murat seine Hochzeit bekannt und Hakan seine Wiedervereinigung mit Tanja.» Zu lesen bekäme man diese rührende Story selbstredend in der «Schweizer Illustrierten». Exklusiv. Vielleicht wird der Traum des obersten Wächters der schweizerischen Traumfabrik ja irgendwann wahr.

Heinz Bühlmann, Vertrauensarzt

Manchmal ist der Wartesaal in der Praxis von Heinz Bühlmann prall gefüllt mit Patienten. Der Bekanntheitsgrad des Orthopäden aus Zürich rührt daher, dass er immer wieder Spitzensportler zu seinen Kunden zählen durfte – beispielsweise die ehemalige Weltnummer eins im Frauentennis, Martina Hingis.

Steht in der Öffentlichkeit wie seine prominentesten Kunden: Der Zürcher Arzt Heinz Bühlmann, eine wichtige Vertrauensperson der Yakins.

Das Zimmer mit den Heftchen, welche die Wartezeit verkürzen sollen, war besonders gut belegt, als Murat Yakin erstmals die Räumlichkeiten betrat. Eine Stunde lang wartete der Jungprofi von den Grasshoppers darauf, an die Reihe zu kommen. Als er immer noch nicht aufgerufen wurde, verliess er das Haus verärgert. Das hätte der juvenile Fussballer besser unterlassen. Denn wie nicht anders erwartet, bekam GC-Sportdirektor Erich Vogel Wind vom französischen Abgang seines Angestellten und wusch ihm ordentlich den Kopf.

Auch sonst war die Beziehung zwischen Bühlmann und dem älteren der Yakins anfänglich von einigen Unstimmigkeiten geprägt. «Ich musste mit ihm ein paar ernste Worte über Ernährung wechseln», sagt der Arzt. Ausserdem empfand Yakin anfangs die von Bühlmann verordneten Therapien als lästig. «Ich erwarte von einem Spieler, der bei mir in Behandlung ist, absolute Professionalität», eröffnete Bühlmann dem renitenten Jüngling, nachdem dieser wieder einmal die sonntägliche Physiotherapie ausgelassen hatte. «Ich musste ein bisschen böse werden», erinnert sich der

Orthopäde. Nach den ersten erfolgreich behandelten Blessuren jedoch hatte Yakin begriffen, warum Bühlmann mit ihm so hart ins Gericht gegangen war. «Er hatte von Beginn seiner Karriere an diffizile Muskeln», sagt der Arzt. Nur mit zusätzlichen Trainingseinheiten habe man diese Schwierigkeiten dämpfen können.

Bühlmann gilt als einer, der öfter mal auf Konfrontationskurs mit Clubärzten oder Trainern geht; man frage nach bei Christian Gross, mit dem er während dessen GC-Zeit manchen Strauss ausfocht. Er stellt gerne öffentlich Diagnosen (in den meisten Fällen via «Blick»), die sehr pessimistisch sind. «Es geht darum, den Druck vom Athleten auf mich zu verlagern», erklärt er seine Vorgehensweise. Das war so, als Hakan Yakin mit doppeltem Leistenbruch in Paris weitertrainieren musste, obschon die Schmerzen täglich stärker wurden. «Ich scheue den Konflikt nicht», bekennt Bühlmann. In diesem Sommer 2003 musste er sich von den Ärzten des französischen Vereins einiges anhören. «Es stört mich nicht, wenn man mit dem Finger auf mich zeigt. Damals war ein junger Mensch offensichtlich am Verzweifeln. Da stellte ich mich wie eine Wand zwischen ihn und seinen Arbeitgeber.»

Wochen später stand Bühlmann im Zentrum der Aufregung um den «Knöchel der Nation», als Hakan Yakin den Wettkampf mit der Zeit gewann und zum entscheidenden EM-Qualifikationsspiel der Schweiz gegen Irland auflaufen konnte. Auch in diesem Fall hatte Bühlmann die Erwartungshaltung zu steuern versucht und zunächst von einer äusserst geringen Einsatzchance gesprochen, eine Taktik, die ihm auch harte Kritik einbrachte. Im letzten Moment meldete er den Hoffnungsträger des Teams als spielfähig.

«Die Yakins sind Ballverrückte», erkannte Bühlmann früh. Deswegen liess er sich auch etwas Besonderes einfallen, um die Fortschritte nach einer Verletzung zu testen. «Ich biete Murat jeweils zum Tennisspiel auf. Dann kann ich ihn, während wir gegeneinander antreten, beobachten, ohne dass er es merkt.» Nach wenigen Minuten sei ihm dann jeweils klar, ob der Heilungsprozess abgeschlossen sei. Das erkenne er an der Art, wie sich sein Gegenüber bewege. Eine Martina Hingis konnte er nicht gut zum Tennisspielen auffordern. Also betätigte sich Bühlmann mit der Ausnahmekönnerin zu Testzwecken auf dem Basketballfeld.

Bühlmann ist für die Yakins mehr als ein Arzt. Er hielt den Kontakt mit Murat Yakin aufrecht, als dieser in Stuttgart nicht mehr zu Rande kam, als er in der Türkei nicht mehr ein und aus wusste. «Er hat mir viele Sorgen bereitet», äussert Bühlmann zurückblickend. Nun ist dadurch eine Freundschaft entstanden. «Bühlmann hat etwas Väterliches an sich», hat Peter Bozzetti erkannt. Wiederum spielt seitens der Fussballer der Mechanismus: Der hat Gutes für uns getan. Murat Yakin bezeichnet ihn als Freund, für Hakan ist er schlicht der beste Arzt, den er kennt. Von anderen Doktoren lassen sich die Baselbieter nur widerwillig behandeln. Erfolgreich beendete Behandlungen feiern Bühlmann und die beiden Münchensteiner jeweils mit einem guten Essen. Und das – aus Murats Optik – Beste an der Geschichte: Nie mehr muss der Fussballprofi warten, wenn er in Bühlmanns Praxis aufkreuzt.

Das Netz, das die Yakins trägt und dessen Träger sie mit ernähren, in all seinen Strängen und Enden zu schildern, würde jeden Rahmen sprengen. Weitere Figuren im dichten Geflecht sind mit Sicherheit noch Erich Vogel, der umtriebige Sportdirektor, der im Hintergrund die Fäden zieht. Oder die Kumpels aus der Jugendzeit, die bis heute Freunde der Yakins geblieben sind. Zu ihnen gehören neben der alles überragenden Familie auch die Mitspieler vergangener Concordia-Jahre, nach denen sich gerade Murat oft sehnt, wenn ihm das Fussballer-Leben im Hotel oder in der Anonymität des Auslands auf die Laune drückt.

Das System der Yakins ist im Grunde genommen perfekt abgestimmt, es erfüllt je nach Zeit, Laune und Umständen die Bedürfnisse der beiden Hauptdarsteller, aber auch die ihrer Entourage. Verbindungen sind in diesem Netz fast beliebig möglich, Petralito trifft Balmelli, Siegrist verhandelt mit Sponsoren, Bühlmann liefert dem «Blick» die nächste Schlagzeile, und Bozzetti sucht den nächsten möglichen Vertragspartner, so lange, bis neue Gelder im Millionenunternehmen Yakin akquiriert sind. Wenn es zum Geschäft kommt, dann steht die «Yakin GmbH» bereit. Über diese Gesellschaft laufen die Deals der beiden Brüder. («Schliesslich muss ich diese Einnahmen nicht über das Lohnkonto laufen lassen», sagt Murat.) Auch die Familie profitiert von der hauseigenen Firma, zum Beispiel die Brüder, die ihre Autos über die GmbH leasen – was Murat nur dann ein Dorn im Auge ist, wenn die fotografierten Geschwindigkeitsübertretungen in Form von mächtigen Bussbescheiden ins Haus flattern.

Die Yakins wissen um ihre Attraktivität und dass ihre Spezialitäten auf ein spezielles Interesse stossen. «Ich denke», sagt Murat, «die Leute wollen das, was über das Normale hinausgeht. Auf dem Spielfeld wie auch im täglichen Leben.» Das verkörpern die selbst- und modebewussten Yakins in der Tat. «Uhren, Klamotten, Lifestyle – solche Dinge vermarkte ich gerne», erklärt Murat. Und dies mit beachtlichem Erfolg. Die nationale Kampagne für die Uhrenfirma Carrera läuft dermassen gut, dass sich bereits andere Niederlassungen nach dem Schweizer Model erkundigt

Profis auch als Model: Hakan wird gestylt vor einem Mode-Fotoshooting im Basler Hotel Teufelhof. An dieser Arbeit hat er fast so viel Spass wie an jener auf dem Rasen.

Murat, der Dressman: Der Fussballer weiss um seine Attraktivität. Also bedient er gerne auch die Leute, die – wie er sagt – «das wollen, was über ‹das Normale› hinausgehe».

haben, diejenige aus Holland und die aus Japan! Motto: «Wir kennen diesen Typen zwar nicht, aber er wirkt so gut.»

Die Yakins wissen, dass sich viele Leute auch an sie klammern, weil sich mit ihnen ohne grosses Zutun Geld verdienen lässt. Das stört weder Hakan noch Murat, wenn sie dabei selber nicht zu kurz kommen. Ausserdem glauben sie zu wissen, wo sie die Grenzen zwischen Freunden und Parasiten zu ziehen haben, wenngleich die chaotisch verlaufenen Transfers ihre Ursachen nicht nur in fehlendem Know-how hatten. Zu oft spielten auch finanzielle Interessen von Beratern mit, welche die Yakins gar nicht kannten, bevor sie plötzlich am Verhandlungstisch auftauchten.

Die Probleme in Spezialsituationen wie internationalen Transfers dürfen aber nicht darüber hinwegtäuschen, dass im Alltag das gespannte Netz verblüffend gut funktioniert. Im Idealfall ergibt sich ein höchst symbiotisches Zusammenwirken verschiedenster Interessen. Das Geschäft blüht jedenfalls, und wenn einer eines Tages auf die Idee kommen sollte, den Gesamtumsatz der Marke Yakin zu beziffern, dann wird er staunen, auf

Lächeln, so weit die Linse reicht: Die Zeit für ein Foto ist bei Murat selten zu knapp bemessen (hier für ein Interviewbild mit der «Basler Zeitung»).

Mit Schlapphut im Gesicht und trotzdem für jeden erkennbar: Murat während einer Verletzungspause auf der Tribüne.

welche Summe er kommt; vermutlich wird sie nach dem Karriereende der beiden im mittleren zweistelligen Millionenbereich liegen (sämtliche Vereinswechsel mit eingerechnet).

Das Problem in diesem Netz ist allenfalls, dass zu starke Erschütterungen grossflächig zu spüren sind. Zum Beispiel, wenn der ansonsten willkommene und auch freundlich gestimmte Boulevard mit negativen Schlagzeilen aufwartet – wie etwa im Frühjahr 2004, als Hakan Yakin vor dem Transfer zu Fenerbahce stand und ihm der «Blick» unterstellte, allein dem Ruf des Geldes folgen zu wollen. Die anschliessende tagelange Negativ-Kampagne hatte offenbar zur Folge, dass der attraktivste Sponsorendeal platzte, der Hakan Yakin jemals angeboten worden war: 50 000 Franken pro Jahr soll die renommierte Uhrenfirma Omega dem Schweizer Nationalspieler offeriert haben. Dann aber, mitten in der Debatte, brach Omega den Kontakt ab, offensichtlich um ihr Image fürchtend.

Damit war die Grenze des Tolerierbaren für die Familie überschritten. Erbost griff Murat Yakin zum Telefon und wählte die

Nummer des «Blick»-Reporters Marcel Rohr. Wütend kündigte er die Zusammenarbeit mit dem Boulevard-Journalisten auf. «Ich sagte Rohr, dass derjenige, der diese Geschichten geschrieben hat, sich nie mehr melden müsse.»

Darauf fand das «Herumhacken auf Haki», wie Murat es nennt, ein Ende – und Hakan mutierte auf wundersame Weise vom vergoldeten Flüchtling zum Auslandstar. Als der VfB in Köln spielte und Hakan erstmals nach seinen Sonderschichten in Sachen Konditionstraining wieder mittun konnte, besang der «Sonntags Blick» seinen Auftritt in den allerhöchsten Tönen: «Haki kämpfte, Haki grätschte, Haki rannte» und so weiter.

Am Tag danach rief der Journalist, der frühere GC-Fussballer Thomas Niggl, bei Murat Yakin an und fragte: «Hast du es gelesen? War doch gut? Oder?» – «Ja, sehr positiv», antwortete Murat, «aber meiner Meinung nach kann man in 20 Minuten keine Weltklasseleistung bringen.» In Tat und Wahrheit bekannte Hakan Yakin nach der Partie (2:2): «Ich hatte grosse Probleme mit dem Stand auf diesem rutschigen Terrain.» Er hatte die längsten Stollen

Autogrammwünsche werden erfüllt: Noch nie hat Murat in seiner Karriere wissentlich ein Kind enttäuscht, das eine Unterschrift von ihm wollte.

Arbeit im Fanbereich: Murat beim Unterschreiben von FCB-Trikots vor dem Eingang zur Garderobe unter der Muttenzer Kurve des St. Jakob-Parks.

montiert, doch zu mehr als drei Pässen reichte es an diesem Tag nicht. «Wir können Kritik ganz gut ertragen, solange sie sachlich und nicht persönlich ist», sagt Murat, «und natürlich will nicht nur der ‹Blick› etwas von uns, sondern wir auch von ihm. Das ist normal. Was ich aber nie tun würde, wäre mich anzupassen, um eine Geschichte zu bekommen. Ich bin ich. Verstellen will ich mich nicht.»

Yakin pur – das zieht in der Schweizer Medienlandschaft. Hier ein Interview mit dem «schönsten Gesicht der Nationalmannschaft» (TV-Magazin «People»), dort ein Fragebogen, wie sich Murat und Hakan parfümieren oder welche Kleidung sie tragen. Und wer Ferienfotos von den beiden veröffentlichen will, der muss ihnen zuerst einmal die Ferien ermöglichen. «Subventionierter Golfurlaub» nennt Murat Yakin jene Story der «Schweizer Illustrierten», die ihn mit Freundin Anja beim Kuscheln fotografieren durfte. Die Reaktionen darauf waren gemischt, es folgten ein paar Leserbriefe, in welchen die steten Yakin-Berichte kritisch dargestellt wurden. «Anja war darüber nicht sehr erfreut», erzählt Murat, «ich habe sie gefragt: ‹Warum so sauer? Das ist doch nicht unser Problem.› Für sie aber war das alles Neuland.»

Das System vom Geben und Nehmen in allen Lebenslagen, wie es die Yakins meisterhaft beherrschen, will erst einmal gelernt sein.

Das Bad in der Menge jugendlicher Fans: Hakan vor seinem ersten Einsatz mit dem FC Basel nach der Rückkehr aus Paris.

Rückschläge

Es ist, wie wenn dir einer die Lichter löscht.
(Murat Yakin zum Tod seiner Freundin Diana)

Abschied von Diana
Rückschläge kennt jeder, der schon mal Fussball gespielt hat, ein Formtief etwa. Oder im schlimmeren Fall eine Verletzung, vielleicht sogar eine jahrelange Pechsträhne. Murat Yakin weiss, was es heisst, Aufbautrainings nach Blessuren zu leisten. Auch Hakan hat seine Erfahrungen gemacht, wie lange es dauert, bis Bänderrisse geheilt sind. Kurzum – wer Fussball spielt, hat eine Ahnung davon, was Verletzungen sind, gebrochene Knochen, gerissene Bänder, gezerrte Muskeln. Mit körperlichem Schmerz hat jeder Profi schon leidige Erfahrungen gemacht.

Den seelischen Schmerz in Worte zu fassen, fällt schwerer. Acht Tage waren vergangen seit den grössten Jubelfeierlichkeiten, welche die Stadt Basel nach dem Doublegewinn des FCB im Jahr 2002 jemals erlebt hatte. Die Spuren der letzten grossen Party nach dem Cupsieg gegen GC vom 12. Mai waren noch nicht verwischt, der Siegestorschütze Murat Yakin erholte sich bei einem kurzen Golfurlaub im Tirol, als ihn die unfassbare Meldung erreichte, seine Freundin Diana sei tot, gestorben nach einem Sprung vom Basler Wasserturm – ein Freitod, der die Herrlichkeit jedes Fussballsieges relativiert. Es war die Tragödie im Schatten des grellen Lichts, das auf den gefeierten Captain des FC Basel gefallen war, eine Tragödie, über die sich Murat Yakin noch immer täglich Gedanken macht.

«Es ist, wie wenn dir einer die Lichter löscht», schildert er jenen Moment, als ihn die Nachricht ereilte, «die Situation war grausam.» Unverzüglich kehrte er nach Basel zurück, und in der Heimat, in der gemeinsamen Wohnung, packte ihn jäh und in seiner geballten Kraft das Elend dieses Todesfalls. Diana war mit dem Leben an der Seite des Mannes, den sie liebte, nicht mehr klargekommen. Sie hatte den Murat, in den sie sich 1993 an einer Hochzeit verliebt hatte, an die Öffentlichkeit verloren. «Es war Liebe auf den ersten Blick gewesen», sagt Yakin, dessen Wandlung vom wenig beachteten Talent («am Anfang war ich niemand») zum gefeierten Star die Freundin überforderte. «Vielleicht habe ich die Gefahren unterschätzt, welche das Leben eines Fussballers für andere Menschen mit sich bringt», sagte Yakin zwei Jahre nach der Tragödie. «Das Leben an der Seite eines Stars ist extrem schwierig, er steht immer in der Öffentlichkeit, ist wenig zu Hause, und überall stehen Groupies herum.»

In der Leere der Wohnung fand Murat Yakin Dianas Abschiedsbrief. «Sie schrieb, dass sie mir keine Verantwortung für ihren Tod in die Schuhe schieben wolle. Sie kam als zweite Person in unserer Beziehung einfach nicht mehr klar und wählte einen Weg, den ich akzeptieren muss, so hart es bis heute auch geblieben ist. Ich stand immer zu ihr. Sie wird immer in meinem Herzen sein.»

Ein nachdenklicher Murat Yakin: Nebst vielen Erfolgsmomenten erlebte er auch einen schweren Schicksalsschlag.

Dianas Tod hat Murat Yakin äusserlich nicht verändert, aber tief in seiner Seele hat er eine Gedankenwelt geschaffen, die er wie einen zerbrechlichen Schatz hütet, während draussen das Leben weitergeht. «Der Fussball hat mir geholfen, über Dianas Tod hinwegzukommen», sagt Yakin. Der Beruf, dessen Schattenseiten im Innern jene Lichter zu löschen vermag, die nach aussen immer so hell gestrahlt hatten.

Trennung von Tanja
Kurz nach der Geburt tauchte der Götti mit Champagner auf. Murat Yakin war in der Nacht auf den 4. November 2003 ins Frauenspital in Basel geeilt, um seine Nichte kennen zu lernen. Empfangen wurde er von Hakan, der vor Stolz fast platzte. Sheyla nannten Hakan und seine Freundin Tanja ihre Tochter.

Das Jahr 2003 war für Hakan Yakin ein äusserst bewegtes gewesen. Die Champions League mit dem FC Basel, der Kurzzeit-Transfer zu Paris Saint-Germain, die Rückkehr nach Basel, die Verletzungen, die erfolgreiche EM-Qualifikation mit der Nationalmannschaft, abermals eine Blessur. «Ich war fast nie zu Hause, was die Beziehung zwischen Tanja und mir belastete.» Tanja war mit nach Frankreich gereist, und Yakin ist rückblickend froh, dass die Schwangerschaft angesichts des Stresses ohne Komplikationen verlief.

Die Frau an der Seite des prominenten Sportlers konnte mit all den Negativgeschichten in den Medien nicht so locker umgehen wie der Fussballer selbst. Irgendwann war der Punkt erreicht, an dem es nicht mehr weiterging. Hakan und Tanja trennten sich. Was für Aufsehen sorgte, war der Zeitpunkt kurz nach der Geburt von Sheyla.

Seit er sein Geld in Stuttgart verdient, ist es für den Profi schwieriger geworden, seine Tochter zu sehen. Nicht nur deswegen ist er darauf bedacht, zu Tanja ein gutes Verhältnis zu pflegen. So reist die Mutter mit Sheyla des öfteren nach Deutschland, und wenn Yakin an freien Tagen in der Schweiz weilt, dann besucht er seine Familie. «Sheyla ist ein sehr aktives Kind, das sagen auch die

Ärzte», freut sich der Fussballer. Ausserdem will er bereits Tendenzen ausgemacht haben, dass seine Tochter beim Kicken des Balles den linken Fuss bevorzugt – so wie er selbst. Mit Tanja erlebt er seit der Trennung, die gegenseitig beschlossen wurde, bedeutend mehr Harmonie als zuvor, die beiden telefonieren täglich miteinander. Schliesslich kommt Yakin seinen Unterhalts-

Der Dank an die Freundin: Hakan und Tanja nach dem Cupsieg 2002. Die beiden haben eine gemeinsame Tochter, leben aber mittlerweile getrennt.

pflichten nicht nur dem Gesetz entsprechend nach, er leistet Zahlungen, die weit darüber hinausgehen. «Meine Tochter soll es gut haben», begründet er seine Grosszügigkeit. Selbst das schönste Tor könne nicht mit der Freude mithalten, die er empfinde, wenn er Sheyla sehe.

Tanja ist mit Sheyla in die Region Zürich umgezogen, zurück in ihre Heimat. «Wir brauchen Abstand und setzen uns nicht unter Druck; wir sind schon sehr verschieden», findet Yakin. Tanja müsse nach all den Wirren des Jahres 2003 Kräfte tanken, und er selbst wolle seine Laufbahn nach der grossen Hektik in ruhigere Bahnen lenken. «Ich muss meinen Weg jetzt im deutschen Fussball gehen», sagt er. Voraussetzung dafür sei ein ausgeglichenes Privatleben.

Seine Tochter aber soll nicht ohne Vater aufwachsen, wie er selbst es musste. Da die materiellen Möglichkeiten weitaus grösser sind als in Yakins eigener Kindheit, will er Sheyla manchen Traum erfüllen. «Aber es muss in einem gewissen Rahmen bleiben.» Da Tanja eine begeisterte Reiterin ist, rechnet Yakin damit, dass Sheyla eines Tages mit dem Wunsch nach einem eigenen Pferd an ihn gelangen wird. «Für ein Pony wird es reichen», sagt der Fussballer angesichts seines ordentlich dotierten Vertrages beim VfB Stuttgart.

Irgendwann, wenn beide genügend Abstand gewonnen haben, will sich Hakan Yakin mit Tanja zusammensetzen und die Situation analysieren. Eine Wiedervereinigung schliesst er nicht grundsätzlich aus, dazu fühlt er sich in der Gegenwart seiner einstigen Partnerin zu wohl. Gemeinsame Ferien kann er sich jederzeit vorstellen – wie zum Beweis für diese Behauptung lud er Tanja an die Europameisterschaft im Sommer 2004 in Portugal ein.

Ein Foto, das Christian Gross und die Ernährungswissenschafter auf die Palme treibt: Murat in der Hängematte inmitten seiner geliebten Gummibärchen.

Das Yakin-Gen

Besiktas, Besiktas.
(Hakan Yakin in Argentinien)

Die Wissenschaft macht es möglich, dem Geheimnis des Menschen auf die Schliche zu kommen. Stück für Stück sieht sich der Homo sapiens seziert, in seine DNA-Struktur zerlegt, bis das letzte Gen die letzten Antworten auf die letzten offenen Fragen gibt. Dann aber kommt die nächste Herausforderung, wenn es darum geht, das Yakin-Gen zu untersuchen.

«Zwischen Genie und Wahnsinn» hat Gigi Oeri die beiden schon angesiedelt. Tolle Typen, arrogante Säcke, Freunde, Schnösel, Lieblinge, Hassfiguren, umjubelte Fussballer, ausgepfiffene Fussballer, phlegmatisch, pfiffig, witzig, selbstgerecht, naiv, berechnend, liebenswürdig, kindisch, sozialkompetent, egoistisch – wer Murat und Hakan Yakin sehen will, der tut dies auf seine eigene Art und Weise. Die Gefahr jedoch ist, dass das Klischee die Sichtweise bestimmt und nicht das wirkliche Wesen.

Frappant ist das Selbstverständnis, mit denen sie Dinge tun, die anderen nicht im Traum einfallen würden. Zum Beispiel, wenn der immerhin 16-jährige Murat für die Familie nach einer grösseren Wohnung Ausschau hält. Zufälligerweise war 1990 im Haus der Mutter an der Christoph Merian-Strasse eine grössere Wohnung frei geworden. Murat Yakin eilte in der Folge zur Post und liess den Telefonanschluss in die vermeintlich neue Bleibe umleiten. Hausverwalter Erhard Leimgruber kann sich, wie er in der «Schweizer Familie» erzählt, gut an diesen Moment erinnern: «Murat erklärte mir, die Familie werde jetzt in die neue Wohnung einziehen, die Post habe das bewilligt.» Daraufhin erklärte Leimgruber dem juvenilen Yakin-Oberhaupt, dass für die Wohnungsvergabe nicht die Post, sondern die Hausverwaltung zuständig sei. Es wird keiner auf die Idee kommen, Murat Yakin in dieser

Situation etwas Berechnendes zu unterstellen. Naivität ist bestimmt die treffendere Bezeichnung.

Weniger lustig fand Leimgruber, wie Yakin gleichen Orts später seinen Sportwagen zu parkieren pflegte – auf dem Trottoir. «Wie auf dem Fussballplatz: Hier bin ich, an mir kommt keiner vorbei», so der Abwart, der nach vergeblichen mündlichen Aufforderungen die Sache publik machte. Am Anschlagbrett im Haus an der Christoph Merian-Strasse 4 hing bald ein handgeschriebener Zettel: «Auch FCB-Star Muri Yakin soll bitte das Auto nicht vor dem Haus und in der Strasse parkieren. Der Hauswart.» Überflüssige Schritte waren Murats Sache noch nie gewesen. Umso mehr die Autos. Zum 29. Geburtstag hat er sich einen schönen roten Ferrari geschenkt, der Wagen wurde ihm mit einer roten Schleife dekoriert überbracht. Seither lebt er sein PS-Hobby aus, wobei von schweizerischer Zurückhaltung in diesen Momenten nichts mehr zu spüren ist.

Andererseits: Wer hätte Murat Yakin sein grosses Engagement für die Benachteiligten in diesem Land zugetraut? Wer hätte

Alles nur ein Spiel (rechts der junge Hakan): Es ist die Leidenschaft der Yakins, verbissen den Erfolg zu suchen, aber trotzdem nie zu vergessen, was Fussball ist und bleibt – ein Spiel.

Wo du dich wohl fühlst, da leg dich nieder: Murat bei einer besonderen Form von Schneetraining in St. Moritz. Natürlich war auch hier sofort ein Fotograf zur Stelle.

überhaupt wissen wollen, dass er heimlich eine Stiftung gegründet hatte mit dem Ziel, Behinderten Annehmlichkeiten zukommen zu lassen?

Doch die zur Schau gestellte Lebensfreude kommt in einem Arbeiterstaat wie der Schweiz nicht nur gut an. Vor allem dann nicht, wenn sie mit dem Minimalismus verbunden ist, mit welchem die Yakins liebend gerne provozieren. «Es ist doch eh alles zu verbissen im Fussball», sagt Murat Yakin, «dabei ist es doch ein Spiel, in dem es natürlich auch um viel Geld geht und das ich um jeden Preis gewinnen will. Aber eben – es ist ein Spiel.» Also versucht er das «Coole» zu vermitteln und seine Freiheiten mit Provokationen zu demonstrieren, getreu dem Motto: «Ich mache, was ich will. Aber wenn es darauf ankommt, bin ich für alle da.»

«Wir brauchen solche verrückten Typen wie die Yakins», sagte einst Jörg Stiel, der Captain der Schweizer Fussball-Nationalmannschaft, «Zocker, die einem zeigen, dass es Spass bereiten kann, nicht immer nur normal durch die Gegend zu laufen.» Vielleicht ist das aber auch ein Grund, warum Murat Yakin vermutlich kein grosser Trainer wird. Geht es nach ihm, «dann haben alle die Freiheiten, die sie brauchen, wenn sie am Spieltag Leistung bringen». Er übersieht dabei, dass nicht alle so sein können wie er und sein Bruder Hakan.

Wie die Yakins grundsätzlich am besten funktionieren, hat Mutter Emine einst in Bezug auf Hakan erklärt: «Wenn lieb zu Hakan, dann Hakan gut. Wenn böse zu Hakan, dann Hakan nicht gut.» Dabei muss man sich definieren, was «böse» genau heisst – Kritik? Tadel? Öffentliche Demütigung? Spätestens beim dritten Punkt wird die Schwelle überschritten sein, welche die Yakins im Normalfall tolerieren. Man könnte sagen, sie seien in hohem Masse verletzlich, was aber nicht ganz korrekt ist (sie reagieren auf Kritik wie ihre Mitmenschen); eher zutreffend ist die Feststellung, dass ihr Gerechtigkeitsempfinden sie manchmal überreagieren lässt.

«Wenn lieb zu Hakan, dann Hakan gut. Wenn böse zu Hakan, dann Hakan nicht gut»: Auf welchen Aspekt trifft Emines Bemerkung hier wohl zu?

Anstand gegenüber dem Arbeitgeber: Murat begrüsst die Runde um das FCB-Präsidiums-duo Oeri/Edelmann im VIP-Bereich des St. Jakob-Parks.

Trotzreaktionen zeigen sie – Hakan mehr als Murat – in alle Richtungen. «Wenn wir einen Fehler begangen haben, dann entschuldigen wir uns dafür», formuliert es Murat, «Gleiches erwarten wir auch von den anderen.» Das heisst aber nicht, dass sie ihr Verhalten ändern, wenn ihnen der Anlass nicht wichtig genug erscheint. Warum sich alle Welt daran stösst, dass er «notorisch fünf Minuten zu spät kommt, ohne zu wissen, warum eigentlich», weiss Murat bis heute nicht. Ab und zu packt ihn dann der Ehrgeiz, als Erster in der Kabine zu sein am Morgen. «Dann schauen mich alle an, was mir wiederum ein Rätsel ist. Wichtig ist doch nur, was auf dem Platz geschieht.»

Was die Yakin-Gene betrifft, so hätte es Mutter Emine gerne gesehen, wenn ihr Murat sie schon weitergegeben hätte. Doch bisher wurden noch keine der an Murat teilweise schriftlich herangetragenen Kinderwünsche erfüllt. «Zählt man die Briefe zusammen, in denen ich schon aufgefordert wurde: ‹Murat, mach mir ein Kind!›, dann hätte ich bestimmt schon eine ganze Fussball-

Mannschaft zeugen können», sagt der Umgarnte. So aber muss Emine weiter warten, nicht einmal ihr ziemlich direktes Eingreifen hat bisher genützt.

Einmal wollte sie Murat nach türkischer Sitte verheiraten, als der noch ein Nachwuchsprofi bei GC war. Und als sie einst in Istanbul ihren Sohn besuchte und der eigens noch einen Spezialstecker für die Benutzung des türkischen Kabelfernsehens gekauft hatte (er schaut ansonsten nur deutsche Kanäle über die Satellitenschüssel), sassen sie auf dem Sofa und schauten sich eine Miss-Wahl auf «Star TV» an. «Die da ist hübsch», sagte da Murat beiläufig, doch ehe er sich versah, hatte Emine schon bei der Programmleitung angerufen. «Mein Sohn spielt bei Fenerbahce», sagte sie, «sorgen Sie dafür, dass er dieses Mädchen kennen lernen kann.» Dies konnte Murat Yakin im letzten Moment noch verhindern. «Aber Mutter ist wirklich zu allem fähig.»

Unverheiratet muss er nun weiter damit leben, dass er, wiewohl fest liiert, in den Klatschspalten erscheint. «Viele haben ein falsches Bild von mir», sagt er, der Liebesbriefe nur mit einer

Die Leidenschaft weitervermitteln: Hakan bei einem Training mit fussballbegeisterten Buben und Mädchen in Basel.

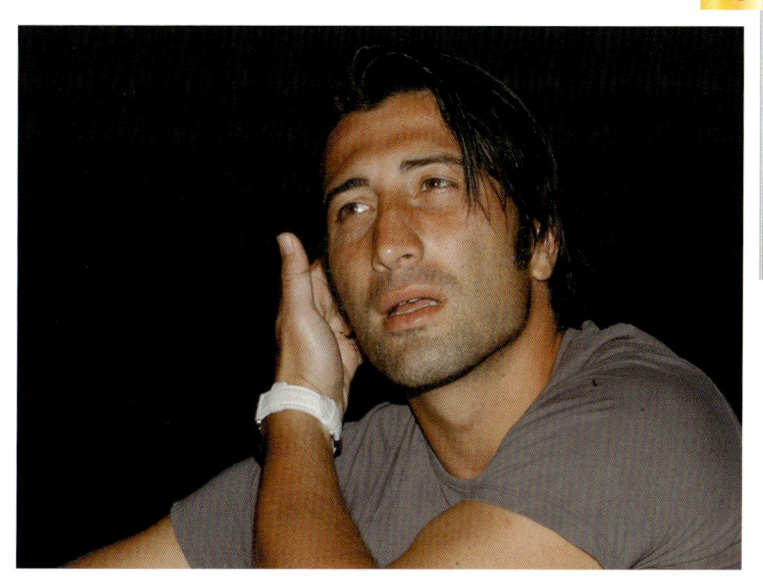

Hätte schon eine neue Mannschaft zeugen können: Murat und die Wünsche der weiblichen Fans («Mach mir ein Kind!»).

Autogrammkarte beantwortet, «wenn ein frankiertes Couvert beigelegt ist». Nicht zurückgeschickt werden die eintreffenden Gummibärchen («pro Tag 200 Gramm»), die gelangen auf direktem Weg und zur Freude der Mitspieler in die Kabine.

Ein Missverständnis ist die öffentliche Wahrnehmung von Hakan Yakin. Natürlich ist er nicht so redegewandt wie sein Bruder, wirkt er in Gegenwart einer Fernsehkamera manchmal unbeholfen und nervös. Doch wer je einen Abend im privaten Rahmen mit ihm verbracht hat, der kennt einen anderen Hakan Yakin: charmant, ausgesprochen witzig und geistreich.

Eine weitere fast versteckte Eigenschaft des Ball-Artisten ist seine Fähigkeit, Fussballspiele zu analysieren. Christian Gross ist einer der wenigen Menschen, die dies erkannt haben. War Yakin in seiner zweiten Basler Phase mal gesperrt oder verletzt, dann schickte ihn der Coach zum Match des nächsten Gegners. Stets erhielt er anschliessend fein säuberlich aufgelistet die gewünschten Informationen.

Nicht nur Bruder Murat kann herzhaft lachen, wenn Hakan Yakin seine Spässe treibt. «Besiktas, Besiktas», murmelte der jüngere der beiden Fussballer im Trainingslager des FC Basel in Argentinien im Januar 2004 laut vor sich hin, als die Debatte um seinen möglichen Wechsel zu Fenerbahce Istanbul auf ihren Höhepunkt zusteuerte. Ganz so, als hätte er von einem weiteren türkischen Traditionsverein auch ein Angebot erhalten.

Der Fussball mit seinem ganzen Drumherum ist für Hakan Yakin primär nach wie vor ein Spiel. Ein Spiel, in das er einst mit sechs Toren einstieg. Solange er sich auf dem Rasen bewegt, macht er instinktiv alles richtig. «Ich weiss nicht, wie ich das gemacht habe», antwortete er nach seinem grössten Auftritt, dem 3:3 des FCB in der Champions League gegen den FC Liverpool, auf die Frage, wie er denn seinen fabelhaften Pass zum 2:0 auf den Teamkollegen Christian Gimenez gespielt habe. Er hatte den Ball einfach intuitiv in exakt den richtigen Quadratmeter des Spielfeldes geschlenzt. Spielerische Leichtigkeit hin oder her: «Alles in allem», so Murat Yakin, «brauchte es viel, um Fussballer zu wer-

Autogramme für die Fans: Hakan und Murat erfreuen einen kleinen Fan, der seine Kappe signieren lassen will.

Ein prominenter Trainingsgast: Murat und neben ihm der Baselbieter Tennisprofi Roger Federer, der im Frühjahr 2004 ein FCB-Training besuchte.

den. Es brauchte Arbeit, Glück und Mut – und in unserem Fall passte am Schluss alles zusammen. Wie in einem Märchen. Es wäre doch kein Buch geschrieben worden über uns, wenn wir nicht das erreicht hätten, worauf wir schon heute zurückblicken können.» Sein Fazit: «So etwas gibt es nie wieder.»

Und wenn die Yakins zusammen mit Ertan Irizik wieder einmal beim traditionellen jährlichen Grillfest sitzen, wenn Ertan und Murat bei ihrem kleinen Bruder die Wettschulden bezahlen, weil dieser die fussballerischen Vorgaben aus dem Vorjahr einmal mehr übertroffen hat, dann dürfen sie feststellen, dass sie ihren Weg an die Spitze des Schweizer Fussballs unter erschwerten Rahmenbedingungen geschafft haben. Murat Yakin weist zu Recht darauf hin, dass er sich jede Wand seines Traumhauses in Reinach eigenfüssig erspielt hat. Hakan hat sich für die Zukunft eine schicke Eigentumswohnung in Binningen gekauft. Nicht alles im Leben der Yakins ist perfekt, aber vieles ist schön. Viel schön.

Fordernder Förderer: Christian Gross hat die Karriere von Murat bei GC und auch in Basel in entscheidendem Masse mitbeeinflusst.

Nachwort

Murat und Hakan Yakin – für mich zwei der aussergewöhnlichsten Spieler, die der Schweizer Fussball jemals hervorgebracht hat.

Kennen gelernt habe ich Murat 1993 bei den Grasshoppers, als ich auf dem Hardturm Trainer wurde. Er war schon seit einem Jahr bei GC unter Vertrag, und es entwickelte sich von Anfang an eine Beziehung, die in letzter Konsequenz beide weitergebracht hat. Die Zeit, die wir zusammen verbrachten, war eine sehr erfolgreiche, mit Ausnahme der Saison 02/03 beim FC Basel.

Hakan und vor allem Murat sind Spieler, die mit dem geringstmöglichen Aufwand das Optimum erreichen wollen. Genau das aber gelang uns in der Saison 02/03 nicht mehr. Natürlich war in jener Finalrunde 2003 bei unserem 2:2 gegen GC die Wahl des österreichischen Refs Plautz durch den Schweizer Schiedsrichterobmann Werner Müller eine miserable, der Mann ist ja erst zwei Stunden vor Spielbeginn unvorbereitet mit dem Zug angekommen, wie ich gehört habe. Aber dennoch haben wir uns schlecht verhalten. Zu wenig abgeklärt, zu wenig souverän war Murat. Er hat sonst etwas Beruhigendes auf seine Mitspieler, er muss ja nicht einmal überragend spielen, damit seine Präsenz wirkt.

Auch beim 0:2 gegen YB war ich unzufrieden. Murat hatte damals vier, fünf Spiele ausgesetzt. Er hatte keine gute Finalrunde 2003. So gesehen war es sicher nicht der richtige Moment, sich für den «Blick» in der Hängematte ablichten zu lassen. Die Aussage von der «Gurkenliga» konnte ich noch einordnen, die habe ich nie wörtlich genommen. Aber die bildhafte Darstellung des Lehnstuhlabwehrchefs habe ich nicht geschätzt, es muss ja stets weitergehen im Fussball. Auch für Murat.

Gerade mit seiner neusten Verletzung, dem Muskelriss vor

der EM 2004, wird auch er erkennen, wie viel Zeit es braucht, bis er wieder Fussball auf Top-Niveau spielen kann. Und ich gehe davon aus, dass er weiterspielen will und weiterspielen wird.

In der Schweiz gibt es nicht viele Fussballer von der Klasse der Yakins. Da muss man als Trainer auch bereit sein, ihnen in der täglichen Arbeit gewisse Freiräume zu schaffen. Von der Pflegeleichtigkeit her gehören sie zur Klasse eines Spielers wie Kubilay Türkyilmaz. Auch dieser war, wie die Yakins, einer, der Auszeiten beanspruchte, aber dann im entscheidenden Moment auch etwas Spezielles für den Verein und den Trainer leistete.

Murat und ich haben sicher eine andere Arbeitsauffassung, aber wir haben auch Gemeinsamkeiten: unsere Leidenschaft für das Fussballspiel und unsere Mentalität, jedes Spiel gewinnen zu wollen. Wenn Murat und Hakan auf dem Platz stehen, dann wollen sie auch gewinnen, und sei es auch nur ein internes Trainingsspiel. Murat hat in seiner bisherigen Laufbahn schon sehr viel erreicht, aber er musste nie bis an seine obersten Grenzen gehen. Nach seiner Karriere wird er die Frage beantworten müssen, ob er sich all den Herausforderungen in Stuttgart, Istanbul und Kaiserslautern in aller Konsequenz wirklich gestellt hat.

Ich habe Murat immer mit Ronald Koeman verglichen, für mich war er stets der prädestinierte Nachfolger Koemans beim FC Barcelona. Vom Spielerischen her, von seinen Qualitäten bei den Freistössen und von der Angriffsauslösung war er gleich wie Koeman. Aber beim Kopfballspiel ist Murat klar der Bessere, und er hat mit seiner Persönlichkeit auch einen grösseren Einfluss auf seine Mannschaft. Im Mittelfeld jedoch hat ihn die Entwicklung im Fussball, vor allem, was die Schnelligkeit und Dynamik betrifft, richtiggehend überholt. Murat kann leider nicht alle vier Tage ein Spiel auf höchstem Rhythmus bestreiten. Ich erinnere mich an die EM-Qualifikation 1996, als er in Zürich bei einem 3:0 gegen Ungarn auf tiefem Boden 90 Minuten lang durchhielt und nie gepflegt werden musste – aber vier Tage später war er im Auswärtsspiel in Basel nicht disponibel.

Gemeinsame Erfolge: Christian Gross und Murat Yakin feiern nach einem 6:0 gegen Neuchâtel Xamax den Cupsieg 2003.

Erich Vogel und ich waren von Anfang an unterschiedlicher Meinung in Bezug auf die Entwicklung Murat Yakins. Ich war immer überzeugt, dass es für einen Fussballer gut ist, wenn er auf verschiedenen Positionen zum Einsatz gelangt. Am besten aufgehoben ist Murat meines Erachtens in der Verteidigung.

Ich habe immer gerne mit Murat zusammengearbeitet, aber er hat früh gewisse Schranken aufgebaut, die ich nie ganz überwinden konnte. Ich denke, er wäre noch erfolgreicher gewesen, wenn er früher wahrgenommen hätte, dass er diese Schranken abbauen muss.

Die Arbeit mit den Yakins braucht manchmal extrem viel Nerven. Beide sind sehr schlau, auf und neben dem Platz, beide gehen mit viel Cleverness durchs Leben, und einen Murat muss ich zum Beispiel nicht auf Schwächen des Schiedsrichters oder solche in den Reihen der Gegner aufmerksam machen. Er erkennt diese sofort. Das Gleiche gilt für Hakan. Aber vielleicht fehlten in ihrem persönlichen Umfeld auch Leute, welche die beiden darauf hingewiesen hätten, dass sie mit einer gewissen Portion Mehraufwand noch mehr hätten erreichen können. So ist es auch bezeichnend, dass Frau Yakin nach all den Jahren in der Schweiz noch immer kein Deutsch spricht – sie empfindet dies offenbar als nicht allzu nötig. Auf der anderen Seite hat gerade Murat, weil er früh so viel Verantwortung in der Familie übernehmen musste, stets auch ein offenes Ohr für seine Mitspieler gehabt. Er verfügt über eine hohe Sozialkompetenz. Neben ihm werden vor allem die jungen Spieler stärker. Er zieht sie auch auf seine Seite, sagt manchmal: «Hör nicht so auf den Trainer!» und legt fast beschützend die Hand auf sie. Hakan seinerseits ist einer dieser Beschützten, der in der Winterpause 2003/04 die Abnabelung gesucht hat. Ich spürte dies in Argentinien, wo beide kamen und Hakan sagte: «Trainer, lassen Sie mich bitte gehen.» Auch Murat, mit dem ich seit den GC-Zeiten per Du bin, kam und sagte, es wäre besser für Hakan, wenn er gehen dürfe. Hakans Auslandtransfer hat sich im Grunde genommen über ein Jahr hingezogen. Er hat uns richtiggehend in seinen Bann geschlagen.

Spieler des Jahres, Trainer des Jahres: Christian Gross und Hakan Yakin durften Titel und auch Auszeichnungen gemeinsam feiern.

Zwei, die nicht unbedingt typgleich sind, aber eine grosse gemeinsame Leidenschaft haben: Erfolgreich Fussball spielen.

Im Januar 2003 kam Hakan auf dem Rückweg von einem Training und sagte: «Trainer, kann ich frei haben?» Ich erwiderte: «Aber Hakan, Sie können doch nicht weg, wir haben doch eben erst den Betrieb nach der Winterpause wieder aufgenommen.» Er sagte, er müsse ins Ausland. Ich fragte: «Ist es Liverpool?» Hakan bejahte, und dann habe ich seine Hand genommen und ihm gratuliert – zum Millionär. Dann reiste er ab, und für mich war fortan klar, dass Hakan zum FC Liverpool wechseln würde. Warum dieser Transfer nicht klappte, weiss ich nicht. Stattdessen hörte ich dann, wie Hakan – fast gezwungenermassen – an der Teampräsentation 03/04 erklärte: «Jawohl, ich bleibe in Basel.» Das war schon eine Woche später wieder nicht mehr der Fall.

Ich war immer dafür, beide Yakins zum FC Basel zu holen. Es war Hakans Wunsch gewesen, GC zu verlassen. Er war dort nicht mehr glücklich. Als dann Murat von Kaiserslautern weggehen wollte, lag es auf der Hand, die beiden in Basel zusammenzuführen. Was Murat betrifft, so gab es nach seinen Problemen gewisse

Vorbehalte beim FC Basel. Als René C. Jäggi und ich im Frühjahr 2001 auf dem Flug zum Automobilsalon nach Genf waren, haben wir über Murat gesprochen. Ich sagte zu Jäggi: «Ich stehe zu ihm.» Und dann habe ich das O.k. des Präsidenten erhalten.

Murat und Hakan trugen wesentlich zu unseren Erfolgen beim FCB bei. Ihr Potenzial ist unheimlich gross, sie brachten Siegermentalität und Klasse zum FCB. Das Problem für ihren Trainer ist: Wie rufe ich ihr Potenzial ab? In gewissen Momenten mutiert der Trainer bei dieser Aufgabenstellung zum Coach. Aber in Basel spürten beide ihre Verbundenheit mit der Region und die grosse Akzeptanz bei den Fans. Dies führte so weit, dass auch die Mutter zum Star wurde. Beim ersten Cupsieg habe ich sie kurz vor Bundesrat Samuel Schmid noch abgefangen, sonst hätte sie als Erste den Pokal in Empfang genommen. Sie ist eine bewundernswerte Frau, wie sie immer zu den Trainings erscheint oder zu den Spielen nach Zürich fuhr, als die beiden noch bei GC spielten. Als ich Trainer war auf dem Hardturm, sagte sie mir stets, Hakan müsse auch zu den Grasshoppers kommen und Murat müsse mehr spielen. Emine Yakin weiss, dass ich es ehrlich meine mit ihren Söhnen.

Murat hatte in Basel einiges zu beweisen, und für Hakan wurde es Zeit, endlich den ersten Titel zu holen. So gesehen, war es eine ideale Konstellation, die auch die Basis war für die internationalen Erfolge 2002 und 2003. Allerdings haben wir vor dem Einzug in die Champions League ein ganz wichtiges Spiel ohne Murat Yakin bestritten, jenes in Zilina, als Murat am Morgen des Spieltags kurzfristig forfait erklärte. Es war eine Phase, in der Vertragsverhandlungen anstanden und er allenfalls international bei einem anderen Club nicht mehr hätte spielen können, wenn er in Zilina angetreten wäre. Murat ist ein sehr berechnender Mensch, und es war für mich als Trainer eine delikate Angelegenheit.

Eine Woche später hat Murat das Rückspiel wieder mitgemacht und dabei einen wunderbaren Freistoss zum 2:0 erzielt. Damit waren die Weichen gestellt, und wir durften sicher sein, nicht gleich aus dem Europacup auszuscheiden. In der entscheidenden Qualifikationspartie gegen Celtic hat Murat ein absolutes Weltklassetor erzielt, dieser Kopfballtreffer war sensationell, ebenso seine Gesamtleistung. Beide Yakins haben wie die übrigen Leistungsträger auf hohem Niveau konstant gut gespielt; alles passte zu jener Zeit – die regionale Komponente, die Identifikation der Fans mit den Spielern, die Unterstützung, der Wohlfühl-Faktor.

Ich bin sicher, dass Murat noch ein paar Jahre weiter Fussball spielen will, und das Ziel des Jahres 2004 muss auch für ihn die nächste Qualifikation für die Champions League sein. Für Hakan könnte entscheidend sein, wie die EM 2004 verläuft. Wenn er gut spielt, tut sich allenfalls für ihn bald eine andere Türe im europäischen Fussball auf. Oder aber er setzt sich in Stuttgart durch, wenngleich er vielleicht einen Trainer bräuchte, der ihm jeden Tag die Hand schüttelt. So wie ich es tue, weil ich jedem Spieler jeden Tag ausdrücken will, dass ich mich freue, mit ihm zusammenzuarbeiten.

Ich bin gespannt, wie es bei Murat nach der Karriere weitergeht. Ich habe ihm zum Double 2002 ein Buch geschenkt – «Tiger Woods: So spiele ich». Ich gab ihm dies mit der Zielvorgabe, dass irgendwann ein Fussballbuch erscheinen würde mit dem Titel «Murat Yakin: So spiele ich». Als Zeichen auch, dass es immer vorwärts gehen muss.

Murat sagte mir, er wolle grundsätzlich eines Tages «Trainer werden». Aber ich sehe ihn eher als Berater eines Clubs, als technischen Direktor oder auch als Spieleragent – denn wie gesagt, Murat ist ein sehr cleverer Typ und eine gereifte Persönlichkeit.

Was Hakan betrifft, so ist es noch zu früh, um sagen zu können, wohin ihn die Reise führt – als Mensch und als Fussballer. Entscheidend werden seine zukünftigen Trainer sein. Was Murat und Hakan Yakin in jedem Fall bleiben – zwei aussergewöhnlich begabte und clevere Fussballer mit warmem Herzen.

Christian Gross

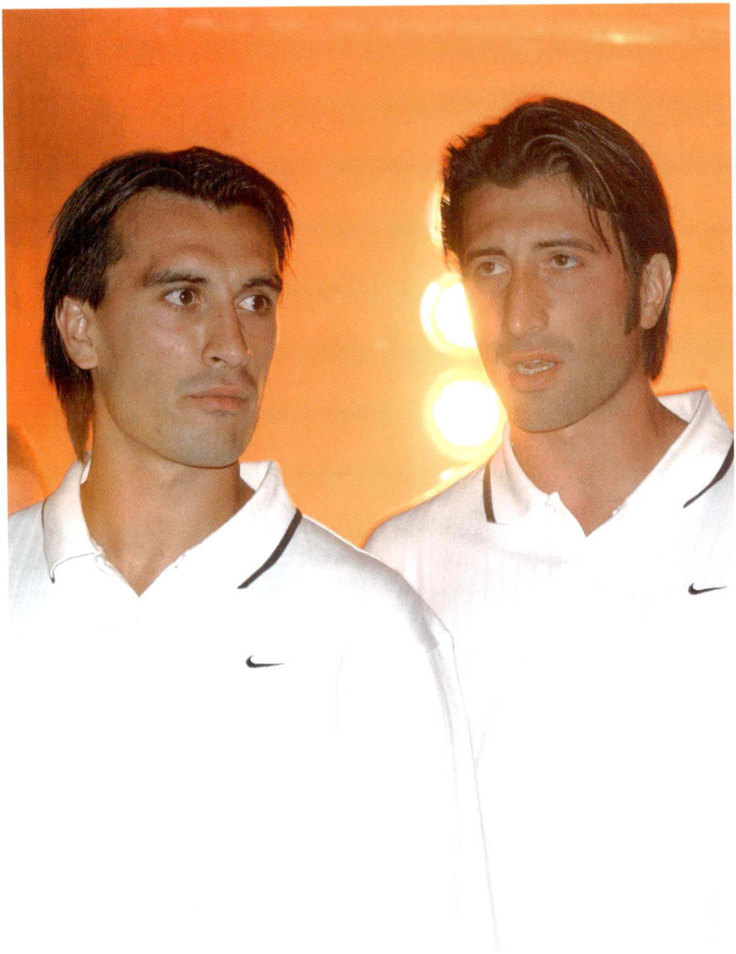

DANK

Unser Dank gilt in erster Linie Emine, Murat und Hakan Yakin sowie Ertan Irizik, ohne deren grosse Hilfe das vorliegende Buch nicht möglich geworden wäre.

Danke sagen wir auch Ruth Metzler-Arnold, Christian Gross, Monika Schib Stirnimann, Daniel Schaub, Christoph Keller, Serdal Suna, Ragna Mariuzza, Toto Marti, Stefan Holenstein, Hans-Jürgen Siegert sowie allen übrigen Fotografen, Bernhard Vesco, Enrico Luisoni von der «baseline.» Werbeagentur Basel, Freddy Rüdisühli, Judith Belser, Werner Decker sowie allen übrigen Begleitern der Yakins, die uns mit ihren Informationen weitergeholfen haben. Danke auch an Thérèse und Jean-Pierre Kapp, Elina und Sandra Martin sowie Magdalena Dysli.

Georg Heitz, Michael Martin
im Mai 2004

Emine auf ihrem Dreirad – die Räder der Geschichte drehen sich weiter ...

Bildnachweis

Klaus Brodhage: 78, 132, 202, 209 unten
Anton Geisser: 126, 127
Stefan Holenstein: Cover, 45, 49, 50, 51, 52, 53, 65, 101, 123, 130, 142, 147, 159, 244, 245, 246, 247, 250, 262, 271, 274
Peter de Jong: 259
Keystone: 38, 71, 78, 79, 88, 93, 115, 129, 136, 138, 139, 160, 162, 163, 164, 181, 191, 201, 206, 207 unten, 209 unten, 217, 223, 269, 270
Keystone, Empics Sports Photo Agency: 96
Peter Larson: 248
Toto Marti: 9, 134, 137, 141, 143, 144, 145, 148, 155, 171, 180 oben, 205, 208 unten, 213, 233, 236, 241, 254, 256, 264
Holger Nagel: 91, 99, 103, 113
Daniel Schaub: 266
Kurt Schorrer: 140, 208 oben
Hans-Jürgen Siegert: 7, 81, 105, 107, 146, 149, 150, 151, 152, 153, 154, 156, 157, 167, 169, 172, 173, 175, 177, 179, 180 unten, 194, 203, 207, 209 oben, 214, 224, 249, 252, 260, 261, 263, 265, 275
Sven Simon: 68
Bruno Voser: 37, 185
Erwin Zbinden: 22
Josef Zimmermann: 135, 197

Alle anderen Bilder: Privatarchiv Familie Yakin

Quellen

Archive von Basler Zeitung, Tages-Anzeiger, SonntagsZeitung, Neue Zürcher Zeitung, NZZ am Sonntag, Schweizer Illustrierte, Blick, SonntagsBlick, Schweizer Familie.